誰說世子紈袴啊

1

風文創 693

暮月 著

目錄

序

暮月

寫下這個故事純屬偶然，只是在某一天突發奇想——小說裡那般多因為與女主角兒媳作對而不得善終的「惡毒婆婆」，她們的結局真的是應該的嗎？言情小說裡，當主角愛情與親情有所衝突的時候，是不是親情就一定要往後退讓？當主角光環從萬千寵愛在一身的「女主兒媳」，轉換到「惡毒婆婆」身上時，故事的發展又會是怎樣的呢？於是，我便設定了這麼一個「小說中的惡毒婆婆重生」的故事。

我一直覺得，哪怕是在以愛情為主線的小說裡，愛情也不應該是唯一的主題。每一個角色，都是自己人生這場戲裡的主角，演繹屬於自己的人生。在戲裡，有人拿的是一路順暢的「甜寵」愛情劇本，有人拿的是製造主角矛盾的「反派」倫理劇本。在文章連載期間，我發現一個很有趣的現象，當反派變成主角，主角卻仍是那個美好得人見人愛的主角時，讀者心中的天平卻已經偏向了「曾經的反派」。我想，這大概就是角度轉換帶來的態度變化。

文中的「惡婆婆」沈昕顏，出嫁從夫、夫死從子，上輩子最大的「錯處」就是干涉了身為主角的兒子，與同樣身為主角的兒媳婦的愛情，所以上輩子不得善終。重生過來後，她學會了放手，學會了不干涉，不再將自己的視線鎖在一個人身上，漸漸地發現了許多上輩子被她錯過的美好，譬如她那個「紈袴夫君」。一個是讓她顏面盡丟的「紈袴夫君」，一個是帶給她榮耀與體面的「聰慧兒子」，上輩子她把全部希望繫於後者身上，抓得太緊、用力過猛，最終傷了別人也傷了自己。

在婆媳問題這個千古難題上，為人子、為人夫的作用尤其重要，對父母的孝，與對妻子的愛，從來就不應該是二選一的難題。而文中的「紈袴世子」魏雋航，成功地扮演了為人子、為人夫，甚至是為人父的角色。他懂得「幼吾幼，以及人之幼」的道理，並將之付諸行動，所以才會義正詞嚴地反駁關於「紅顏禍水」這樣的謬論；他尊重妻子，支持「女子亦應該有屬於自己的事業與底氣」這樣離經叛道的想法；他明白「養不教，父之過」，懂得自省……

誰說世子是紈袴？這個紈袴才是真正的大智若愚，願天底下所有的姑娘都擁有一位這樣的「紈袴」！

楔子

長年在家廟祈福的英國公太夫人沈氏死了，這個消息像是長了翅膀一般，傳遍了京城。

「英國公太夫人？難道不是早就已經過世了嗎？」有人表示不解。

雖說英國公府深得聖眷，英國公魏承霖更是年輕一輩中數一數二的人物，但是近些年來卻從來不曾聽聞過「英國公太夫人」，以致乍一聽聞英國公太夫人「辭世」的消息，不少人都深感愕然。

「她長年累月都住在廟裡祈福，從不曾見外人，也鮮少出現在人前，除了親近的人家，想來也沒什麼人還記得她了，妳們不記得倒也不奇怪。」

「原來如此！想來英國公府這些年聲勢如日中天，也有這位太夫人潛心禮佛的緣故在吧！」

「這位太夫人啊，雖然這些年還活著，其實與死了倒也沒什麼兩樣。」意味深長的話從某位貴夫人口中緩緩道出。

「可不是？妳們啊，就是太年輕，太過於想當然了！」

「聽妳們這麼一說，我倒是想起幾年前曾聽過的一個消息，據說這位太夫人與國公夫人不和，難道是因為這樣才會避到家廟去的？」

「應該不會吧？那英國公夫人我見過，是個最和軟溫柔不過的性子，怎可能會做出這般不孝之事？」有人當即反駁。

「知人知面不知心，誰又知道呢！」

「我認為國公夫人不像那般人，都說相由心生，妳們瞧瞧滿京城，論容貌，有哪位及得上這位夫人？」

「年紀輕輕就成了超一品國公夫人，夫君待她一心一意，後宅乾乾淨淨，沒有半點煩心事，膝下也是有兒有女，女子做到她這分上，老天爺待她真真是極為厚愛啊！」

「還真是如此呢！上回宮宴散去，英國公還特意守在宮門前等她，我親眼瞧著國公爺親自扶她上的馬車，那個小心翼翼的勁兒啊，真真是把她當成了眼珠子般！」

「滿京城若論待夫人情深意重，英國公稱了第二，那就沒人敢稱第一了！」

「可見這位國公夫人上輩子積了不少福，這輩子才會掉進福窩裡啊……」

議論的重心漸漸轉移至那位讓滿京城夫人、小姐羨慕嫉妒的英國公夫人身上，至於「英國公太夫人」，也沒有多少人放在心上。

城中不時有新鮮事兒、新鮮人物冒出，一個如隱形人般，無聲無息地生活了數年的過氣太夫人，又哪值得她們花心思理會？

英國公太夫人沈昕顏的魂魄四處飄蕩，像是被線牽著一樣，往城中某座宅邸飄去。

她看到一輩子對她忠心耿耿的春柳悲痛欲絕地伏倒在地，向太師椅上的年輕男子稟報著她離世的「噩耗」。

那是她的兒子，她一輩子引以為傲的兒子，也是親手把她送到家廟度過餘生的兒子。

她死死地盯著男子，不放過他臉上的每一個表情，看著那張無比堅毅的清俊臉龐緩緩浮現一絲痛楚，神情也漸漸地變得恍惚，直到屋外傳入年輕女子嬌脆悅耳的聲音——

「夫君……」

那絲痛楚瞬間奇蹟般地消褪了。

「知道了。」最終，他淡淡地向前來報信的春柳扔下這麼一句，而後起身朝著嫋嫋婷婷而入的心愛人兒走去。

早知會如此的，還期待些什麼呢？沈昕顏嘲諷地勾了勾嘴角。

突然，一陣強風颳來，瞬間便把她颳離英國公府。像是有個巨大的漩渦吸著她，絞著她飛快往白光深處旋去。

她死死地閉著眼睛，如鬼哭狼嚎般的嗚嗚風聲在她耳邊叫囂著。

也不知過了多久，風聲漸歇，取而代之的是一道道陌生的聲音——

「靠，男主還不趕緊把渣媽渣妹解決掉！」

「這渣媽太噁心了，男主趕緊讓她領便當吧！」

「男主太優柔寡斷了，居然讓渣媽渣妹蹦躂到現在！」

「不先解決渣媽渣妹就想娶女主？這個男主太沒用了，棄文！」

「＋1，討厭男主，噁心男主媽！」

「＋10086求讓渣媽下線！」

「＋手機號，女主多想不開才會想嫁男主啊！這惡婆婆還不夠噁心人嗎？」

「＋身分證號……」

「＋圓周率……」

莫名其妙的話語一串串地往她耳朵裡鑽，沈昕顏呆住了。不等她反應，一道強光陡然往她腦子射來，她的瞳孔猛地瞪大。

一幕幕畫面飛快在她腦子裡閃現，耳邊甚至還配有各種旁白和說話聲。她整個人先是茫然，繼而震驚，然後苦笑，最後歸於平靜。

原來，原來她竟是那些人口中所說的「寵文」裡的惡毒婆婆。

既然是「寵」，那作為媳婦「天敵」的婆婆——男主的親媽，不是早死，就是要視女主如親閨女般對待。若是不喜歡女主，偏又活得好好的、不早早去見祖宗的男主親媽，不好意思，根據「順主角昌，逆主角亡」的黃金定律，這個「媽」一定要沒有好下場！

很不幸地，她就是這樣的一個「媽」，也就是傳說中的「惡毒婆婆」。

「轟隆」一聲巨響，隨即又是一道白光，兜頭兜臉朝她劈來，她的眼前忽地一黑，整個人急遽墜落……

第一章

沈昕顏呆若木雞地望著銅鏡裡那張年輕的臉，片刻，不敢相信地用力往手背上一掐，痛楚襲來，她頓時便清醒了。

不是夢？可是，為什麼？她不是已經死在家廟裡了嗎？

咒罵了一年，瘋癲了四年，最終淒淒慘慘地死在家廟裡，而她唯一的兒子，對她的死卻無動於衷。天底下還有比她更失敗的母親嗎？

憶及曾經的種種，她嘲諷地勾了勾嘴角，扯出一個比哭還難看的笑容。

「夫人，大公子來向您請安了。」春柳掀簾而入，笑著稟報。

看著年輕了十來歲的忠婢，想到上一世她對自己的不離不棄，沈昕顏心口一窒，鼻子不禁有幾分酸澀。她連忙別過臉去掩飾，少頃，淡淡地道：「讓他進來吧。」

春柳有些奇怪地飛快瞅了她一眼。往日世子夫人最盼望的就是大公子過來請安的時辰了，今日怎的這般平靜？

不過一會兒的工夫，錦衣華服的少年便邁了進來。

少年一張白白淨淨的俊秀小臉緊緊地繃著，背脊挺得直直的，明明才不過十歲的孩子，可身上卻已有一股凜然不可侵犯的威嚴氣勢。

這便是她唯一的兒子——自三歲起，便被他的祖父英國公抱到身邊親自教養的國公府嫡長孫魏承霖。

沈昕顏曾經一度以為她的兒子之所以總是一副淡漠表情，不過是天性使然，故而便是對著他們這些骨血至親也甚少有個笑容，直到那位國色天香的姑娘出現……

也是那個時候，她才知道，原來她那冷漠到近乎寡情的兒子，也有笑得那樣溫柔、彎下他高傲背脊的時候。

沈昕顏眼神複雜地凝望著他。再次見到這個讓她又愛又怨又恨的兒子，她原以為自己會很激動，會忍不住大聲質問他「為什麼要那樣對待我？為什麼要讓我那樣孤苦淒涼地死去？」可實際上，她的心裡卻相當平靜，平靜到只是眼睛眨也不眨地凝望著他，看著他恭恭敬敬地向自己行禮問安，規規矩矩地站立屋子中央。

她想，再多的怨恨、憤怒、不甘，估計早已經在她瘋去的那幾年裡慢慢消耗掉了。也許臨死前她還是帶著一點點的不甘，故而魂魄才會不受控制地往國公府裡飄去，為的只是想看看她唯一的兒子對她的死會有什麼反應？

然而，她仍是高估了自己，高估了自己在他心目中的地位……

久沒有聽到母親如往常那般的殷殷囑咐，魏承霖狐疑地抬眸望向太師椅上的女子，瞬間便望入一雙複雜難辨的幽深眼眸裡。

「母親？」他微不可見地皺了皺眉，不解地喚了聲。

沈昕顏定定神，微微垂著頭，再抬起來的時候，臉上已不見半點異樣。

「坐下吧。昨夜裡睡得可好？可是又溫習功課到半夜？你年紀還小，再怎樣勤奮也不能耽誤了身子，勞逸結合比什麼都有用。」

「昨夜不曾晚睡，亥時一刻便已睡下了，母親的教導孩兒都記在心上。」魏承霖坐姿筆直，語氣恭敬卻稍顯疏離。

若是上一世，沈昕顏必會覺得心酸，對硬是把兒子抱走的公公也會生出怨言，可死過了一回，她已經沒有那等心思，只點點頭，溫聲道：「你去吧，莫誤了上課的時辰。」

魏承霖原以為還會如平常那般再聽上至少一刻鐘時，卻意外地聽到了這麼一句話。

「孩兒告退。」他沒有多想，望了她一眼後，恭恭敬敬地行過禮，轉身走了出去。

少年挺拔的背影漸漸消失在視線裡，沈昕顏抿抿雙唇，眼神浮現幾分茫然。

為什麼？老天爺是不是覺得她上輩子的下場還不夠慘？為什麼還要讓她重來一次？

這莫名其妙得來的重生機會，她壓根兒也不稀罕。一個心都已經死得透透之人，再活著又有什麼意思？

她為什麼要再活一次？不是說人死如燈滅的嗎，為什麼她還會在這裡？

上一世怨忿難消的一幕幕如走馬燈般在她腦子中閃現，椎心的痛楚迅速席捲她的四肢百骸，她緊緊地捂著心口，耳邊彷彿有個聲音在不斷迴響——為什麼？為什麼？為什麼要重活一次？

也不知過了多久，她才深深地呼吸幾下，努力讓自己平靜了下來。

既然上天偏要讓她重來一次，那她便好好再活著就是。至少，這一回，為著自己好好活一次！

「春柳，更衣！」她揚聲喚。

春柳應聲而入。

「換一件，就換那件雪青色的吧！」沈昕顏瞥一眼春柳捧來的黛綠色衫裙，搖了搖頭，指著架子上的另一套道。

「夫人穿這顏色可真好看！」望著一下子就年輕了不少的主子，春柳忍不住讚嘆。

平日世子夫人總愛穿些靛藍或墨綠等暗色調的衣裳，雖然給她添了幾分勛貴世家夫人沈穩端莊的氣勢，但整個人瞧著卻是老了幾歲，似如今這般打扮不是更好看嗎？

英國公府以武起家，歷任國公爺均是威名赫赫的戰將。

現英國公夫人大長公主乃今上嫡親姑母，育有兩子一女。長女嫁予衛國公嫡長子；長子魏雋霆文武雙全、年少有為，自十四歲起便跟著父親四處征戰，娶妻平良侯府大姑娘方氏，可惜天妒英才，數年前魏雋霆一病而逝，這世子之位便落到了次子魏雋航頭上。

這魏雋航雖與魏雋霆一母所生，可較之出色優秀的兄長卻是遜色許多，並無過人之處。而他生性好逸，平日往來的也多是各勛貴世家中無所事事的子弟，久而久之，居然得了個「紈袴世子」的名頭，惱得英國公恨不得拎棍打殺了這個有損家風的逆子。

而身為魏雋航的妻子，沈昕顏雖也水漲船高成了世子夫人，但她卻並不是大長公主相中的未來國公府女主人。

長媳與次媳的要求自是不同，當日大長公主為兒擇媳便是充分考慮到了這一點，故而才為長子聘娶了能幹的平良侯府嫡出大姑娘方氏，而為次子聘娶了他心悅的靖安伯府姑娘沈昕顏。

只可惜世事弄人，眨眼間，能幹的長媳便成了未亡人。

上一世的沈昕顏雖是世子夫人，但事事處處都被方氏壓一頭，唯一能讓她在方氏面前揚眉吐氣的，便是她的兒子遠遠比方氏的兒子優秀。

至少，英國公選擇了將她的兒子養在身邊，而不是選擇方氏的兒子。

說起來她的心態也甚是奇怪，既惱公公不顧她的意願抱走兒子，但又得意公公看重的是她的兒子。

沈昕顏也有些失神，換上這淡雅的顏色，就像是看到了當年仍待字閨中的自己。

可是，漸漸地，銅鏡的身影便被一張國色天香的臉龐所取代。

她抿抿嘴，不發一言地脫下身上的雪青衫裙，轉而換上一件嶄新的銀紅褙子，略施薄粉，整個人顯得越發明豔奪目，讓一旁的春柳讚嘆不已。

「還是夫人眼光好！這件比方才那件還要好看，若是與四姑娘走到外頭，沒準兒人家還以為您倆是姊妹呢！」

沈昕顏的臉色在聽到「四姑娘」三個字時便立即僵住了，並感到一陣椎心之痛。

「盈芷……盈兒……」她雙唇顫抖，喉嚨像是被東西堵住了一般，艱難地喚出女兒的名字。

魏盈芷，她唯一的女兒。上一世白頭人送黑頭人的悲慟與絕望仍舊歷歷在目，女兒的死，也是她憎恨周莞寧、憎恨周家的最直接原因，哪怕那個時候的周莞寧已經懷了她的孫兒。

可是，讓她的恨意到達頂峰的，卻是她的兒子對凶手——周莞寧二哥的袒護！

那個時候的她已經徹底瘋狂了，她不想聽任何解釋，只知道她的女兒死了，而凶手卻只是不痛不癢地被流放邊關，隔個三年五載便可以以功抵罪，繼續過他的風光日子！

憑什麼？憑什麼！憑什麼他們姓周的就可以踏著別人的血淚成就風光幸福？憑什麼她的女兒死了，周家的女兒卻還能沒心沒肺幸福地活著！

她的女兒還那麼年輕，她甚至還沒來得及為女兒定下親事……

「夫人這是想四姑娘了？方才孫嬤嬤著小子來回，四姑娘辰時便會回來了。」春柳以為她想念去了靖安伯府的女兒，笑著稟道。

對對對，她的盈兒還活得好好的，再過一會兒便會回來了！

她深呼吸幾下，袖中的纖手死死攥緊，勉強壓抑住不停顫抖的身體，緩緩坐到貴妃榻上，垂著眼簾，在腦子裡搜索屬於今生的她的記憶。這一年，她的盈兒才六歲，昨日她帶著女兒回靖安伯府，母親不捨得外孫女兒，便把她留了下來。

她默默地將今生的記憶梳理一通，心裡不禁生出些許慶幸來。

都過去了，上一世的一切都過去了，女兒的不幸還沒有發生，一切還有挽回的可能。這一輩子她再也不會爭了，不管是周莞寧還是李莞寧、陳莞寧、孫莞寧，兒子愛娶哪個便娶哪個。

急促跳動的心房漸漸平復下來，她長吁口氣，便見侍女夏荷臉帶慍色地走了進來。

「姊姊這是怎麼了？難不成後廚那些婆子、嬤嬤們還敢給姊姊臉色瞧？」春柳正將疊好的衣裳放回櫃子裡，轉身見夏荷這般模樣，隨口便問。

夏荷勉強壓下心中惱意，朝著沈昕顏福了福，恨恨地道：「夫人每日清晨都要吃燕窩粥，這已是定例，今兒一早奴婢瞧送來的早膳不見燕窩粥，便去問個究竟，可恨那崔嬤嬤竟說這個月咱們院裡的用度已經超了，如今各家鋪子裡的燕窩都在漲價，怕是要下個月才能供應。」

「這是什麼道理？偌大一個國公府，連世子夫人想吃碗燕窩粥都不行？」春柳頓時便急了。

「可不正是這話！」夏荷臉色甚是不豫。這分明就是欺負世子夫人性子好，若是大長公主，甚至大夫人想吃，那崔嬤嬤敢如此駁回？

沈昕顏臉上神色不顯，卻是在心中冷笑一聲。

片刻，她瞥了為自己打抱不平的婢女一眼，淡淡地道：「不就是一碗燕窩粥嗎，少吃幾日打什麼緊？妳們好歹也是我身邊的人，為這麼一點東西耿耿於懷，豈不是讓人笑話？」

上一輩子也是如此，而那個時候她心裡雖然惱怒，但終究還是忍了下來。回想前世，她對方氏總是在忍讓，不停地忍讓，哪怕心裡嘔得要死、惱得要命，她最終還是獨個兒嚥回去。

只因為她知道，方氏才是最得婆母大長公主意的兒媳婦，才是大長公主最滿意的未來國公夫人。若不是方氏命不好，早早就死了夫君，這世子夫人的名頭又怎會落到自己的頭上？

可是，這輩子她還要忍讓嗎？她再度冷笑一聲。不，不會了！

上輩子她一再退讓的結果，便是讓方氏鳩佔鵲巢，徹底掌握住原本應屬於自己的國公夫人權柄與地位，並且讓方氏從中一再挑撥她和兒子的關係。

反正重活的這輩子是意外所得，並非她所願，既然如此，她為何不活得自在些？

緩步在膳桌前坐下，望望桌上早就擺好了的早膳——幾樣小粥和幾種精緻的小菜，雖不是她平常慣用的，但瞧來也不算太差。至少也可說明，雖然如今方氏掌權，但有眼色之人都不敢在明面上為難她這個世子夫人。

大長公主每日一早醒來便要到小佛堂誦經，誦完經才簡單地用些清淡的早膳。她性喜靜，也不耐煩讓兒媳立規矩，故而她的兒媳們便會在她用過早膳後再到她房裡來請安。

英國公膝下除了有大長公主所出的兩子一女外，還有一個妾侍所出的庶子，便是如今的三爺魏雋賢。這魏雋賢生母早逝，打小便被養在大長公主屋裡，娶妻前禮部侍郎之女楊氏，如今與楊氏育有兩子一女。

這楊氏是個八面玲瓏的性子，雖是庶子媳婦，但慣會討好賣乖，在大長公主跟前也有些臉面。

這廂婢女剛收拾好膳桌，那廂方氏、沈昕顏和楊氏便邁著輕盈的步伐魚貫而入。

大長公主只覺眼前忽地一亮，視線不知不覺便落在方氏身後那個銀紅色身影上。待認出那人是她的二兒媳沈昕顏時，臉上頓時有幾分詫異。

這麼些年來，她還是頭一回見這個二兒媳打扮得這般亮眼。身著銀紅緞面交領長褙子，頭綰著簡單的髮髻，插有蝶式金簪，耳戴嵌珠寶金葫蘆墜子，明明是紅與金這些容易流於俗氣的顏色，卻偏偏襯得她愈是明豔照人，與平日的形象大相逕庭。

今日這般一看，她倒有些瞭解，當年次子為何一眼就從許多勛貴世家小姐中挑中她了。

「妳今日這般打扮倒是極好看，正是應該如此，年紀輕輕的做什麼偏要打扮得死氣沈沈的。」

沈昕顏愣住了，怎麼也沒有想到大長公主會和自己說這樣的話，只不過她很快便反應過來，含笑道：「母親說得對，往日竟是我糊塗了。」

她知道原先大長公主早就有了心目中的次媳人選，是她的夫君魏雋航堅持要娶自己。進門之後，她生怕別人認為是她自恃容貌，媚惑了魏雋航娶自己，也怕長輩誤會她舉止輕浮，這才刻意把自己往莊重沈穩的方向打扮，久而久之便也習慣了，卻沒有想到，這一切原來都不過是她自己的「以為」！她苦澀地勾勾嘴角。

上一輩子她就是太過在乎別人的目光，才會一再克制自己，讓自己活得那般累。

楊氏的眼珠子轉動幾下，笑著上前，親親熱熱地挽著沈昕顏的手臂，道：「可不是嗎？方才我乍一見到二嫂，還以為見著了天上的仙女呢，只覺得整間屋子都被二嫂的容光照亮騰了！」

「三弟妹這張嘴呀，還是那般討人喜歡！」方氏的視線在沈昕顏和楊氏身上來回掃了一眼，不鹹不淡地接了句。

沈昕顏唇畔含笑，睨了一眼方氏，見她已經轉過身去和大長公主聊起了家常。

楊氏本想再說些什麼，見狀也只是撇撇嘴。論討人喜歡的嘴巴，闔府上下，這位大嫂稱了第二，誰敢稱第一？如今不是把大長公主哄得眉開眼笑嗎？說什麼貞靜淡泊，若真是如此淡泊，就不該還死抓著府裡的中饋不放！

只不過，她向來知道自己的身分，心裡雖不痛快，卻也不敢多言。別看大長公主人前待她們一視同仁，若真有個什麼，向著的還是她的嫡親兒媳婦，尤其是最得她意的長媳方氏。

她又不動聲色地瞅了一眼坐在另一邊的沈昕顏，暗道這個也是蠢的，明明已經成了世子夫人，最是名正言順不過，偏偏被一個沒了丈夫的壓在頭上！

「下個月容安侯太夫人壽辰、陳王長孫滿月的禮單我都擬好了，請母親過目。」方氏將擬好的禮單呈上。

大長公主接過大略掃了一遍，正想對方氏說些什麼，略一頓，話鋒一轉，把單子轉遞給了沈昕顏。「沈氏，妳來瞧瞧這單子。」

方氏不著痕跡地收回欲去接單子的手。

沈昕顏應了一聲，接過禮單，從頭到尾認真地看了一遍，這才不緊不慢地道：「大嫂擬的這單子，容安侯府的倒沒有什麼問題，可這陳王長孫滿月禮的單子卻甚是不妥。」

方氏的眸光一沈，臉上自然而然便帶了幾分不悅，心裡只得努力壓抑著。

「喔？那妳認為是哪處不妥？」大長公主挑眉，饒有興致地問。

「二弟妹覺得有哪處不妥不妨直言，也好讓大嫂我好生學著。」方氏似笑非笑地道。

一個從來不曾掌過家，只會吃喝打扮的無知婦人，哪懂得人情往來？左右不過是想著藉機踩自己的臉面罷了。

楊氏看看方氏，又看看沈昕顏，眸中飛快閃過一絲笑意。喲，沈氏這泥人終於打算發威了？

沈昕顏意味深長地瞥了一眼方氏，這才慢條斯理地道：「大嫂掌家多年，這些人情往來不過是信手拈來，辦得自是妥妥貼貼。只是大嫂多年來深居簡出，與各勛貴世家的夫人、小姐們甚少往來，自然也不清楚這陳王長孫雖是掛了個『嫡』字，但實際上卻非世子妃所出，不過是記在世子妃名下而已。」

方氏心裡「咯噔」一下，瞬間便明白自己這單子錯在哪裡，臉色也一下子就變了。

記名嫡子雖也稱是嫡子，但終究與正兒八經的嫡子有所差別。本朝規定，掛名的嫡子便是想要承襲家中爵位，那必得要有恩旨方行。

而她擬的這張禮單，完完全全是比照著王府正經嫡子擬的。

「是兒媳疏忽了，多虧了二弟妹提醒。」哪怕心裡再不自在，錯了便是錯了，方氏連忙起身，一臉慚愧地朝著大長公主請罪，又誠懇地向沈昕顏道謝。

「改了就好，妳也是不清楚這其中緣故才有此疏漏。」大長公主溫聲道。

「是，兒媳這就重新再擬。」方氏的頭垂得更低了。

平生頭一回犯這般的錯誤，還是被她一直瞧不上的沈昕顏指出，這對心高氣傲、時時想著壓妯娌一頭的方氏來說，真真是難堪到了極點。

尤其是沈昕顏那句「多年來深居簡出，與各勛貴世家的夫人、小姐們甚少往來」，不亞於直接在她臉上搧了一記耳光。

勛貴世家的當家主母，除了掌一府內宅事宜，還少不了與各府女眷往來打交道。而她乃死了丈夫的年輕婦人，本朝雖不至於對寡婦諸多苛求，但名門世家多視年輕守寡的婦人為不祥，並不願意與之多打交道，這也是為什麼方氏會不知道陳王長孫並非正經嫡出之故。

「哎呀，虧得大嫂一向做事妥貼，曉得先行前來請母親示下，這才避免了一場誤會，否則呀，這禮若是送出去，得不到好不說，反倒給陳王世子妃添堵，豈不是得不償失？」楊氏一臉慶幸地拍拍胸口，臉上那絲看好戲的表情卻是怎麼也掩飾不住。頭一回見這事事周全妥貼的大嫂吃癟，她若是不乘機再添幾分堵，簡直是浪費了這齣好戲！

「王府家事豈容妳胡言？豈不知禍從口出之理！」大長公主皺眉，不悅地瞪了楊氏一眼。

楊氏一窒，臉色有幾分難堪，只不過很快就掩飾過去，忙道：「母親教導得極是，是兒媳大意了。」

「大嫂掌家向來妥貼，事事周全，只我有一事卻是有些不解。聽崔嬤嬤說，這個月我院裡超了用度，竟是連燕窩粥都吃不起了。可我仔細查驗了我屋裡的冊子，卻是不知這超了用度從何說起？煩請大嫂指點一二。」沈昕顏只當沒有察覺方、楊二人有些微妙的氣氛，直了直腰桿，正色問。

一時間，屋裡眾人的視線齊唰唰地落到她的身上。

尤其是大長公主，臉上更是難掩詫異之色。這二兒媳今日確是有些不一樣了。不怪她這般覺得，只因沈昕顏一向就是個悶嘴葫蘆，不管遇到什麼不痛快都只會把它憋在心裡，更不用說當面討個說法了。

楊氏訝然，心裡卻更是興奮。也不知這沈氏今日是吃錯了什麼藥，居然一再主動對上方氏，哎呀呀，這回可有好戲看了！

楊氏豈會不知方才大長公主出言教訓自己，也是有維護方氏之意，如今她倒要看看，當嫡親的兩個兒媳對上時，她會護著哪個？

方氏怔了怔，也沒有想到沈昕顏居然會主動找上自己，只不過她到底不是楊氏，很快就回過神，忙道：「咱們國公府也是富貴人家，區區一碗燕窩粥又怎會吃不起？府裡各院雖說每月用度都有定數，但福寧院如今為世子院落，便是偶有超出分例，也斷不會缺了主子用度。至於二弟妹所說之事，想來是下人做事不上心，我回頭便查個清楚，必給二弟妹一個說法。」

楊氏暗暗咂舌。方氏此話回得妙啊，只差沒有直接說「你們福寧院現在是世子所居，地位高，欺負誰也不敢欺負你們啊！」嘖嘖，多麼委曲求全，多麼深明大義的大嫂啊！

沈昕顏既然當面提了此事，就沒有打算讓方氏避重就輕地略過，她清清嗓子，似笑非笑地道：「大嫂想來是沒有明白我的意思，我只是想弄清楚，這福寧院超了的用度超在了何處，為何與我手頭上的冊子相差如此之大？」頓了頓，她正色又道：「況且，無規矩不成方圓，福寧院便是世子所居，但是也屬府中一處，自是要遵循府裡規矩，該用的、不該用的，全按規矩說話。故而，大嫂方才所說的『福寧院如今為世子院落，便是偶有超出分例，也斷不會缺了主子用度』，此話恕我不能苟同。」

方氏被她駁得臉色有些難看，但對方句句在理，她一時之間倒也說不出什麼來。

大長公主雙眉皺得更緊了，長媳與次媳間的機鋒她又怎會感覺不到，只一時卻有些不好出言。

「既如此，我也不瞞二弟妹了。二弟妹手上冊子所記院中的用度開銷想來不會有錯，只是二弟妹許是不知，前不久二弟曾從公中支了一百兩，這筆帳是記在了福寧院中。」方氏惱她步步緊逼，微頓，別有所指地又道：「二弟與妳乃是夫妻，難不成此事他竟不曾與妳提過？不是大嫂我多嘴，只是二弟妹既身為人妻，總得多花些心思在夫君身上。」

沈昕顏怔了怔，對上方氏譏諷的眼神，斂斂神色，嚴肅地反駁道：「此事我確是不知，也是我的疏忽，然而，大嫂行事也有不妥之處。我且問大嫂一句，世子爺支這銀兩用於何處？」

方氏頓時啞然，頗有幾分羞惱地道：「妳與他乃夫妻尚且不清楚，我又從何而知？」

「那便是了！世子爺性情灑脫，為人又仗義豪爽，向來視錢財如身外之物，如今忽然要支這一筆不小的銀子，大嫂不問緣由便同意，此舉甚是不妥，且有行事不公之嫌。今日既無故便支了銀子給世子爺，明日旁人若要支又該如何？難不成因為世子爺位尊便可支，旁人勢微則不許？」

方氏張口結舌，好一會兒才有些氣急敗壞地道：「他乃世子爺，他要支取銀兩，難不成我還能擋著不讓？」話剛出口，她便知道糟了！迅速望向始終不作聲的大長公主，果然便見大長公主的臉色沈了下來。

這話旁人說得，而她卻是萬萬說不得，尤其是當著大長公主的面。

她張張嘴，想著要說些什麼話來補救，沈昕顏卻不給她這個機會，起身跪在大長公主跟前，誠懇地道：「此事若是說來，大嫂錯了一分，兒媳卻是錯了九分。正如大嫂所說，我既為人妻，便應事事以夫君為先，如今鬧出這一遭，全是兒媳平日對世子爺多有忽略所致。兒媳自知錯已鑄成，只夫妻一體，這一百兩便從兒媳與世子爺的月例裡扣補。從今往後，兒媳必以此為鑒，凡事以世子爺為先，事事替世子爺考慮周全！」

大長公主責備之話卻是再也說不出來了，片刻，淡淡地道：「起來吧，妳明白這層就好。」

這是打算輕輕放過了。可這卻不是沈昕顏最終的目的，她抬眸，迎上大長公主已有些不悅的臉，誠摯地道：「還有件事，兒媳想請母親示下。」

大長公主眉頭蹙得更緊了，直覺告訴她，這個兒媳婦接下來要說的並不會是什麼好話，可還不等她回答，沈昕顏已經自顧自地說了。

「如今府中各院的例銀雖是分給各院的，但這錢卻還是掌握在公中，不能由各院自個兒分配，兒媳覺得，這給公中添了麻煩不說，還容易引起不必要的誤會。」

楊氏眼神陡然一亮，瞬間便明白她的意思。此事若成了，得益的可不只沈氏一家啊！想到這兒，她連忙接話。「二嫂此言甚是，既是分給各處的例銀，這銀子自然由各處自個兒掌握，如此方是正理！」

見大長公主臉色頗有些不以為然，沈昕顏乾脆扔下一記重拳——

「譬如說，哪有做嫂嫂的還管著叔子院裡錢的理！」

「放肆！」大長公主怒聲喝道。「沈氏，妳大膽！」

「二弟妹此話，我真是死一萬次也不能夠了！還請母親替兒媳作主！」方氏臉色發白，泫然欲泣地拜倒在大長公主腳邊。

楊氏也被沈昕顏的大膽嚇了一跳，眼神如見鬼一般盯著她，可心裡卻有一股抑制不住的興奮感在瘋狂蔓延。

撕啊，撕得再狠些，最好把方氏那賤婦的一層皮都撕下來！

一個寡婦，不老老實實地窩在自個兒屋裡悼念亡夫、教養兒女，還死死抓住中饋不肯放。這還不止，男人都已經死了，她偏還擺著世子夫人的譜，眼高於頂，目無下塵。

呸！也就正主不愛與她計較，若是較真起來，哪還有她的什麼事？這府裡的天都要變了！不，或許這天已經在慢慢變了……

「沈氏，妳好歹也是大戶人家出身的女子，此等污言穢語怎能說得出口？往日竟是我錯瞧了妳！」大長公主惱極，厲聲指責，嚇得屋裡一眾丫頭婆子呼喇喇地跪了滿地。

沈昕顏卻渾然不覺，迎著大長公主一雙怒目，平靜地道：「我只不過說了句實話，大嫂便已死一萬次也不能夠了，可知外頭說起三、道起四來，卻不會顧及妳半分顏面。大嫂深居簡出，府裡又清靜，自然聽不到，可咱府裡兩位爺卻是要在外頭行走的，若是有心人從中興風作浪，編排些不堪入耳之言，連累了兩位爺不說，只怕還會損害國公府聲譽。母親休惱，且仔細想想我這番話是否在理？」

大長公主冷笑。「我竟不知，原來妳還長了一張巧嘴！」

「兒媳只不過是實話實說。」

「都出去，讓我清靜一下！沒一個讓人省心的！」大長公主慍怒地瞪她一眼，不勝煩擾地朝著眾人揮了揮手。

沈昕顏躬了躬身，二話不說就退了出去。

楊氏緊跟著她，亦走了出去。

方氏有些不甘地咬咬唇瓣，想要再說些什麼，可大長公主已經在侍女的攙扶下進了裡間。她心裡惱極，死死地絞著手中的帕子。

今日是她大意了，竟被沈氏逼至如今這般地步。也是她小瞧了那沈氏，原以為是個不聲不響的，卻沒想到竟是內心藏著奸，只等著好時機來對付自己！

「二嫂今日當真令人刮目相看啊！」楊氏感嘆一聲。

沈昕顏睨她一眼，嘴角微微勾了個弧度。「三弟妹倒是一直令我不敢小看。」

楊氏被她噎了一下，有幾分無語。果真是兔子逼急了也會咬人嗎？清咳一聲掩飾那絲尷尬後，她便問起最關心之事。「二嫂，妳覺得母親會不會把妳的話聽進去，日後就真的把咱們各院裡的分例直接撥下來？」

「母親的心思豈是妳我所能猜測的？」沈昕顏微微一笑，不答反道。

這個三弟妹是個無利不起早的人精，也是株牆頭草，她雖不喜方氏，但是並不代表著就樂意和這一位深交，還是彼此保持些距離的好。

至於大長公主是否會應了自己所說，答案是肯定的。大長公主再疼方氏，但她最看重的還是英國公府。今日她若不事先引出世子爺從公中支了銀兩一事，而是直接提出把各院的分例歸還各院支配，大長公主未必會應允。

有了前面的鋪墊，大長公主想的自然也就多了。

當然，這些她沒有必要解釋給楊氏聽。

英國公府內宅的管理方式也不知是哪一位老祖宗創造出來的，這種高度集權的方式確是相當有利於提高掌權之人的威勢，估計這也是英國公府後宅比大多數人家要清淨的原因所在。

這樣的方式對管理者的要求卻頗高，當主母是個精明能幹的，強權高壓之下的內宅自然也就井然有序、事事高效；反之，這內宅之亂則較尋常人家更深幾分。

方氏乃大長公主精心挑選的未來國公府主母人選，她的精明能幹自然毋庸置疑。只是，她卻有一個致命之處──那就是名不正，言不順。

若她仍是世子夫人，那不管是楊氏還是府裡的任何一個人，都不會對她掌權有任何異議，可如今的她卻不是。沒有了世子夫人這個身分，只憑著大長公主的寵愛掌了府中中饋，試問又怎可能得以服眾？這頭一個，就是楊氏的不服。

況且，常言道：吃誰的飯聽誰的話。下人雖然在各院裡領著差事，可這俸銀卻還是得到公中取，如此一來，這忠心二字便不大可靠了。

上一輩子沈昕顏就是吃了這方面的大虧，她所在的福寧院，居然將近半數的下人是方氏那邊的人！

而方氏，也是憑著英國公府這獨特的高度集權式的內宅管理，一步一步徹底在府裡站穩了腳跟，從而有了在府中興風作浪的本錢。

這一世，沈昕顏直接就從根子上斷了她的可能！中饋，她可以繼續掌，但是若還想如上一輩子那樣處處順暢就不大可能了。

楊氏見她這般，便也清楚自己想從她嘴裡得到肯定的答案是不可能的了，暗地撇撇嘴，正欲再說，忽見沈昕顏腳步一頓，隨即急步前行，那急切的模樣當真是讓她不解。

她抬眸望向前方，見一個小小的身影如同小炮彈一般撞向沈昕顏，定睛一看，認出那小身影正是沈昕顏所出的四姑娘魏盈芷。

她好笑地搖搖頭。不過一個晚上不見，這四丫頭倒是挺黏她親娘的！

「娘……」

「四姑娘慢些，小心摔著！」

小姑娘軟糯的歡叫聲遠遠地就傳過來，沈昕顏眼眶微紅，身體激動得不停顫抖，死死地盯著越跑越近的小小身影。

小姑娘年約六、七歲，頭上綁著兩個花苞，身穿紅色百蝶襖裙，一張紅撲撲的桃子臉上嵌著一雙烏溜溜的大眼睛，正撒嬌地往她懷裡撲。

沈昕顏張開僵硬的雙臂抱著她，軟綿綿的小身軀擁到懷中那一瞬間，她的眼淚險些就掉了下來。

「盈兒……」

「娘，您抱得盈兒好疼！」嬌嬌的哼唧聲像是一道暖流，輕輕地撫慰她的心房。

「對不住，是娘不好。」她緩緩低頭，望向懷中女兒那雙黑白分明的清澈眼眸。

魏盈芷的大眼睛撲閃撲閃的，忽地露出一個甜滋滋的笑容，而後「吧唧」一口親在她的臉上。「娘最好了！」

沈昕顏的喉嚨哽得厲害，連忙掩飾住起伏的心緒，好一會兒才捏著小姑娘肉乎乎的小手，柔聲問：「在外祖母處可有乖乖的？」

「當然有乖乖的，外祖母和大舅母還誇我呢！」小姑娘挺挺胸脯，一副「我很乖、我最厲害」的得意模樣。

沈昕顏神情柔和，憐愛地捏捏她的臉蛋，毫不吝嗇地誇道：「娘親的盈兒真乖！」話音剛落，成功地看到小姑娘笑得眉眼彎彎，好不開心。看著這甜蜜燦爛的笑顏，沈昕顏只覺得心軟得一塌糊塗，忍不住柔聲又問：「今日可有乖乖用早膳？」

「當然有啦！我吃了一碗粥、一塊桂花糕，還比慧表姊多吃了一塊核桃酥呢！外祖母說，只要我天天按時用膳，很快就可以有舅舅那般高了！」小丫頭更加得意了，掰著胖手指數著早膳用過的東西，那模樣真是怎麼看怎麼可愛。

沈昕顏含笑凝望著她，並不出聲打擾，不時問幾句她在外祖母家中的趣事，越發讓小丫頭興奮得眸光閃閃發亮。

沈昕顏牽著女兒的小手緩緩地往福寧院的方向而去，小姑娘嬌脆動聽的嗓音灑了一路。

「……慧表姊會做荷包了，她說過陣子就給我做一個。對了，娘，您看您看，這是慧表姊送我的蝴蝶墜子，您瞧好看嗎？」

沈昕顏低下頭去，見小姑娘掌心上果然放著一只精緻的蝴蝶墜子，遂溫笑道：「好看。」

「我就知道！不是好看的慧表姊也不會給我。慧表姊說了，等她學會打絡子就給我打一個，這樣我就可以繫在扇子上。慧表姊還說……」

小姑娘三句不離「慧表姊」，沈昕顏臉上的笑意卻不知不覺地斂了幾分。

小盈芷口中的慧表姊是她兄長靖安伯的嫡長女，她嫡親的姪女沈慧然，年紀比她的女兒長兩歲，今年八歲。

她雖不甚喜長嫂，但對這個姪女卻是相當疼愛的。曾經，她還動過親上加親的念頭……不，上輩子的她不但動過這樣的念頭，甚至一再付諸行動。

最疼愛的姪女嫁給她最寶貝的兒子，這是上輩子她的希望。

可是，她的這個希望在周莞寧出現時便被徹底打破了。

而在這之後……她搖搖頭，強迫自己不再去想上輩子那些事。

「盈兒很喜歡慧表姊嗎？」拉著女兒在貴妃榻上坐下，她疼愛地捋捋小姑娘的額角，輕聲問。

「喜歡啊！慧表姊最好了，什麼好看的、好吃的、好玩的都給我！」小姑娘將頭點得如同小雞啄米一般。

「四姑娘與慧姑娘感情好得就跟親姊妹一般，臨回府前四姑娘還拉著慧姑娘的手，硬是要把慧姑娘拉回家，二夫人笑言『把慧表姊給妳哥哥做媳婦，如此便可以陪妳回家了』！」一旁的孫嬤嬤笑著道。

沈昕顏的笑容在聽到她最後一句話時徹底斂了下去，她面無表情地掃了孫嬤嬤一眼，淡淡地道：「嬤嬤年紀也不小了，怎麼還分不清什麼話該說、什麼話不該說？」

孫嬤嬤臉上一僵，連忙跪下請罪。

沈昕顏垂著眼簾，輕撫著手上的玉鐲，對她視若無睹。

魏盈芷懵懵懂懂地眨巴眨巴大眼睛，歪著腦袋瓜子，一會兒望望娘親，一會兒又看看孫嬤嬤，一臉的茫然。

孫嬤嬤跪在地下，臉色隨著時間一點一點過去，卻始終沒有聽到沈昕顏讓她起來的聲音而變得蒼白。

「娘……」還是小姑娘有些心疼自己的嬤嬤，撒嬌地揪著娘親的衣袖搖了搖。

沈昕顏捏捏女兒紅撲撲的臉蛋，視線這才緩緩地落到地上的孫嬤嬤處，不緊不慢地道：「起來吧。」

「謝夫人！」孫嬤嬤暗暗抹了一把汗。

不等她鬆口氣，沈昕顏意味深長的話又響了起來——

「嬤嬤雖是從伯府裡出來的，但如今領的卻是英國公府的銀米，說話、辦事總也該分得清身分。盈兒是我的掌上明珠，我是信得過嬤嬤才把她交給妳，只盼著嬤嬤也不要辜負了我這份信任。她年紀尚小，正是純真如白紙之時，嬤嬤常在她身邊侍候，什麼話不該說、不當說，心裡總要有個分明。」

孫嬤嬤一張老臉一陣紅、一陣白，訥訥不敢言。

沈昕顏定定地凝視著她片刻，才慢條斯理地接著道：「嬤嬤這些年來侍候盈兒也算是盡心盡力，這些我都瞧在眼裡，妳只須記得分內之事便好，他日盈兒長大，必也會記得嬤嬤的功勞，妳又何苦盡為他人費那些不必要的心呢？嬤嬤仔細想想我這話可在理？」

孫嬤嬤心口一窒，當即又再跪在地上。「夫人所言句句在理，是奴婢被豬油蒙了心。往後，奴婢只一心一意侍候四姑娘，旁的再不作理會！」

「嬤嬤能這般想最好，妳且下去吧！」沈昕顏點點頭，並沒有去探究她這話的真心，揮手便讓她退了出去。

孫嬤嬤此人雖有些私心，但侍候女兒確是盡心，憑著這一層，沈昕顏也並沒有想過要對付她。想來是重活了一回，也像是撥開了雲霧，這一世她倒是看清了不少上一輩子沒有留意的事，比如這孫嬤嬤的心思，比如娘家嫂子打的主意。

她很清楚，不論是前世還是今生，這個時候的她還不曾動過親上加親的念頭。況且，這輩子她早早就歇了這個心思，自然更加不可能給女兒灌輸這種「讓慧表姊嫁給哥哥」的想法。

上一輩子，她的女兒那般竭盡全力地欲撮合她的慧表姊和哥哥，除了有她這個母親的影響，以及被姪女對兒子的癡戀打動外，更與她身邊之人不遺餘力的遊說、暗示分不開。

可她的女兒卻萬萬想不到，她的一腔熱情竟給自己帶來了殺身之禍！

心口又像是被針扎一般，沈昕顏深深地吸了口氣，垂眸便對上了一雙晶瑩剔透、黑白分明的眸子。

「娘，嬤嬤是不是做錯事了？」魏盈芷努著小嘴，不解地問。

「嗯，她說了不該說的話。」沈昕顏輕撫著她軟嫩的臉蛋，溫柔地回答。

小姑娘似懂非懂地點點頭。

沈昕顏心口一熱，忍不住道：「盈兒，妳要記住，但凡是……罷了，妳還小，與妳說這些做什麼呢？」她若有似無地嘆了口氣，輕擁著懵懂的小姑娘入懷。

是她的錯，她是一個相當失敗的母親。上一世女兒的悲劇，歸根究柢是她教養不力所致。

上一世，她視兒子為一輩子唯一的依靠，全副身心都放在了兒子身上，對女兒雖也疼愛，但到底還是有所忽視。

「娘以後會多陪著盈兒。」她壓下滿心的酸楚，放柔聲音道。

「真的？」小姑娘的眼睛登時一亮。

「自是真的。」

沈昕顏微微一笑，突然就找到了重活一世的目標——撫育女兒，看著她長大成人，嫁人生子……再不重複上一世的命運。

是啊，她的一生大抵也就那樣了，可她的女兒不同，完全可以擁有一個幸福安樂的未來。

心裡有了主意，她的笑容不知不覺間也輕鬆了些許，額頭抵著小姑娘的，惹來小姑娘一陣歡快的格格笑聲。

「世子爺！」

「夫人可在屋裡？」

「夫人和四姑娘在屋裡說話呢！」

當那封存記憶裡久遠的男子聲音傳進來時，沈昕顏心口一擰，下意識地緊緊咬著唇瓣。

夫君……

這個京城中有名的紈袴世子，一輩子一事無成，她嫁得不甘不願，自然也沒有在他身上多花心思。

可是，就是這個男人，也只有這個男人，無論她犯了什麼錯誤，都始終堅定不移地維護著她。若不是後來他意外身死，她失了最大的靠山，哪怕她的兒子再怎麼恨她，也絕對無法把她送到家廟去了此殘生。

上一世臨死前神智短暫的清明，她想得最多的不是她又愛又怨又恨的兒子，也不是那個讓她始終看不上眼的兒媳婦，而是她一直沒放在心上，卻維護了她一輩子的夫君——魏雋航。

暮月

第二章

「盈兒也在啊？小丫頭倒是回來得早！」魏雋航不知妻子的心事，笑呵呵地掀簾而入。

雖有那麼一個「紈袴世子」的名聲，可到底是世家公子，哪怕如今二十有六，魏雋航的容貌也並不比少年人遜色，俊眉英挺、雙目若星，一襲青底雲紋錦袍，越發顯得他身姿挺拔。

沈昕顏飛快地平復思緒，牽著女兒的小手迎了上去。「世子爺。」

魏雋航撓撓耳根，對上自家夫人的盈盈笑臉，也不知是不是他的錯覺，總覺得夫人的笑容比平常要溫柔許多，讓他不禁有些竊喜。

「夫人不必多禮。」他清清嗓子，虛扶了行禮的沈昕顏一把，視線也不受控制地直往妻子身上瞄。

「爹爹！」

魏盈芷的嬌脆軟語，驚醒了正偷望妻子俏臉的世子爺。「咳！爹爹的乖囡。」魏雋航若無其事地收回視線，搗嘴佯咳一聲，伸出大掌，無比慈愛地摸摸女兒的髮頂，須臾，從懷中掏出一塊福娃娃狀的通透寶玉，獻寶似地攤在掌心，遞到魏盈芷眼前。

「乖盈兒，妳瞧妳瞧，這福娃娃和妳像不像？爹爹特意尋來給妳的喔！」

小姑娘好奇地拿過寶玉翻看，頓時驚喜地笑了。「娘，這玉娃娃和我一樣，都綁著兩個苞苞頭！」

沈昕顏定眸一看，亦笑著頷首。「是跟盈兒一般呢！」話音剛落，瞬間便見女兒笑瞇了一雙大眼睛。

見入了妻女的眼，魏雋航高興極了，咧著嘴笑得又是歡喜、又是得意。

沈昕顏望著他的笑容，不禁有些失神。

和威名遠播、驚才絕豔的前英國公世子魏雋霆相比，這個男人沒有多大出息，一輩子都生活在兄長的陰影下，哪怕魏雋霆早已逝去多年，可世人提及英國公世子，總是會拿他和兄長相比，嘆息著英國公府怕是後繼無人。

也只有這個心寬的男人，從來不將那些流言蜚語放在心上，便是有人當著他的面諷刺他一無是處，遠遠比不上死去多年的魏雋霆，他也絲毫不惱，反倒笑咪咪地認下。

嫁他非她所願，尤其是閨中姊妹嫁人後，總會有意無意地炫耀夫君的出息，投向她的視線，哪怕是憐憫，也總帶著一股高高在上的味道，更讓她生出一種無地自容之感。

一邊是讓她在姊妹面前丟臉的夫君，一邊是頻頻替她爭氣、給她長臉的優秀兒子，久而久之，她的重心便越發向兒子傾斜，只把兒子當成她唯一的依靠。

她想，若是她上一世對兒子沒有看得那般重，沒有抓得那樣緊，也許就不會有後面發生的一連串事了。

或者，正如魂魄飄蕩時聽到的奇怪聲音所說的，她上一世的所作所為，全不過是「寡婦心態」？她嘲諷地勾了勾嘴角。明明有夫、有兒、有女，她倒還能生出「寡婦心態」，以致最後落得那般下場，也算是自作自受了。

魏雋航心不在焉地哄著女兒，視線總是不由自主地望向身邊的妻子，見她神情似帶著幾分感傷，又似有些許自嘲般的味道，眉頭不知不覺地皺了皺。

夫人為何情緒這般低落？莫不是心中有鬱結之事？難道是兒子？還是靖安伯府？

應該不會是靖安伯府吧？前些日他還和大舅兄見過面呢，並不覺得伯府上會有什麼能讓自家夫人憂慮之事。

既不是伯府，那就是兒子了？想來也是了，她那樣疼愛兒子，卻不能親自撫養，除了晨昏定省和重大節日外，便是見一見兒子都不容易，長年累月之下，又哪能不心存鬱結？

心裡給自己找到了答案後，他暗暗作了個決定。

沈昕顏不知只這麼一會兒的工夫，他就自行補齊了答案。她平復思緒，走過去把被壞爹爹抓亂了花苞頭的女兒救了出來，沒好氣地嗔了某個沒個正形的世子爺一眼。「好了，多大的人了，還跟小姑娘鬧！」

魏雋航笑呵呵的，一副好脾氣的模樣。

沈昕顏不理他，拉著女兒的小手，接過春柳遞過來的濕帕子給她擦臉，又親自替她重新梳了兩個花苞，這才讓春柳領著她出去。

「方才我聽大嫂說，前些日子你從公中支了一百兩，可有此事？」沈昕顏親自替魏雋航倒了茶，問道。

「這個、這個……確、確確有此事。」魏雋航有些心虛地避開她的視線，結結巴巴地回答，只不過，他心裡又不自覺的有幾分雀躍。這還是自家夫人頭一回主動問及自己的事呢！這麼一想，他的背脊不由得挺得更直了，大有一副「不管妳問什麼，我都老老實實回答」的模樣。

沈昕顏卻沒有留意他這點心思，起身進了裡間。

魏雋航呆呆地望著她的背影，片刻，整個人便如被霜打過的茄子，又長長地嘆了口氣，悶悶不樂地摸了摸鼻端。

沈昕顏從裡間出來時，見到的便是他這副蔫頭耷腦、沒精打采的模樣，不禁怔了怔，狐疑地問：「這是怎麼了？」

「沒、沒事。」魏雋航甕聲甕氣地回了句，望向她的眼神帶著讓人無法忽視的小委屈。

沈昕顏被他這副小委屈、小可憐的模樣逗得忍不住勾了勾唇角，連忙壓下，行至他的身邊落了坐，將手上捧著的描金漆黑錦盒塞進他手裡，道：「這是前些日送來的鋪子收益，你瞧瞧可夠了？若不夠，等會兒我再讓人去取。」

魏雋航愣愣地接過打開一看，然後雙手便像是被火烙著了一般，一把推開那盒子，「嗖」的一聲從座位上彈了起來，脹紅著臉瞪她。「妳、妳這是什麼意思?!」

沈昕顏被他這般激烈的反應嚇了一跳，又聽得他這般質問，頓時就怔住了。

「我魏雋航便是再不成器，也做不出花妻子嫁妝錢的這種事來！妳、妳……我、我……妳要氣死我了！」想要凶狠地教訓教訓她，可一對上那張十年如一日般嬌美的臉龐，那些話便再說不出來，唯有氣呼呼地扔下這麼一句，而後一拂衣袖，轉身便大步走出了門。

「世子——」正要掀簾而入的秋棠，被突然從屋裡走出來、氣紅著一張臉的魏雋航嚇了一跳，想要請安的話還沒說出口，對方便已經不見了人影。

她傻乎乎地張著嘴，有些不敢置信地望向身側的小丫頭。「方才那個是世子爺，我沒有看錯吧？」

「沒、沒有，那就是世子爺。」小丫頭弱弱地回了一句。

秋棠一雙眼睛瞪得更大了。世子爺居然衝世子夫人發脾氣了？這太陽可真真是打西邊出來了！

要知道，這一對夫婦一向是相敬如賓，成婚至此從來不曾紅過臉，而世子爺雖然不甚著調，但待世子夫人卻是甚好的，從不曾對世子夫人大聲說過半句話，更不必說氣紅了臉。

卻說屋裡的沈昕顏見自家夫君氣哼哼地衝出了門，頗有些丈二和尚摸不著頭腦的意味，只是當她細細回想魏雋航方才那句話，頓時便明白了，懊惱地拍了拍腦門。

是她的錯，怎麼就不會委婉些，竟這般大剌剌地給人家塞錢。

「夫人，世子爺他……」秋棠進門來便見到主子一臉的懊惱，心裡一驚。難不成真的是世子夫人氣著了爺？

「是我思慮不周，做了件蠢事，不要緊，回頭我再尋他說清楚便是。」雖然有些懊惱，但沈昕顏更清楚自家夫君的性子，故而也不怎麼擔心。

見她這不以為意的模樣，秋棠也鬆了口氣。

「方才崔嬤嬤使人送了包上等燕窩來，也沒說個來由，奴婢琢磨著這事頗有些蹊蹺。」秋棠稟道。

秋棠昨日請了假歸家看望病中的老娘，直到方才才回府，故而並不知今兒個一早之事。

「她既送來妳便收著就是，回頭讓小廚房燉了，妳和春柳、夏荷幾個也嚐嚐。」沈昕顏不甚在意。不管這是方氏的意思還是大長公主的意思，她堂堂世子夫人，難不成連幾兩燕窩都吃不成？

秋棠脆聲應下。

寧安院大長公主屋裡。

大長公主半瞇著雙眼歪在軟榻上，侍候了她大半輩子的徐嬤嬤坐在她腳邊，掌握著手上力度為她按捏著雙腿。

「沈氏所提到的那事，妳覺得該如何處理方好？」大長公主忽地睜眼問。

徐嬤嬤手上的動作有須臾的停頓，笑著道：「公主心中已有了主意，何必捉弄奴婢？」

大長公主失笑，搖搖頭，長嘆一聲道：「沈氏所言也有她的道理，只是……我若依了她，怕碧珍會在心裡頭怨我。」

「公主多慮了，大夫人是您看著長大的，您還不知道她嗎？那是最明理懂事不過的。這一番變動雖說是世子夫人提出的，但終究也是為了府裡好，大夫人她又怎會怨您？」徐嬷嬷笑著寬慰。

大長公主想了想，也覺有理，只轉念想到早逝的長子，又忍不住長長地嘆了口氣。「若是雋霆還在，府裡哪還需要我這老骨頭操心？雋航終究還是不成器了些，便是那沈氏，比之碧珍也多有不及。」

言語間提及的是府裡的主子，徐嬷嬷倒不好說些什麼，只轉移話題道：「奴婢方才經過練武場，遠遠見大公子在舞劍，那動作索利的喲，嘖嘖，真真有國公爺當年之風！」

聽她提到最出息的嫡長孫，大長公主頓時一改方才的愁容，笑著道：「霖哥兒那孩子是個上進的，比他父親呀，要強百倍！也不枉他祖父親自教導他。」

「公主如今倒是這般說，當初卻是不知哪個對國公爺淌眼抹淚，怪他太狠心，訓三、四歲的小娃娃像是訓兵似的！」徐嬷嬷一臉揶揄。

大長公主嗔怪地瞪她一眼。「就妳貧嘴！」

另一廂的魏雋航其實一出了院門便後悔了，只覺得自家夫人乃是一番好意，他著實不好衝她發惱。

他背著手在院門前踱來踱去，有心想回頭向夫人說句軟話，卻又擔心夫人轉而惱了自己，一時打不定主意。後轉念一想到方才自己作的決定，腳步一拐，便往東院方向而去。

東院的練武場。

少年舞動著手中的木劍，或刺或挑或劈，時而凌空、時而俯地，一招一式頗具氣勢，看得一旁的武術先生連連點頭。

魏雋航來的時候，看到的就是這樣一幕。

武術先生察覺了他的到來，正欲上前見禮，魏雋航朝他又是擺手、又是搖頭，他略一思忖便明白了，遂衝著魏雋航遙遙拱了拱手。

魏雋航摸摸鼻子，站到旁邊靜靜觀看，越看越是得意。

果然是他和夫人的好兒子，有子如此，夫復何求？看那幫龜孫子日後還敢不敢在背後取笑他無能！呸，他再沒用，只生這麼一個優秀的兒子就足夠傲視京城了！

魏承霖收回木劍，回身便見不知什麼時候來了的父親正笑咪咪地望著自己。把劍交給一邊的小廝，又和先生說了幾句，這才朝著魏雋航走去。

「父親。」一規規矩矩、恭恭敬敬地行禮。

「這劍舞得不錯，比那什麼南宮大娘舞得好看多了！」魏雋航笑盈盈地誇獎，渾然不覺武術先生皺起了的眉頭。

魏承霖抿抿嘴，終究還是沒忍住，反駁道：「孩兒乃堂堂男子漢大丈夫，父親怎將孩兒與那等風塵女子相提並論？況且，孩兒的劍是要上陣殺敵的，可不是裝模作樣、博人歡愉的繡花枕頭。」

一旁的先生滿意地點頭。正是這個理！

被兒子一頓搶白，魏雋航也不惱，笑容不改地道：「是是是，是父親說錯話了！」

這小子什麼都好，就是這性子跟他的祖父一般，硬邦邦的，甚是無趣，還不如盈兒那丫頭要逗趣得多呢！魏雋航暗地嘀咕。

武術先生無奈地搖頭，上前拱手行禮告退。

魏雋航不甚在意地揮揮手。

「父親可是有事吩咐？若無，孩兒便要回去溫習功課了。」魏承霖自然也清楚生父的性子。

「你這孩子，又沒人逼著你，便是偶爾放鬆放鬆也無妨。」

「祖父時常教導孩兒，做人要自律，唯——」

「好了好了，你想去便去吧！」魏雋航一陣頭疼。

「既如此，孩兒告退。」自律的好少年拱手行禮，轉身就要離開。

「慢著慢著！」待兒子走出幾步，魏雋航才想起自己的來意，連忙叫住他。

魏承霖應聲止步回身，探詢的目光直視魏雋航。

「日後你多抽些時間回去陪陪你母親，她最近身子不怎麼好。」生怕這小古板又給他來一段「祖父教導」，魏雋航忙不迭地直言目的。

「母親身子不好？可請了大夫？大夫怎樣說？可有大礙？」一聽母親身子不好，少年面露焦急，連聲發問。

「無大礙、無大礙，想來只是時常掛念著你，不放心你在外院住著，故而多憂多思，身子才有些弱。」很是滿意兒子的態度，魏雋航虛捋了一把並不存在的鬍鬚。

「孩兒明白了，那便如父親所言，每日多抽些時間回去陪母親。」魏承霖點點頭。

得到了滿意的結果，魏雋航甚是得意，本想著現在就拉著兒子回去尋夫人，順便在夫人面前表表功，只是又怕自己會耽誤了兒子的學業，到頭來又要被父親好一頓罵，這才歇了心思。但想了想，還是有些不甘心就這麼浪費了一個表功的機會，忙又道：「今日你便回去陪你母親用午膳，只是千萬記得，要等我來了再與你一同回去。」

魏承霖有些不解。「兒子自個兒回去便可，不勞父親。」

「你且聽我的便是！」魏雋航大眼一瞪，板著臉，裝出一副嚴父的模樣道。

「既如此，孩兒遵命便是。」魏承霖也習慣了父親的不著調，並不與他多做爭執，點頭應下。

沈昕顏怎麼也沒想到，一向不理事的夫君居然給了她這麼一個「大驚喜」。

她沈默地睇著得意洋洋前來邀功的夫君，目光再緩緩地投向正邁步走進屋來的小小少年，良久，微不可聞地嘆了口氣。

若是沒有經歷過上一世，此時她必定會欣喜若狂。可是，經歷過一番生死後，她發覺自己已經找不準和兒子相處的方式了。畢竟，那些傷痛是實實在在發生過的，旁的人與事她可以說服自己忘記，可這個卻不同，因為那是她曾經全副身心投入關愛的兒子。

平心而論，她甚至有些害怕再與兒子多接觸。她怕自己會不經意地如上輩子一樣投入過多，更怕自己不知什麼時候會被上輩子那些恨意所支配，從而對這個年紀尚幼的兒子做出些會讓她後悔的事來。

近不得，更遠不得，故而，倒不如保持著不遠不近的距離，也讓她繼續盡為人母之職責。

「夫人，妳、妳不高興嗎？」見她一言不發地看著自己，魏雋航有些摸不準她的心思。

「……不，我很高興，多謝夫君。」罷了罷了，總是她的嫡親血脈，難不成她還能避而不見？

「母親。」魏承霖不知這短短一會兒的工夫，自家母親已經經歷了好一番掙扎，上前見過禮後，他關切地問：「母親身子可大好了？可有請大夫診過？」

沈昕顏愣了一會兒，飛快地瞥了滿臉尷尬、正衝她討好地作揖求饒的魏雋航一眼，唇邊不知不覺便漾起了笑容。

「已然大好了。怎的也不擦擦汗？如今天氣正轉涼，可不能仗著身子骨好便隨意輕忽。」一見兒子鬢邊泛著濕意，她習慣性地拉著他近前，輕柔地為他拭去汗漬。

魏承霖有片刻的不自在，可當身子靠入一個軟軟香香的懷抱時，整個人便不由自主地放鬆了下來，甚至還無意識地向對方偎去。

沈昕顏察覺到他的親近，怔了怔，垂眸掩飾眼中的複雜，又認真地替他淨了手，這才吩咐春柳去帶女兒，夏荷去傳膳。

見母子二人親親熱熱地挨在一起，魏雋航咧咧嘴巴，笑得一臉歡喜。看來他這步棋還是走對了！

這日的午膳，福寧院正院一改平日的「食不言、寢不語」，不時響起男子爽朗的說話聲、孩童軟糯的撒嬌聲、女子無奈的輕斥聲，讓門外侍候的婢女們相視一笑，眉間歡喜之色甚濃。

沈昕顏有些失神地望著眼前這兄妹和睦的一幕。

也許是時光太過於久遠，遠到她已經快要想不起她的這雙兒女曾經也有這麼親熱的時候。

她連忙垂下眼簾掩飾微紅的眼眶，可腦海中卻總是浮現著上輩子兒子護著周莞寧，一次次厲聲指責女兒的一幕幕。

一家四口其樂融融地用過了午膳，又到園子裡消了消食，見女兒腦袋瓜子一點一點的，大大的眼睛快要睜不開了，沈昕顏遂命孫嬤嬤將小姑娘抱回屋裡。

「霖哥兒也回屋去睡一會兒吧，下午才有精神繼續上課。」接著，她又接過春柳遞來的披風親自替兒子繫上，叮囑道。

「是，母親、父親，孩兒告退。」魏承霖頷首，躬身行了禮方才離開。

「這孩子，這性子一板一眼的，忒沒……」一旁的魏雋航小聲嘀咕，未盡之話在收到自家夫人一記嗔怪的眼神時，當即便噤了回去。

夫妻二人回了屋，沈昕顏遲疑片刻，正想就之前那事向他解釋，沒想到魏雋航卻率先搶了話。

「那個……夫人，今早那事是我的不是，不該隨便向妳發脾氣。」

沈昕顏怔了怔，少頃，輕聲道：「怎的是世子爺的不是？是我做事有欠周全。」

「不不不，是我的不是！再怎麼我也不能隨便發脾氣！」魏雋航將腦袋搖得如同撥浪鼓。

沈昕顏定定地望著他須臾，而後展顏道：「罷了，事情既已過去，咱們便不再提了吧！只是，你我既是夫妻，夫妻自是一體，你若有為難之事，我雖不才，但也願盡一己之力為你分憂。」

魏雋航吃驚地張著嘴，心裡卻是美得直冒泡。夫人說了，夫妻是一體呢！

「我如今並不缺銀兩，之前向公中支的那一百兩是借給別人救急的。」

沈昕顏沒有追問他把錢借給了何人。

倒是魏雋航有些不好意思地摸摸鼻子，解釋道：「我是借給了鄭國公府的三公子。」

「原是這樣。」沈昕顏並無意追究，只微微頷首，接著像是想到了什麼，搖搖頭道：「也是我糊塗了，你還能給盈兒買玉珮，想來也不是缺錢的樣子。」

魏雋航結結巴巴地道：「下、下回我、我給妳買玲瓏閣的首飾好不好？」見妻子還是一副似笑非笑的表情，他連忙又道：「還給妳買霓裳軒的裙子，就買最最漂亮的、獨一無二的！百味樓新出的那幾味點心也給妳買回來，若是妳喜歡，我就想辦法把那個大廚給請回來……」

聽到這裡，沈昕顏的臉再也板不住了，沒好氣地嗔了他一眼。「你當我是那眼皮子淺的？稀罕那首飾、裙子？況且，你也不怕把牛皮吹破，那百味樓的東家是誰？你也請得動他們的大廚？」

魏雋航被她嗔得渾身舒暢，再看看妻子那水潤潤的烏黑眸子、微微噘著的嘴，真是怎麼看怎麼可愛。

他憨憨地撓撓後腦勺，略帶幾分得意地道：「旁人自是沒法子，可卻不包括我。寧王那廝欠我一個天大的人情，別說只是要他一個廚子，便是要他的心肝『龍虎大將軍』，他也得乖乖奉上來。」

「寧王」兩個字傳入耳中，沈昕顏下意識地皺了皺眉。

別怪她不待見寧王，誰讓此人是京城中有名的花花太歲，納妾就像吃飯一樣尋常，任憑哪家夫人，也不願意自己的夫君和他混在一起。

偏那個二愣子卻無知無覺，眉飛色舞地說著他這輩子難得做的一件「光輝」事。

「……寧王那廝鬼迷心竅，哪還有半點警覺？連魂兒都差點被那女子勾去了！若不是我機警，一早就察覺那女子來歷蹊蹺，早早做了提防，說不定第二日光著身子被扔在大街上的就是寧王了！這麼大的恩情，妳說那廝……」

「你和寧王去那種骯髒地方吃酒？」

洋洋得意的聲音戛然而止。

魏雋航後知後覺地發現，貌似、好像、可能這些話不大適合跟自家夫人說啊！

他心虛地瞄了一下身邊的女子，對上她那似笑非笑的表情，不禁越發的心虛了。尤其是聽到對方一聲輕哼，他立即就慌了，指天賭誓。「我就只是坐了一會兒，只喝了一杯酒就走了！」

「只喝了一杯？」沈昕顏又是一聲輕哼，擺明了是不相信他的話。

「就、就是是……是一……一杯。」魏雋航眼神四處游移，就是不敢看她。

「你和那寧王時常一處？」

「啊？喔，沒、沒時常啊！就是偶爾在街上遇到了客套幾句。夫人，真的，我就只跟他喝了一回酒，不哄妳！若妳不喜歡，我以後見了他都繞道走！」魏雋航急急地表起忠心來。

沈昕顏被他一噎，清清嗓子，無奈地道：「我並非限制你與他往來，他終究是親王爺，結識一番並無不可。只是，我是怕你……嗯，酒色易傷身。」

魏雋航愣了愣，似是不明白她的話，略思忖一會兒，便咧著嘴笑開了。

「好，我都聽夫人的！」小雞啄米般直點頭。

沈昕顏瞥他一眼，自然無法忽視他臉上那太過於燦爛的笑容，不知為何突然有點心虛，連忙別過臉去不敢再看。

魏雋航見狀，笑容越發的燦爛了。

當秋棠帶著人將下個月福寧院的月例悉數帶回來時，沈昕顏並不覺得意外，望望屋內滿臉興奮的幾位侍女，她輕輕揚了揚嘴角。

雖然此事並不能使方氏傷筋動骨，但至少可以挫一挫她的銳氣。當然，最重要的還是自己得了益。

「這下可好了，日後想置些什麼東西，再不用到公中看人家臉色了！」春柳興奮得俏臉脹紅。

「可不是，明明是咱們院裡的例錢，到了用的時候卻還要求爺爺告奶奶，真真慪氣得很，這回可算是熬出頭了！」夏荷眸光閃亮，激動得直把手中的帕子都絞成了一團。

「心裡知道便是了，這些話可不能在外頭說，萬一被安上個非議主子的罪名，我瞧妳們怎麼著！」一向穩重的秋棠小聲叮囑。

「我曉得，妳便放心吧！」

「好了，把各人的月錢理一理便發下去吧！」沈昕顏吩咐道，順手將手上的請帖遞給春柳放好。

秋棠應下。

「康郡王妃的百花宴帖子？夫人打算去嗎？」春柳瞥了一眼帖子，好奇地問。

「郡王妃的面子還是要給的，何況最近我也沒什麼事，就去瞧瞧，權當散心了。」沈昕顏淡淡地說。

康郡王妃的百花宴在京中貴婦圈頗有些名氣，除了康郡王府花園裡讓人驚嘆的奇花異草之多外，最主要的還是這個百花宴自召開以來，成就的姻緣數不勝數，以致家中有適齡兒女的夫人都相當樂意出席。

久而久之，康郡王妃的百花宴便成了各家夫人物色未來兒媳婦人選的代名詞。

英國公府小一輩並沒有適齡男子，方氏所出的二姑娘如今不過十一歲，離訂親尚早，便是將來議親，也與沈昕顏這個二嬸並無瓜葛，故而她倒真的是打算去觀賞康郡王府那些珍貴花草的。

「二嫂可在屋裡？」

屋外忽地傳來楊氏的笑言，沈昕顏抬頭，便見楊氏笑容滿面地邁了進屋。

「外頭天氣這般好，二嫂怎的也不出去走走，享受咱們府裡如斯美好的景色！」

「三弟妹來了，快請坐。春柳，奉茶！」沈昕顏起身迎了她落坐。

「還是二嫂會調教人，這春柳丫頭一瞧便是個伶俐的。」楊氏接過春柳奉上的茶盞，笑著誇獎道。

「可別誇她，這丫頭禁不得誇，一誇尾巴便翹上天了。」沈昕顏掩嘴笑道。

「夫人！」春柳羞得跺了跺腳，福了福，一轉身便退了出去。

「瞧瞧，脾氣可大著呢！」沈昕顏輕笑出聲，神色間卻並無不豫。

楊氏是個有眼色的，自然瞧得出來，也跟著打趣了幾句，這才別有深意地道：「從今往後，咱們可才算是真真正正做自個兒的主了！這還是託了二嫂的福呢！」

沈昕顏自是知道她話中所指，只是笑笑，卻不接她這話。

楊氏倒也不在意，她也是看出來了，這二嫂是個慣會糊弄人的，往日只怕不只是自己，便是大長公主和那方氏也小瞧她了。可不，這一出手，便從方氏嘴裡奪了塊肉回來。

「怎的不見盈丫頭？」楊氏又叨了幾句家常，隨口問。

「這會兒想是在她祖母那兒呢！昨日便嘰嘰咕咕地唸著祖母處有好吃的桂花糕，今兒不吃個夠本想來必是不肯回來了，這個貪嘴丫頭！」聽她問及女兒，沈昕顏便止不住滿臉的笑容。

「小孩子哪有不貪嘴的？只母親院裡的桂花糕確是比別處做的好吃些，別說盈丫頭，便連我也是愛得不行！」楊氏笑著道。兩人又說了一會兒兒女們的趣事，楊氏才恍若不經意地道：「我方才過來，遠遠便見大嫂帶著位姑娘往母親處去，我瞧著那姑娘倒是與她有幾分相似，莫非她娘家那位妹妹回京了？」

沈昕顏愕然，搖搖頭道：「這我倒不曾聽說，若是那位姑娘，前來探望多年不見的親姊也是正常。」

「我約莫記得那姑娘快十七了吧？難不成是回京備嫁？」楊氏頓了頓，掩嘴笑著又道：「這便是了，平良侯當年雖被聖上攆了出京，但總也是京城人氏，他的閨女自然得回京備嫁。」說完，許是想到方氏娘家敗落，她忍不住吃吃笑了起來，笑聲難掩幸災樂禍。

沈昕顏笑笑，並沒有告訴她，這位方姑娘至今並未定下親事，自然也沒有什麼備嫁一說了。這會兒她也想起來了，上一世也有方氏嫡幼妹進府一事，而這位方家姑娘在府裡的那段日子，也是方氏待她最為親近的時候，只因為，方氏還要拜託她帶其妹子出席京中各宴席，以便將來許個好人家。想來，這輩子方氏還是要拜託到她的頭上。

次日到大長公主處請安，便見大長公主滿臉笑容地由一名年輕的紫衣姑娘攙扶著，從立地屏風後走了出來。

沈昕顏瞥了那姑娘一眼，認出正是方氏的嫡妹，平良侯的幼女方碧蓉。瞧著大長公主的態度，不出所料地如上一世那般待這方碧蓉疼寵有加。

說起來這方碧蓉雖是侯府嫡女，可她的命卻不甚好，與長姊方氏相差了十來歲，照理應該是千嬌百寵地長大才是，哪想到十數年前平良侯觸怒今上，被今上流放在外做了地方官，好好的侯爺就這般灰溜溜地被放逐出京城，連帶著平良侯府也成了京中笑話。

這方碧蓉年紀小小便也跟著父母離了京，時至如今十六歲了才被平良侯夫婦送回京中，交託嫡長女方氏，為的不過是借著英國公府的勢給幼女尋　門好親事。

相較於幼妹，方氏倒還好些，平良侯府落敗時她早已經嫁入了英國公府，在國公府的地位也已穩穩當當。大長公主是個厚道人，加之與方氏生母乃私交甚好的閨中姊妹，並不因為她娘家之事而怠慢於她，反而更加憐惜，信任有加。

待妯娌三人一一向大長公主行過禮、問過安後，楊氏的神色早已瞧不出半分異樣，笑著上前拉著方碧蓉的手道：「好俊俏的姑娘！早就聽聞府裡來了個神仙似的姑娘，倒一直不曾見過，如今一瞧，這般品貌與大嫂真真不愧是嫡親姊妹，莫怪母親這般疼愛！」

沈昕顏有些想笑。楊氏這張嘴，當真讓人自嘆不如，句句話都埋著深意，若不是對她有那麼一點兒瞭解的，還真會被她這副言辭懇切的模樣給糊弄了過去。

聽聽，「來了個神仙似的姑娘」，可身為主人家的她卻偏偏「一直不曾見過」，這不是暗指這方家姑娘不懂禮數嗎？

還有這句「品貌與大嫂真真不愧是嫡親姊妹」，這話中隱含的嘲諷，估計只要曉得她對方氏是什麼態度的都能聽得出來了。

可偏偏，人家這番話每一個字聽來都是誇讚的，讓人挑不出半點錯處。

方氏自然也聽出了她言下之意，心中微惱，但也不好說些什麼，只故作不知道。

大長公主微微抬眸往楊氏那邊掃了一眼，瞅著她那親切熱情的笑臉，不知怎麼的突然覺得有點頭疼。

方碧蓉不是傻子，自然也能感覺得到楊氏並不像她表現的那般熱情，不禁有些委屈。只是想到自己寄人籬下的身分，唯有將這絲委屈嚥了回去，在方氏的指點下，一一向沈昕顏和楊氏行了禮。

沈昕顏隨手將手腕上的碧玉鐲褪下來當見面禮，楊氏則從髮髻上拔了根金簪送給她，一樣都是中規中矩，既不過於熱絡，也不算是失禮。

可對於方碧蓉來說，這些見面禮卻是相當的薄了，尤其對比不久前大長公主和方氏送給她的那些珠玉首飾。

「多謝夫人！」心裡雖然不甚高興，好歹也是侯府嫡女出身，她還是相當得體地謝過了兩人。

「改明兒再讓妳見見那些個泥猴子。」大長公主笑著輕拍拍方碧蓉的手背，慈愛地道。

「姨母過謙了，我曾聽母親提過，說英國公府的嫡長孫是個最聰慧出色不過的，最肖國公爺，沒承想今日竟不得見。」方碧蓉的聲音輕輕柔柔的，極易讓人生出好感。

聽她提及最出色的孫兒，大長公主哈哈一笑。「霖哥兒人小鬼大，最愛裝大人，孫兒幾個，確是他略微讓人放心些。」

方碧蓉陪著笑臉，可眼中卻帶著一絲不易察覺的憂慮，下意識地瞥了笑容有瞬間僵硬的方氏一眼。看來確如母親所說，那霖哥兒在國公爺和大長公主心目中的地位，比她的嫡親外甥騏哥兒要高。

「母親可不能偏心啊！霖哥兒是個懂事的孩子，可咱們釗哥兒、越哥兒心裡也都牢牢記得要孝順祖母呢！昨日越哥兒還特意把他最愛吃的芙蓉糕留下，說是要留給祖母吃呢！」楊氏笑嘻嘻地接話。釗哥兒、越哥兒是她所出的兩個兒子。

「都是懂事孩子、都是懂事孩子！只妳可不許再縱著越哥兒吃甜了，小心又像上回那般鬧牙疼。」大長公主的笑容越發燦爛，想到越哥兒曾經因為牙疼鬧得食不下嚥、寢不安穩，便不放心地叮囑道。

「母親放心，都拘著呢！每日只准吃兩塊，多了便是再沒有了。」楊氏是個慣會順竿子爬的，當即便又說了好些兒女們的趣事，越發逗得大長公主開懷。

沈昕顏簡直嘆為觀止。瞧瞧人家，庶子媳婦又如何？照樣能把嫡母哄得高高興興的，比之上一輩子的自己，簡直勝了不知多少倍！

大長公主和楊氏逗趣了片刻，又和方氏、沈昕顏兩人閒話了一會兒家常，這才對沈昕顏道：「妳這方妹妹多年不曾回京，與京中的親戚們都疏遠了，正好後日康郡王府百花宴，妳們妯娌兩人便帶著她一同前去，也好讓小姑娘家開開眼界。」

這妯娌二人指的自然是沈昕顏和楊氏。方氏雖是長子媳婦，可到底是守節之人，並不適宜往那等場合。

沈昕顏有些意外，上一世帶方碧蓉去的只有她自己，沒想到這一世倒還拉上了楊氏。只不過對她來說，多一人、少一人並沒有什麼不同，遂點點頭道：「母親說得是，兒媳應下了。」

楊氏的眼珠子滴溜溜地轉動幾下，不過瞬間便明白了大長公主此舉涵義。

「既如此，大嫂那些壓箱底的好東西可都得搬出來，把方妹妹打扮得漂漂亮亮的一同去赴宴。」

「大嫂的東西雖好，卻未必適合這年輕姑娘，倒不如請玲瓏閣的掌櫃帶些最新的首飾頭面來，讓方妹妹自個兒選些喜歡的，如此不是更好？」沈昕顏笑盈盈地建議。

「對對對，還是二嫂想得周全！要我說，霓裳軒的掌櫃也請來，讓方妹妹挑幾身衣裳！」楊氏臉上一喜，忙不迭地跟著道。

名義上雖說是給方碧蓉挑選衣裳首飾，可傻子都知道斷斷不可能只給她一人買，基本上是見者有分，只有笨蛋才會有便宜不占。

楊氏自然不是笨蛋，沈昕顏起了這麼一個好頭，她也不甘落後，插科打諢地便讓大長公主將此事給定了下來。

方氏嘴角微不可見地抽了抽，心知這下怕是要大出血了。哪怕這筆開銷是從公中支出，可公中的錢不也是她的錢嗎？

她瞥了瞥臉上始終帶著溫婉笑意的沈昕顏，不知怎的覺得牙根有點癢癢的。這沈氏最近也不知吃錯了什麼藥，怎的件件事都做得讓她有憋屈感呢？沈昕顏接收到她的視線，回眸給了她一個柔和親切的笑容，越發憋得她險些一口氣提不上來。

「打鐵不如趁熱，既如此，這會兒便讓人分別到玲瓏閣和霓裳軒跟掌櫃們說，請她們盡快帶上自個兒店裡最最上等的貨來，若晚了被其他府裡買走可不好了。」沈昕顏冷不防地又插了一句。

「對對對，二嫂提醒得對！大嫂，此事乾脆便由我身邊的梅英和蘭英去辦吧，也免得這兩丫頭整日犯懶！」楊氏一拍大腿，大包大攬起來。

「這事不勞——」方氏正想婉拒，可楊氏根本不等她說，已揚聲吩咐梅英和蘭英速速去請兩位掌櫃。看著梅英和蘭英一溜煙跑得沒了影，方氏嘔得險些把帕子都絞碎了，唯有皮笑肉不笑地道：「如此便煩勞三弟妹了！」

「不煩勞、不煩勞，都是一家人嘛！」楊氏得了便宜，笑容燦爛得險些閃瞎方氏的眼。

沈昕顏連忙裝作喝茶，掩飾嘴角快要遮掩不住的笑意。果然不愧是無利不起早的魏三夫人啊！

大長公主含笑望著妯娌三人妳來我往，並不出聲。在她看來，偶爾給府中女眷置些首飾頭面之類的，並不值什麼，又哪裡知道方氏早就視公中的一切為他們長房所有，讓她掏出這麼一大筆錢，不亞於割肉。

若是專為她妹妹置辦倒也沒什麼，對這個小她十來歲的幼妹，她也是疼愛得很，可還要替另兩房……她深深地吸了口氣，努力將心裡的不痛快壓回去，只到底不爽，略陪著大長公主說了會兒話便起身告辭了。

沈昕顏自然也不久留。

「夫人，您還真的要帶那方姑娘去康郡王府啊？」回到屋裡，春柳一邊替她更衣，一邊不解地問。

「自然是真的，都已經答應了母親，難不成還能有假？」沈昕顏靠在貴妃榻上，無比愜意地道。

春柳想想也是。

「夫人，大公子來了！」外頭響起了夏荷歡喜的聲音。

沈昕顏連忙坐直身子，少頃，便見魏承霖邁著越發沈穩的腳步走了進來。

「母親近日可是攆了父親屋裡幾個人？」行過禮後，魏承霖直接便問。

沈昕顏有些意外，前段日子她確是攆了魏雋航院裡幾個不安分的丫頭，倒也不瞞他。

「確有此事。難不成那些不長眼的還鬧到你那兒了？」

魏承霖搖搖頭。「並不曾，只是孩兒偶然得知此事，思忖著有些不妥，故而才來尋母親。」

沈昕顏微微頷首，卻沒有問他有何不妥。

魏承霖遲疑片刻，終是沒忍住，囁嚅道：「母親，孩兒覺得此事您是否應該提前知會父親？畢竟那些都是侍候父親之人，若是因此與父親起了嫌隙，豈不是得不償失？」許是覺得身為人子，著實不宜對父母之事多言，少年的聲音越來越輕，頭也漸漸地低了下去。

沈昕顏訝然，作夢也沒有想到他會對自己說這麼一番話，更加沒有料到他竟對自己之事這般關切。不知為何，忽地覺得鼻子有些許酸澀之意，連忙借著啜飲茶水的動作掩飾住。

久久得不到母親的回應，魏承霖心中越發不安，不禁後悔自己著實不該這般莽撞。

「對、對不住，是孩兒多事了，母親不必——」

「不，母親很高興。我兒這是將母親放在了心上，才擔心母親會因此事觸怒你父親。我兒一番孝心，母親深感欣慰。」沈昕顏打斷他的話，含笑道。

向來愛板著一張小臉的少年不由得微微紅了臉，有些不好意思地飛快瞅了她一眼，而後繼續低著頭小小聲道：「您是孩兒的母親，孩兒自然會將您放在心上。」

沈昕顏並沒有錯過他這番話，臉上笑意微凝，隨即添了幾分苦澀。

是嗎？因為她是他的母親，所以被他放在心上？既然如此，上輩子她的下場又是怎麼一回事？她知道自己又鑽了牛角尖，可卻抑制不住心裡頭瘋狂生長著的想法。

「你……你能這般想，母親很高興。」雖然不清楚發生了什麼事使得今生這個兒子，與上輩子的他有了些許不一樣，但這些不一樣她卻相當樂意看到。沒有人會願意自己的嫡親骨肉與自己離心，她也一樣。她的語氣微頓了頓，不知怎的便想到了上一世的某些事。垂著眼簾須臾，望入少年的漆黑眼眸，無比溫柔地、一字一頓地教導。「只不過，霖哥兒，你要記得，你是堂堂男子漢大丈夫，將來是要幹一番事業支撐起英國公府門庭的，你的天地應在外頭，而內宅乃女子之戰場，常言道『男主外，女主內』便是如此。身為男子，心思、精力不應投在內宅，更不應該插手婦人之爭，你可明白？」

魏承霖眨眨漆黑如墨的眼眸，點點頭。「孩兒明白。」

沈昕顏微微一笑，輕撫了撫他柔軟的髮絲，柔聲又道：「自古女子便是男子最溫柔堅實的後盾，像你祖母，正因為府裡有你祖母這般精明能幹的主母，你祖父才能安心在外頭建功立業。將來霖哥兒的媳婦，容貌尚在其次，只這『精明能幹』四個字卻是斷斷不能缺少的。」

而周莞寧與「精明能幹」四個字卻拉不上半點關係！

她承認，她說出這番話確是另有心思，可那又怎樣呢？任誰也不能說她這番話有錯！

小少年更加不好意思了，嘴巴微微噘起，語氣竟是帶著一絲撒嬌的意味。「母親……」

沈昕顏輕笑出聲，直笑得魏承霖小臉泛紅，連禮也忘記行了，一轉身，便溜了出去。

看著兒子難得露出這與年齡相符的一面，沈昕顏再忍不住大笑起來。

笑聲中，像是掀起了一陣風，將一直籠罩在她心頭上的薄霧吹散了開來。

是啊，她的兒子今年才不過十歲，離他遇到周莞寧還有七年。儘管她這個兒子素有主見，又是個心意堅定的，可那又怎樣呢？她是他的母親，而身為母親，她有教導兒子的義務，誰又敢肯定在這七年裡，他不會將她的教導記在心裡呢？

不敢奢望他全部聽進心裡去，但凡有十之一二亦足矣！

這日，是玲瓏閣和霓裳軒的掌櫃，帶著各自店裡最好的商品到府裡讓眾人挑選的日子。

「……翡翠顯老，方妹妹年紀輕輕的戴這些個不好看，還是給我吧！這個好這個好，這金鑲東珠墜子特別襯妹妹，妹妹戴著越發像仙女了！」

「可是我覺著……」

「就這個就這個，聽我的沒錯！」

沈昕顏走近花廳時，就聽見裡頭有聲音傳出，細一聽便知道是楊氏和方碧蓉的聲音。她有些不厚道地笑了，想也知道楊氏必會可著勁地為自己挑些最貴重的，以楊氏的性子，方氏姊妹只怕得嘔死。

「哎呀呀，二嫂妳總算來了！快來快來，妳瞧瞧，我戴這翠鑲珠寶耳墜可好看？」楊氏率先發現她的到來，熱情地靠上前，雙手在兩邊耳垂處比劃著一對精緻的耳墜。

「好看，非常好看，越發襯得三弟妹富貴逼人！」沈昕顏睨了一眼有些委屈的方碧蓉，再瞅瞅滿臉隱忍的方氏，險些沒忍住，笑出聲來。

「我也這般覺得！」楊氏得意極了，又將她挑中的好幾件首飾一一試戴起來，不時回頭問沈昕顏的意見。

沈昕顏相當捧場，毫不吝嗇的誇讚一溜地從口中道來，瞬間便讓楊氏的笑聲止也止不住。

方氏憋了滿肚子的氣，每每她替妹妹挑中的首飾，那楊氏總會以各種理由給奪去，偏她還一臉「為方妹妹著想」的親切表情，讓她想發作也發作不了。世間上怎麼就有這般厚臉皮之人！

方氏深深地吸了口氣，不經意間，視線落在沈昕顏的髮髻上，眸中閃過一絲驚訝。「二弟妹這鳳簪好生別緻，倒像是頭一回見妳戴。我瞧著這工藝，倒有些像是出自玲瓏閣。」

話音剛落，屋內眾人的視線齊唰唰地落到沈昕顏的髮髻上。

沈昕顏扶著那簪子，唇邊不自覺地勾起了一絲溫柔的淺笑。

「大夫人好眼力，此簪確是出自玲瓏閣，還是府上世子爺親自選好款式請工匠製造的，今兒一早才做好，連我也是第一次見到成品呢！」玲瓏閣的女掌櫃陶氏笑呵呵地道。

「原來是世子爺請人訂做的，怪道呢，只這一根簪子，可把滿屋子裡的珠寶首飾都給比下去了。」方氏瞥了滿臉羨慕地瞪著沈昕顏髮上簪子的楊氏一眼。

楊氏低頭看看自己看中的那幾支簪子，再對比沈昕顏戴著的那支，不知怎的，原本甚是滿意的首飾，這會兒怎麼瞧都覺得煞是一般。

「這首飾不論貴重與否，只看與佩帶之人是否相襯、是否能將主人本身的氣質發揮得淋漓盡致。世子夫人這根簪子乃世子爺專門請人所製造，細到每根金線的纏繞，無不以展示世子夫人的雍容典雅為任，故而也只有世子夫人戴上，才有相得益彰之效；三夫人所選的這對翠嵌珠寶蝶紋耳墜，玉翠通透盈潤，寶石璀璨顯金貴，把夫人這通身氣派襯得淋漓盡致。不得不說，夫人的眼光真真令我自愧不如；這位方小姐清麗脫俗宛如空谷幽蘭，以東珠作配，海棠為飾，再穿上那流仙裙，真真有如九天玄女下凡塵；還有大夫人……」

陶掌櫃舌粲蓮花，直哄得楊氏及方氏姊妹眉開眼笑，尤其是方氏姊妹，頓掃方才一再被楊氏截胡的不悅。

霓裳軒的掌櫃自然不甘落後，不遺餘力地推銷起自己店裡最最華貴精美的衣裙。

不過小半個時辰，眾人便都挑好了自己滿意的首飾衣裳。

便連沈昕顏也給魏雋航及一雙兒女各挑了一件飾品，給魏雋航父子選的都是通透的玉珮，選給女兒的則是嵌珠雙喜頭花。趁此機會，她乾脆也給自己挑了兩套頭面、一身衣裙。

反正花的都是公中的錢，不花白不花！至於現在還笑盈盈的方氏在看到帳單後會有什麼反應，那就不是她需要考慮的了。

第三章

百花宴這日，方碧蓉早早便起來梳妝打扮，方氏更是親自替她上妝，看著出落得嬌美如花的妹妹，不由得一陣欣慰。

「姊姊瞧著我這身打扮如何？是否妥當？」方碧蓉有些緊張，畢竟這也算是她頭一回在京城露臉，日後能許什麼人家，這一回的百花宴至關重要。

「好看極了，便是比當年的瑞王妃也無有不及。」方氏含笑回答。

「真的嗎？」方碧蓉眼睛一亮，俏臉微微泛紅。

當年的瑞王妃可是京城第一美，她隨便化的一個妝容，都能輕易使京城各家夫人、小姐爭相追逐模仿。

「自然是真的，我的妹妹豈是尋常庸脂俗粉所能相提並論的？」對自家妹妹的容貌，方氏很是有自信。

「姊姊妳放心，將來若有機會，妹妹必會全力襄助騏哥兒奪回他應得的地位。」方碧蓉眸中一片堅定。

「好，只要咱們姊妹同心，終有一日，定叫那些瞧不起咱們的……」方氏並沒有將最後半句話道出，可她臉上的陰狠表情卻昭顯了她的心思。「沈氏此人，我原以為自己已經看透她了，可最近她的行為卻讓人頗為費解，妳與她出去，切忌不可開罪於她，便是有些委屈也暫且忍耐，須知君子報仇，十年未晚。至於那楊氏，不過是個眼皮子淺的俗貨，不足為慮，只是也莫要與她作口舌之爭，她是個豁得出臉面的潑辣貨，姑娘家招惹上她可不是什麼好事。」方氏不放心地叮囑。

「姊姊放心，我都記下了。」方碧蓉點點頭。

「前些日子我給妳的那份名冊，妳可都認全了？」

「都認全了。」

「如此就好。妳打小便離開京城，又是頭一回參加京裡的宴會，寧願少說少做，也千萬不得開罪了不能得罪之人。」方氏叮囑了又叮囑，末了又道：「首輔夫人所出的幼子如今十八歲，正是議親的時候，若是妳能入了她的眼，將來必是一大助力；還有徐尚書、理國公，這兩府上同樣有適齡男兒。這三家的夫人十成十會去的，故而妳要注意些。」

方碧蓉自然又是好一番應允。

那廂方氏好一陣耳提面命，這邊沈昕顏卻不得不好生哄著撒嬌耍賴、想要跟著去的女兒，一番割地賠款，好不容易哄得小姑娘高興了，這才帶著秋棠和等候在一旁的楊氏、方碧蓉出了門，坐上往康郡王府的馬車。

「我初到京城，頭一回赴宴，還請世子夫人與三夫人凡事多加提點，也免得我在貴人跟前出醜丟臉。」落了坐後，方碧蓉盈盈地道。

「方姑娘心性通透，令姊又素有精明伶俐之名，想必早已事事囑咐，準備周全。我等不過愚笨之人，著實擔不起這提點二字。」沈昕顏別有深意地道。

方碧蓉一滯，眸中閃過一絲惱怒，勉強扯了個僵硬的笑容，乾巴巴地道：「世子夫人過謙了。」說完，靜靜地坐到一邊，再不敢多言。

沈昕顏也不再理她，合著眼眸開始養神。

楊氏看看這個，又看看那個，眼中一片了然。隨即，親親熱熱地挽著方碧蓉的手臂笑道：「方妹妹如此花容月貌，不定被哪個貴人瞧上，嫁個前程似錦的夫君呢！只盼著妹妹日後富貴了，可千萬莫忘了提攜提攜姊姊才是！」

方碧蓉俏臉泛紅，嬌羞地低下頭去，心情卻因她這番話而相當愉悅。

沈昕顏嘴角微微揚了一個嘲諷的弧度，卻沒說話。

半晌，馬車轉過幾個路口，便到了康郡王府所在的街道。

「這人也太多了，得等到何時才能輪到咱們進去？」察覺馬車停了下來，楊氏掀開車簾一道縫往外面望去，驚嘆一聲。

方碧蓉也忍不住偷偷望出去，入目之處俱是大小規格不一的各式馬車，將原本寬敞的街道堵得密密實實，遠遠望去，倒是隱隱可見郡王府門前迎客的十來個管事打扮的男子。

她雖為京城人氏，可自幼便隨父母在外地生活，卻是從未曾見過如今這般盛況，一時不禁看得愣住了。

沈昕顏上輩子便以世子夫人的身分參加過這百花宴，心裡早已有了準備，知道只怕還要再等片刻，故而繼續合著眼睛。

「三夫人，那是哪家的車？怎的如此氣派？」遠遠見停得比較接近康郡王府的數輛馬車緩緩讓出一條路，讓姍姍來遲的另一輛豪華車駕先進去，方碧蓉不禁好奇地問。

「除了首輔大人府上的車，哪家有這般大的面子。」楊氏回答，眼中卻掩飾不住羨慕。當朝首輔不但為內閣之首，還是皇后娘娘生父，一門之榮耀，乃旁人所不能想像的。

首輔大人家的……方碧蓉沈默。

沈昕顏在聽到「首輔」二字時便已經睜開了眼睛，斜睨了有些失神的方碧蓉一眼，想到上一世對方的所作所為，眸中若有所思。

上一世自己雖是不甘不願地帶著方碧蓉赴宴，對她也不喜歡，但想著畢竟是自己帶出來的，故而時時處處都提點著她，可最終呢，這方碧蓉卻偏偏瞧上了自己的妹婿——如今的翰林院編修齊柳修。

這方碧蓉一邊放不下齊柳修，一邊又不願放棄攀上高門的機會，到後來東窗事發。得知妹妹是在百花宴上認識的齊柳修，方氏自然將這筆帳算在了沈昕顏的頭上。

不但是方氏，便是她的妹妹——齊柳修的夫人沈昕蘭，也對她恨之入骨。

真真是好笑，方氏便罷了，便是沒有此事發生，她對自己這個占據了原屬於她地位的人也是痛恨至極。可自己的妹妹呢？不去怨恨那姦夫淫婦，倒把她這個嫡姊給恨上了，還不是因為柿子總挑軟的捏！

這輩子自己倒是可以杜絕齊柳修和方碧蓉在百花宴的初見，可……憑什麼？牛要喝水，難不成她還強按著不讓？

別怨她冷漠自私，任憑誰被親妹妹一次次在背後捅刀，也再大度不起來。

這有名的、變相的相親宴，康郡王妃早已召開了不止一回，故而這一回賓客雖多，但郡王府也早有準備。男客被引至正堂，女眷則被青布小轎抬著進二門，再往花廳去。

沈昕顏、楊氏及方碧蓉三人進來時，廳裡已經是一片言笑晏晏之景。

上首的康郡王妃正陪著首輔夫人說著話，身邊還有幾個不時附和著的貴夫人；作姑娘家打扮的年輕女子，則由康郡王妃之女平秀縣主招呼著。

英國公府在朝堂上雖無支撐得起的男子，可國公夫人乃今上嫡親姑母靜和大長公主，現世子爺雖紈袴，卻聖眷頗濃，以致沈昕顏這個世子夫人剛一進來便有不少世家夫人上前招呼。

「許些日子不見大長公主，不知殿下近來可安康？」康郡王妃自然也不敢怠慢她，親切地問道。

「勞郡王妃惦記，母親一切安好。」

「世子夫人身邊這位姑娘好模樣，不知是誰家閨女？」首輔夫人在看到方碧蓉時眼前一亮，有些期待地問。

方碧蓉矜持地朝著眾夫人行了個福禮，落落大方地站在沈昕顏的身邊。

沈昕顏回答道：「這位是方姑娘，平良侯嫡幼女，頭一回來京城，家嫂便請我帶她來見見世面。」

「原來是平良侯府上的姑娘。」首輔夫人臉上的笑意斂了下去。

方碧蓉眸光一暗，感覺望向自己的視線多了些不屑，頓覺難堪，心裡卻又有些暗惱——好歹她也是侯府嫡女，出身並不低，這些人憑什麼如此看她？

她自幼在父母身邊長大，又遠離京中是非，自然也沒有人在她耳邊說些不三不四的話，雖不解為何父母要將自己的親事交託親姊，但也沒有太過於在意，故而並不知平良侯府早已是京中笑話一事。

滿堂的女眷時不時地望向方碧蓉，其中不乏有對平良侯府不瞭解的夫人、小姐們低聲打聽著，越發讓方碧蓉恨不得找個地洞鑽進去。

就在這一刻，她才猛然發現，難不成自家在京城還有些什麼事是她不知道的？

她不敢想下去，只恨不得將自己縮成一團，以逃避那些讓她渾身不自在的視線。

沈昕顏恍若不覺，又繼續與康郡王妃等世家夫人寒暄了幾句，便含笑靜靜坐到了一旁。

上輩子她是這樣介紹方碧蓉的——這位是家嫂嫡妹，母親憐惜她，擔心她在家中憋壞了，便讓我帶著她來見見世面，也好結識些姊妹。

字字句句都顯示了大長公主對這位方姑娘的看重，硬是弱化了平良侯府，反倒將她與英國公府牽在了一起。便是在場有人想起這方姑娘的出身，可看在大長公主的分上，也不會太過於讓她難堪。

可是今生，憑什麼呢？自己憑什麼要護著她？

楊氏自然也不會為方碧蓉出頭，早就尋到了相熟的夫人，坐到一處說說笑笑。方碧蓉在此處人生地不熟，沈昕顏和楊氏又完全沒有帶著她去交際的打算，唯有低著頭，陪著沈昕顏坐在貴婦人當中，越發顯得突兀。

沈昕顏倒是坦然，反正前世今生她讓人看的笑話還少嗎？

最後，還是身為主人家的平秀縣主上前邀請方碧蓉到園子裡賞花。

方碧蓉自然不會推辭，畢竟平秀縣主所在的圈子都是京城的頂級貴女，若是能打進去，對她將來嫁入高門百利而無一害。

「妳怎麼把方氏的妹妹也帶來了？」胳膊被人輕碰了碰，沈昕顏側過頭，便見交好的閨中姊妹傅婉不知什麼時候坐到了自己身邊，正壓低聲音問。

沈昕顏眼神一暖，衝她露了個無可奈何的表情。

傅婉心領神會，有些憐惜地在她手背上拍了拍。「難為妳了。」

在府裡被方氏壓了一頭已經夠憋屈了，如今連出來赴個宴還得帶著方氏的妹妹，只怕也是要為這方姑娘鋪路搭橋，要說這其中沒有大長公主的意思，她是絕對不會相信的。

都說大長公主為人寬和慈愛，可在她看來，大長公主的心著實偏得過於厲害了。

礙於場合，傅婉也不便多說些什麼，只拉著沈昕顏尋了處安靜的地方說些兒女趣事。

「……瞧她那輕狂樣，唯恐別人不知似的。不過一個小小的侍郎，有什麼了不起的！」不屑的輕哼透過身後層層疊疊的花枝傳過來，沈昕顏與傅婉對望一眼，不約而同地止了說話聲。

「她夫君這個侍郎位置，誰不知是拍馬溜鬚討了秦家歡心才得來的，偏她還自以為自己夫君了不起，處處要高人一等呢！孰不知還不如沈昕顏那個紈袴夫君，好歹人家也是正兒八經的世子爺，當今聖上的表弟，未來的國公爺！」

「可不是嘛！」

說話聲漸漸遠去，傅婉忍俊不禁地望著沈昕顏。

沈昕顏無奈地聳聳肩，自嘲地道：「我竟不知自己還有被抬出來壓制旁人的時候。」

「理她們做什麼？別瞧著她們在外頭表現得一副不可一世、高高在上的模樣，不定心裡怎麼苦呢！便說羅秀秀吧，夫君未及而立之年便已升了吏部侍郎，她也一躍成了侍郎夫人，瞧著倒是挺光鮮，孰不知她府裡那些姨娘、庶子鬧的事，真真能把人給活活氣死。」

「妳說的倒也是。」沈昕顏如何不知？

往日的閨中姊妹相繼出嫁後，再碰面仍免不了攀比，不過是從以前比誰的首飾貴重漂亮，變成了如今比誰的夫君有出息、兒子生得夠多。相信再過得幾年，又會再加一條——比比誰的兒子更成器了！

現在她兒子的聰慧之名還未曾揚出，倒是她的夫君紈袴得人盡皆知，使得屢屢與當日的閨中姊妹見面，她都是那個被取笑、被同情的。

「我就說她們兩人必是尋處清靜的地方說悄悄話了，偏妳們不信，瞧，如今可信了吧？」

「還是秀秀妳瞭解她們！我說妳們倆也真是的，姊妹們難得一聚，偏妳們躲起來說悄悄話！在說什麼呢？也說來讓我們聽聽啊！」

嬌笑清脆的女子聲音陸陸續續在身邊響了起來，沈昕顏望向來人，再與傅婉對望一眼，均從雙方眼中看到了一絲無奈。

當真是不能背後說人，這不，剛提了羅秀秀，她便帶著人尋來了！

「在說秀秀年紀輕輕便成了侍郎夫人，尊夫如此出息，讓人羨慕無比呢！」傅婉含笑回答。

為首著一身海棠紅衣裳的羅秀秀臉上瞬間便揚起了得意之色，假惺惺道：「這不過是聖上垂愛罷了。」

羅秀秀身邊還跟著三名婦人，沈昕顏只認得站於她左側的是許玉芝，另兩名瞧著有些臉熟，卻一時記不起是哪家的夫人。

許玉芝正是方才打趣著問她們在說什麼的女子。瞧著羅秀秀一臉的得意，她微不可見地撇了撇嘴，轉眼間笑著道：「聖上便是垂愛，也要李大人有本事才行啊！」

羅秀秀的夫君姓李，便是前不久剛提了品的李侍郎。

「可不是！我記得李大人乃探花出身吧？我那娘家姪兒書房裡還保留著李大人的文章呢！」

「年紀輕輕便有如此成就，前程真真是不可限量啊！」

另兩名婦人不甘落後，七嘴八舌地誇了起來，直誇得羅秀秀笑得合不攏嘴。

那兩人說話間，沈昕顏下意識地望向身邊的傅婉，正好也對上了傅婉望過來的眼神，兩人相視一笑，只因兩人均認得，這兩名婦人正是方才在背後對李大人充分表示了不屑的那兩位！當真是……她無奈地搖搖頭。

「嘔……」許玉芝突然推開頗有些圓潤的一名婦人，快步走到一旁乾嘔起來，也成功地打斷了她們的誇讚之聲。

「怎麼了、怎麼了這是？可是身子不適？」羅秀秀不解。

「瞧這樣子，難不成是懷上了？」一個子稍矮的那位試探著問。

許玉芝拭了拭嘴角，又接過傅婉遞過來的熱茶啜了一口，這才羞澀地點了點頭。「還未滿三個月……」隨即又緊張地叮囑道：「妳們可千萬莫要外道！」

「這是自然！恭喜恭喜！這是第四胎了吧？再過幾個月又要給你們銘哥兒添個弟弟

了！」

「我倒希望生個女兒，那三個潑皮猴著實讓人不省心，還是女兒好，是娘的貼心小棉襖。」許玉芝輕撫著腹部，臉上閃耀著柔和歡喜的光，只偶爾望向臉色僵硬的羅秀秀時帶著幾分得意。夫君再出息又怎樣？連個兒子都生不出，連沈昕顏都不如！人家沈昕顏好歹還有個兒子傍身呢！

「我說玉芝妳也真是的，明知有孕也不在家好生休養，這裡人來人往，萬一有個閃失，可不是鬧著玩的。」風頭被人搶去，羅秀秀心中不悅，皮笑肉不笑地道。

「放心吧！我好歹有過三回經驗，且大夫又說我這胎懷得實，倒是要多出來走動走動，將來生產也容易些。姊姊懷的次數少些，不大瞭解也沒什麼。」許玉芝眉梢微微上揚，寸步不讓。

「如此倒是我多嘴了！」

「姊姊也是一番好意。」

聽著兩人的唇槍舌劍，沈昕顏頗為無奈。有那麼一瞬間的衝動，她很想上前告訴她們，羅秀秀的夫君傍上的秦家很快便會倒臺，他的官職也會被擼掉；而許玉芝這一胎並沒有順利生下來，不但如此，還徹底損了身子。

可是，理智最終還是占了上風，將她這番話給努力逼了回去，否則接下來便不會是羅、許兩人之爭，而是她們合力圍攻自己了。

越聽越是覺得無聊，她輕輕扯了扯傅婉的袖口，兩人心意相通，趁著那幾人沒留意，靜悄悄地溜走了。

「總算是清靜了！」沈昕顏長長地吁了口氣。

不過也虧得李大人升官、許玉芝四度有孕，所有人的注意力都被吸引過去，否則方才便會是她第無數次感受到她們的「熱情安慰」，誰讓她的夫君最不爭氣呢！

傅婉掩嘴輕笑。

這個時候，不爭氣的魏世子正呆呆地望著跪在自己身前楚楚可憐的陌生女子。

「妳說認真的？」

「是，求世子爺救如煙！」女子淒然拜倒。

魏雋航雖覺詫異，但好歹也是在三教九流之處混過的，很快便回過神來。

「妳不是那二夫人的表妹嗎？我與妳素昧平生……」

女子緩緩搖頭，兩行珠淚滾滾而落。「如煙知道此舉甚是冒昧，只如今唯有世子爺才能救如煙，求世子爺開恩，帶如煙離開此處吧！」

「喔？」不爭氣的魏世子挑挑眉，頗有幾分玩世不恭的味道。

「如煙可以扮作丫頭跟在世子爺身後離開，只求世子爺大發慈悲，救如煙逃離深淵！」

「噢，原來妳早有預謀！」魏雋航斜睨一眼她身邊的小包袱，緩緩地道。

女子頓時便噎住了。

「起來說話吧！」魏雋航倒沒有太過於為難她。

女子心中頓時一定，道了聲「是」便站了起來，又順著魏雋航的示意，在他對面的椅上坐下，飛快地望了他一眼便又垂下眼簾。

「妳想隨我離開這裡？不是說笑？」魏雋航的聲音沈穩。

「是！」如煙醞釀了一下情緒後，哽咽著道：「如煙父母雙亡，又無兄弟姊妹扶持，便投靠遠房表姊，也就是二夫人。誰承想二夫人受人迷惑，竟想將如煙送給一往來的富商為繼室，以換取高額聘禮。那富商年過四十，生性殘暴，又是個男女葷素不忌的，家中還養著數名孿童，前三任夫人都死得不明不白。如煙不肯就範，表姊竟夥同下人，打算給如煙下迷藥，欲毀如煙清白，逼如煙非嫁不可……」說到此處，女子悲不自勝，眼淚如斷了線的珠子一般，一滴一滴滑落，真真是楚楚可憐至極。

「我若是帶妳離開，萬一被人發現，我豈不是要擔一個誘拐黃花閨女的罪名？」魏雋航語氣稍緩，聽入女子耳中便是已有鬆動之意。

「如煙素聞世子爺宅心仁厚、慈悲為懷，必不會見死不——」

「等等！」魏雋航突然出聲打斷她的話。「雖不知妳是從何處聽來的這些拍馬溜鬚之話，但我必須誠實地告訴妳，本世子與慈悲為懷、宅心仁厚可拉不上什麼關係。再者，妳並沒有如實回答，如若因為救了妳而導致我擔了個誘拐的罪名又該如何？」

女子愣住了。怎麼此人不按劇本走的？

「我、我……我並非他們家之人，不過是前來探望親戚的，自覺不便多作打擾，故而提前自行離去。不知世子爺認為這般解釋可行？」

「早就該這般正常說話了！每回一次話便自稱一下名字，著實讓人聽了彆扭！」魏雋航笑咪咪地道。

女子嘴角抽了抽。

「我本是一人前來赴宴，如今離開卻要帶上一人，這一路上的打點只怕是免不了。況且，我本與玲瓏閣的掌櫃約好了一個時辰之後交付定金，如今被妳這般一耽擱，誤了時辰不只，只怕我相中的那套頭面已經易了主，這當中的損失……」魏雋航搖頭晃腦，一副肉疼到不行的模樣。

女子用力咬了咬唇瓣，努力壓下那股想揍人的衝動。

她深深地吸了口氣，從小包袱裡翻出一疊銀票擺在魏雋航的面前。「世子爺瞧瞧，這些可夠了？」

魏雋航瞥一眼，見那些銀票大小金額不等，加起來至少也有數百兩，遂大手一撈，將它們悉數收納懷中。「既如此，今日本世子便當是日行一善吧！」

女子臉色幾經變化，連忙低下頭去掩飾那咬牙切齒般的惱意。

魏雋航背著手，悠悠哉哉地帶著她一路出了大門，足下步伐不變，走出好一段距離後，方向一轉，轉入了旁邊的一道深巷。

「世子……」女子正想說他走錯路了，哪想到對方突然停下腳步，對著深巷道了句——

「交給你了！」

女子暗叫不好，正想大聲呼叫，後頸忽地一痛，眼前一黑，便軟倒在地。

不知什麼時候出現的黑衣男子收回手勢，朝著魏雋航點了點頭，遲疑一會兒後，不見對方有動作，遂忍不住問：「世子爺，那些銀票呢？屬下需要帶回去交給主子詳查來源。」

「我說黑子，你怎麼就這般不懂事呢，哪有吃進嘴裡的肉還要人家給吐出來之理？」魏雋航笑咪咪地回了句。

男子臉色一變，總算是想起了臨行之前主子的感嘆，百般無奈地從懷裡掏出一張大額銀票。「那屬下以這張交換總行了吧？」

「這還差不多！」世子爺總算是滿意了。

「明明早前還是個揮金如土的，如今怎的變得這般吝嗇小氣？這貪財的模樣若讓國公爺和大長公主看到，還不知要氣成什麼樣呢！」直到那志得意滿的世子爺離開後，黑子才嘀咕了句，而後順手撈起昏迷在地的女子，幾個縱身便消失在巷子裡。

魏雋航可不理會別人怎麼想自己，樂滋滋地揣著懷裡的一筆小橫財，屁顛顛地往玲瓏閣走去。

昨日夫人送了他一塊質地上佳的玉珮，今日他可要再挑一套精美絕倫的頭面給她！

此時的沈昕顏並不知道自己夫君的打算，她冷冷地注視著不遠處含羞帶怯地從齊柳修懷裡退出來的方碧蓉，不得不感嘆這兩人真是孽緣深厚。

果然，不論有沒有自己，方碧蓉照樣還會遇上齊柳修，照樣對他一見傾心。

「妳不出去阻止嗎？」傅婉驚訝地望著那兩人，片刻才擔憂地問身邊的好友。

「姊姊覺得這會子我出去真的就能阻止了嗎？」

傅婉想了想，輕輕搖了搖頭。「不能，這會子妳出去，反倒會給自己沾一身腥。」

沈昕顏笑笑，直到那兩人一步三回頭地離開，這才與傅婉從樹後走了出去。

「此事妳還要謹慎，想個辦法提醒一下方氏。雖然那姑娘不姓魏，但到底也是親戚一場，免得將來帶累了國公府。」離開前，傅婉還是沒忍住，小聲叮囑。

「姊姊放心，我心中都有數。」沈昕顏心中一暖，柔聲安慰道。

坐上馬車那一刻，沈昕顏便已換上了滿臉怒容。

心情正好的楊氏下意識地斂下了笑容，小心翼翼地問：「二嫂，可是出了什麼事？」

沈昕顏睨她一眼。「三弟妹放心，與妳無關。」

楊氏聽她這般說，頓時便放心了。只要與自己無關，管她惱不惱呢！

方碧蓉是最後一個上車的，整個人恍恍惚惚，竟是對車內的異樣無知無覺，只朝著兩人打了聲招呼便落了坐，靜靜地坐著出神。

沈昕顏冷漠地盯著她，看見她臉上的神情一時茫然、一時嬌羞、一時失落，竟然旁若無人地想起了女兒家的心事。

這一下，便是打算事不關己，高高掛起的楊氏也瞧出了端倪，著實沒忍住，輕碰了碰方碧蓉的手臂。「方妹妹，今日可曾結識到貴人？」

方碧蓉立即回過神來，眨眼間想到在康郡王府時受到貴女們的排擠，鼻子一酸，險些便要流下淚來，勉強回答道：「我這初來乍到的，又哪能這般容易便結識到貴人。」

沈昕顏一聲冷笑。「姑娘沒遇到貴人，可這神色間卻隱隱可見歡欣羞澀，難不成遇到了良人？」

方碧蓉的臉唰的一下就紅了，心中一慌，結結巴巴地道：「夫、夫人說、說笑了，在場的都是女眷，哪、哪有什麼良人！」

沈昕顏又是一聲冷哼，倒也沒有再說什麼。

只這仍舊讓方碧蓉心驚膽戰，不時偷偷望向她，猜測著對方是不是知道了什麼？轉念一想，心思略一動。瞧她這般模樣，難不成她認得那位公子？

楊氏在兩人臉上來回地看了片刻，眼珠子轉了轉。看來這位方姑娘的確是遇到了「良人」，否則以她的性子，方才沈氏問時便會惱怒反斥以維護自己的閨譽，哪會是這副作賊心虛的模樣？就是不知她遇到的「良人」是個什麼樣的人？瞧沈氏的反應，難不成那「良人」

她還認得？心思幾番轉動，她心裡隱隱有些興奮。看來方氏與沈氏之間又將會有一場好戲上演了，還是靜觀其變看看熱鬧，免得到時惹火上身。打定了主意，她乾脆裝起了木頭人。

待進了府，沈昕顏怒氣沖沖地率先下了車，逕自便往方氏所在的院子走去，嚇得方碧蓉臉色大變，急急忙忙提著裙裾追上去。「世子夫人、世子夫人……」

楊氏想了想，推開上前欲扶她的侍女，嘴角勾著看好戲般的弧度，亦追著那兩人而去。

「夫人便放心吧，以姑娘這般品貌，滿京城裡也挑不出一個來。」方氏的貼身侍女桃枝見她有些心神不寧，分明是擔心去赴宴的妹妹，忍不住勸道。

「話是這般說，但如今這世道，擇媳先看門第，碧蓉雖是侯府嫡女，可……」方氏嘆了口氣。「若父親當年不曾開罪聖上，咱們平良侯府何至如此？對了，騏哥兒呢？可把書都背出來了？」

桃枝遲疑須臾，低聲道：「四公子畢竟年幼，夫人若是逼得太緊，反倒讓他先生了畏懼之心，豈不是得不償失？」

「年幼年幼，那霖哥兒似他這般年紀時，已經將《千字文》倒背如流了！」方氏惱聲道。

桃枝立即噤聲，不敢再勸。只要涉及到四公子的學業，夫人根本聽不得別人勸。四公子雖不如大公子聰慧，卻是個極乖巧的懂事孩子，便是大長公主對他也是疼愛有加。

方氏胸口急促起伏，好一會兒才努力把怒火壓下去。兒子是她一輩子的希望，將來要想奪回屬於自己的一切，她的兒子一定不能比沈氏的兒子差！

「……世子夫人！世子夫人，請容奴婢前去通稟！世……」

「讓開！」正在這時，沈昕顏怒氣沖沖地掀簾而入。

方氏臉一沈，一揚手，屏退追著上來欲阻止的侍女，這才冷笑道：「二弟妹好大的威風，令堂便是如此教導妳規矩的嗎？」

「比不得平良侯府的好家教，未出閣的姑娘，光天化日也敢勾引有婦之夫！」

「沈氏！」方氏勃然大怒，一拍長案。「我素日讓妳三分，妳倒以為我怕了妳不成！我平良侯府的名聲豈容妳作踐至此？今日我必要請母親主持公道！」

「好啊，只要妳們不怕丟人，莫說請母親主持公道，便是鬧上天去，我也奉陪到底！」

沈昕顏寸步不讓，氣勢比她更盛。

方氏怔了怔，下意識望向正邁步進來的方碧蓉，見她臉色發白，心裡咯噔一下。難不成……

有婦之夫……方碧蓉只覺得天都快要塌下來了！那人竟然已經娶妻了？

剛好趕來的楊氏望望神色各異的三人，不由得扼腕。可惜了，若是再走快兩步，好歹也能聽個全的！

她清咳了咳，裝作不解地邁進屋裡來。「大嫂、二嫂，妳們怎麼了？發生什麼事了？怎的臉色這般難看？還有方妹妹，妳這又是怎的了？方才還好好的啊！」

方氏深深地呼吸幾下，先是屏退左右，而後沈著臉道：「三弟妹請回吧！我這兒有事，怕是不能招待三弟妹了！」

楊氏倒是想厚著臉皮留下來看熱鬧，可看看方氏那張黑如鍋底的臉，再瞧瞧沈昕顏滿臉的怒容，頓時便打起了退堂鼓，遂乾笑一聲道：「既如此，那我便先回去了。」見沒有人理會自己，楊氏勉強扯了扯嘴角，灰溜溜地離開了。

「二弟妹，此處並無外人，有話但請直說，妳方才那番話是什麼意思？」方氏磨著牙，話雖是問沈昕顏，可卻死死地盯著坐立不安、慘白著臉的方碧蓉。

沈昕顏冷笑。「妳怎的不問問妳的好妹妹，方才在康郡王府做了什麼？竟如此不知廉恥地向陌生男子投懷送抱！妳可知道，那人不但有妻、有兒、有女，還是我的親妹夫！」說到此處，她更是怒氣難消，惡狠狠地瞪著方碧蓉，恨不得一副生啖其肉的模樣。

方碧蓉的身子晃了晃，無力地癱坐在地上，喃喃地道：「不可能、不可能……他怎麼可能娶親？不可能……」

沈昕顏再聽不下去，猛地跨出一步，狠狠的一巴掌抽到她的臉上，直打得她的腦袋偏到一旁去，白皙的臉蛋上瞬間多了一個紅掌印。

方氏也是恨鐵不成鋼，可眼睜睜看著親妹被打，怎可能無動於衷？她用力一把抓住沈昕顏又欲打下去的手，厲聲喝道：「二弟妹，妳太放肆了！」

沒能再打一巴掌，沈昕顏暗暗覺得可惜，可臉上怒氣卻不改。「放肆？她做出如此不要臉之事，我不打殺了她便是看在親戚情分上了！」

「妳此話好生沒理，焉知不是妳那好妹夫心懷不軌，刻意引誘年輕姑娘！」方碧蓉這般表現，方氏便是想幫她否認到底也不能了，唯有忍著滿腔怒火據理力爭，心裡卻將她罵了個半死。

「心懷不軌、刻意引誘？我可是親眼所見的啊！妳這好妹妹沒有一絲半毫的不願意，便是此時此刻，她震驚難過的只怕也是人家居然早已娶了妻吧！」沈昕顏嗤笑一聲，冷冷地瞥向被打得有些懵了的方碧蓉。「大嫂若認為我是信口雌黃，倒不如雙方對質，看看我那妹夫是否當真刻意引誘！」

方氏怒得死死攥著雙手，連指甲都掐斷了也無知無覺。

此等事吃虧的總是姑娘家，出了這種事，女方只恨不得掩得嚴嚴實實的，又怎麼可能會與男方當面對質？這名聲還要不要了？沈昕顏也是篤定了這一點，所以才這般有恃無恐。

方氏氣得渾身發抖，卻拿她無可奈何，不但如此，還要努力平息對方的怒氣，以求對方將此事給遮掩了下去，免得耽誤了自家妹妹的名聲。

「我明白了。只是二弟妹，這畢竟不是一樁光彩事，張揚出去對誰都不好。若是只誤了這當事人，也算是自食其果，罪有應得。只可憐了令妹，若她知曉此事，心裡可會好受？再一層，令妹夫也是朝廷中人，為官者最重名聲，這般一鬧，他的前程盡毀不說，還要連累府中眷屬，那真真是百害而無一利。至於碧蓉……是我管教無方，還請二弟妹看在她年輕不懂事的分上饒恕她這一回，大嫂我在此謝過妳了！」說完，朝著沈昕顏躬身行禮。

沈昕顏坦然地受了她這一禮，裝出一副怒火漸漸平息的模樣，恨恨地剮了癱坐在地上、低著頭瞧不見神情的方碧蓉一眼，這才道：「我若有心張揚，方才在外頭便已經嚷開了。雖說方姑娘既不姓魏，也不姓沈，但如今卻是國公府的嬌客，若是鬧出什麼醜事來，帶累了國公府名聲，到時候母親怪罪下來，我看便是大嫂妳怕也難逃責罰。」

「二弟妹說得對，這事是大嫂欠妳一個人情。」方氏心裡堵得厲害，可還是勉強揚起一絲感激的笑容。

沈昕顏又朝方碧蓉放了幾句狠話，這才板著一張臉離開了。

方氏鐵青著臉，死死瞪著她的背影，眸中一片陰鷙。

「姊姊……」

啪！

總算從意中人已娶妻這個沈重打擊裡反應過來的方碧蓉，含淚喚了聲，卻冷不防被方氏狠狠地搧了一記耳光，原本就已印了一個紅掌印的左臉瞬間又腫了幾分。

「不知廉恥！」方氏咬牙切齒，眼中有一閃而過的殺意。曾經對妹妹抱有多大希望，如今她的憤怒便有多盛。

方碧蓉被打倒在地，捂著臉，嚶嚶地哭了起來。

還是走進來的桃枝心中不忍，連忙上前將她扶了起來。

「不用管她！做出這種醜事還有臉哭？」方氏氣不過，又想打。

桃枝連忙制止她。「夫人不可，再打下去妳讓四姑娘怎麼見人！」

「打，妳打，妳打死我好了！我也不想活了！」平生頭一回動心，卻沒想到對方竟是個有婦之夫；再加上又被親姊這般打罵，方碧蓉只覺得萬念俱灰，真真是想著倒不如一死了之。

「妳瞧瞧她，還好意思跟我硬！」方氏登時大怒。

「夫人、四姑娘……」桃枝又要勸這個，又要安慰那個，一時忙得頭都快要大了，好不容易將方碧蓉帶下去重新梳妝，又勸慰了一會兒，這才回來。「夫人也是被氣急了，世子夫人不過是虛張聲勢，難不成她還真敢讓四姑娘與她那妹夫當面對質？」桃枝低聲道。

方氏冷笑。「她心腸硬著呢，有什麼敢不敢的？再說，那又不是她的嫡親妹夫！」

靖安伯府嫡出的姑奶奶只有沈昕顏一個，其他的外嫁女全部是庶出，自古嫡庶有別，方氏從來不認為身為嫡女的沈昕顏與那些庶妹能有多好。

那人不過是沈昕顏的庶妹夫，而這個，卻是她的嫡親妹妹，她著實不敢賭，也不能賭！

桃枝也想明白了這層，不禁咬牙道：「世子夫人當真是狠毒！」

方氏長長地吁了口氣，白皙的臉卻異常猙獰。今日之恥，他日她必將十倍奉還！

卻說沈昕顏從方氏處離開，心情卻是相當之愉悅。

上輩子方碧蓉欠她的一巴掌，今日可總算是還了，只可惜方氏阻止得太快，要不她還能再收收利息。

上一世借著英國公府之勢，方氏給方碧蓉訂下了與吏部徐尚書嫡三子的親事，而方碧蓉既放不下心上人，又不願放棄這門好親事，恰好那時徐三公子病重，親事一拖再拖，也給了方碧蓉與齊柳修幽會的機會。

直至事發。

雖然事發，可方氏手段了得，竟硬是將此事給掩了下來；為了不失去尚書府的助力，連徐家提出沖喜的要求也答應了。

方碧蓉嫁進門半年，徐三公子便一病而亡，徐家是個厚道的，對進門不過半年的兒媳婦也算善待，故而她的日子比出嫁前倒還要好過些。

論理，方碧蓉與齊柳修之事與沈昕顏半點瓜葛都沒有，可不管是方碧蓉還是沈昕蘭，竟全都恨上了她。

沈昕顏至今仍無法忘懷當日被困家廟時，方氏姊妹名為看望，實為羞辱，方碧蓉還藉機狠狠打了自己一記耳光。

雖然最後這方氏姊妹也沒有什麼好下場，可不能報當日被打耳光之仇，她總是心存遺憾。

「三姑爺當真與那方家姑娘……」秋棠一面替她更衣，一面不可思議地道。
沈昕顏「嗯」了一聲。
「那夫人可要將此事告知三姑娘？」秋棠試探著問。
她口中的三姑娘指的自然是沈昕顏的庶妹、齊柳修的妻子——沈昕蘭。
「妳認為我是否應該對三妹說？」沈昕顏不答反問。
秋棠搖搖頭。「我覺得，夫人還是莫要說為好。以三姑娘的性子，怕到頭來還會怪到您的頭上來，不定還以為是您引著方姑娘勾引了三姑爺呢！」
沈昕顏讚許地望了她一眼。這丫頭當真伶俐，竟將沈昕蘭的性子看得如此透澈分明。上輩子的沈昕蘭可不就是如此嗎？不過……
她微微一笑。「妳說得有理，不過她終究是我妹妹，哪怕不是一母所生，我既知道了，便斷沒有瞞住她之理。」
秋棠愣了愣，有些不明白她此舉用意。
沈昕顏也無意解釋，彎下身子，張開雙臂摟住朝自己衝來的女兒。
「貪嘴丫頭又偷吃點心了是不？連嘴巴都沒擦乾淨。」憐愛地捏捏女兒的小鼻子，又用帕子拭去小姑娘嘴角的點心渣子，這才在那軟嫩嫩的臉蛋上親了一口。
「沒偷吃，是哥哥給我的！」小姑娘被她親得格格笑，胖胖的小手指指向身後的兄長。
沈昕顏這才察覺兒子也跟著進來了。

「今日怎的這般早回來？功課都做好了？」望望牆上的西洋掛鐘，見比兒子平常回來的時辰要早些，她遂問。

「先生被祖父請去了，故才早了些放我回來。」魏承霖還是一貫的面無表情。

沈昕顏點點頭，知道必是國公爺要向西席先生詢問兒子的學業情況。

論起來，英國公對這個長孫確是寄予了厚望，隔三差五便要過問魏承霖的學業，有時候甚至還親自教授他武藝。

慶幸的是，魏承霖也不曾讓他失望。

母子二人相對而坐，魏承霖素來便是個寡言少語的，而沈昕顏因始終對他存有一部分上輩子遺留下的心事，只是循例過問了他的衣食住行。

兩人一問一答，很快地便沈默了下來。

「娘——您瞧我好看嗎？」正覺不自在間，不知什麼時候跑進了裡間的魏盈芷「噠噠噠」地跑了出來，逕自跑到她的跟前，仰著小臉得意地問。

沈昕顏一個沒忍住便笑出聲來。只見小丫頭嘟著一張「血盆小口」，兩邊臉頰抹著大小深淺不一的兩坨胭脂，乍一眼望去，倒像是市井中穿紅戴綠的媒婆，直樂得沈昕顏捂著肚子笑個不停。

便是向來沈穩的魏承霖也是忍俊不禁。

小姑娘被娘親和哥哥笑得不高興了，癟著小嘴，委委屈屈地望望笑彎了腰的娘親，又看看背過身去「噗噗噗噗」直偷笑的哥哥。

「有什麼高興之事?說出來也讓我樂上一樂!」還未走進屋便聽到妻子異常歡樂的笑聲，魏雋航的心情也不知不覺地雀躍了起來。

「爹!」一見最疼愛自己的爹爹回來了，小姑娘撒嬌地便要撲過去摟著他告狀。

魏雋航習慣性地打算彎下身子去抱女兒，乍一對上那張已經瞧不出原本模樣的小臉便先嚇了一跳，整個人下意識地退了一步。

小姑娘一見，頓時委屈地「哇」一聲哭了起來。

沈昕顏慌了，連忙上前欲哄，可魏雋航的動作比她更快，先一步抱起女兒，心肝兒肉地哄個不停。

魏盈芷小手抹著眼淚，卻不想那胭脂被淚水一沖，她這一抹，頓時便成了花貓臉，讓沈昕顏悶笑不已。

「妹妹不哭，哭起來就不好看了。」當她好不容易忍下笑意，正想上前加入哄女兒行列時，卻意外地見魏承霖正拿著乾淨的帕子，無比溫柔地為小姑娘拭著眼淚。

小丫頭本也不是愛哭的，只是難得打扮得這般「漂漂亮亮」，不但沒有得到爹娘兄長的誇獎，反而還被人嫌棄，這一想便覺得委屈極了。

如今爹爹和哥哥一左一右地哄著她，她漸漸便也止了哭聲，濕漉漉的大眼睛望望爹爹，又看看哥哥，最後肉乎乎的小手臂一張，便摟著哥哥的脖子，將小臉蛋埋在他頸邊不停地蹭。

「大公子，讓奴婢把四姑娘抱下去洗把臉吧！」聽到聲音走了進來的春柳忍笑上前道。

「不必了，我自己來便好。」魏承霖搖搖頭，避開春柳欲抱妹妹的手，親自抱著小丫頭進了淨室。

「沒想到霖哥兒還有這般溫柔體貼的時候！」看著那對兄妹的身影消失在屏風之後，魏雋航感嘆道。

沈昕顏亦深以為然。

兩輩子加起來，除了對周莞寧，她的這個兒子便是對著至親也是不假辭色，更不必說會抱著妹妹親自給她淨手洗臉了。

她記得清清楚楚，上輩子的女兒天不怕、地不怕，偏偏就很怕她的哥哥；雖不至於如同老鼠見貓那般地步，但不到萬不得已，她也是不會主動親近他的。

像如今這般，爹娘都在身邊，可她卻主動選擇讓哥哥抱她去淨水洗臉更是從不曾有過。

沈昕顏懷疑，莫非是因為這一世的兒子留在正院裡陪伴她們母女的時候多了？好像除了這個，也尋不出別的原因了。

「我方才在園子裡瞧見騏哥兒，不過幾日不見他，怎的膽子像是越來越小了？」魏雋航接過春柳奉上的熱茶呷了幾口，道。

沈昕顏正在梳妝檯前整理著被女兒弄得一塌糊塗的胭脂水粉，聽他這般說，腦子裡便浮現起一個瘦瘦弱弱的身影。

魏承騏乃前世子魏雋霆的遺腹子，在沈昕顏的記憶中，一直是個安靜乖巧卻有幾分怯弱的孩子。

方氏望子成龍心切，一心想讓兒子承襲其父的出色，更因為府裡有一個讓長輩們讚不絕口的魏承霖在，故而對魏承騏的管教便越發的嚴厲；雖不至於到打罵孩子的地步，可言語卻有些許苛刻，讓本就膽小的魏承騏越發畏畏縮縮起來。

如此便成了一個解不開的閉環。方氏管束得越嚴，魏承騏便越是膽怯畏縮；他越是膽怯畏縮，方氏便越不滿意，管束得越發嚴格。

可是，沈昕顏雖不喜方氏，有一點卻是相當羨慕她。因為，她有一個始終對她不離不棄的兒子。

上輩子她被困於家廟的頭一年，方氏在國公府內大權獨攬，為了替自己的兒子鋪路而出手對付周莞寧，終於觸怒了魏承霖，最終被魏承霖的雷霆手段整治得險些連性命都不保，是魏承騏以放棄自己在國公府內的一切為代價，換取了她的性命與自由。

至少，上輩子沈昕顏死的時候，方氏還在兒子的侍奉下活得好好的。

那一輩子，她的兒子很出色，年少有為、前程似錦，可她得到的，卻是下半生被困，瘋癲而亡。

對比方氏，其實她自己又好得到哪裡去？她們同樣都是一個相當失敗的母親。

「騏哥兒……是個好孩子……」沈昕顏最終只能這樣回了一句。

魏雋航點點頭表示贊同，隨即又無奈地道：「只是大嫂管教得難免嚴了些。」

沈昕顏垂眸，端過茶壺替他續了茶水，聲音淡淡的。「大嫂教子便是母親也不便多言，我們這些叔叔嬸嬸自然更加不好說什麼。」她是憐惜魏承騏，卻也沒有自找麻煩地替他出頭的打算。魏承騏就是方氏的逆鱗，敢觸碰者死。

最重要的是，她自己連如何為人母都尚且理不清楚，又有何資格去管別人的孩子？

魏雋航如何不知這個道理？只點點頭道：「待騏哥兒再大些搬到外院時，替他請幾個武術師傅，接觸的人多了，想來這膽小的性子便也能改過來了。」

沈昕顏只是笑笑，並沒有接他這話，心裡卻頗不以為然。

搬到外院便輕鬆了？你還是太小瞧了你那位好大嫂！

「三嫂有了身孕，明日我想回伯府一趟，可好？」沈昕顏說起了正事。她口中的三嫂，指的自然是娘家的嫂子。

「恰好我明日得閒，便陪夫人一同去吧！」

讓她意外的是，魏雋航竟然主動提出陪她一起回去。

「如此便多謝世子了。」她只略怔了怔，便笑道。

雖然明日娘家一行她另有目的，不過魏雋航能去的話更好，至少可以向娘家的某些人昭顯一下她在國公府的地位。

第四章

翌日一早，趁著女兒被大長公主喚了去，沈昕顏與魏雋航立即命人準備車馬，啟程前往靖安伯府。

靖安伯府離英國公府並不算遠，坐馬車也不過半個時辰的時間。

如今的靖安伯乃沈昕顏一母同胞的兄長，伯夫人梁氏與沈昕顏的關係不過爾爾，彼此瞧對方都不大順眼，但好歹也能維持面子情分。直至沈昕顏運氣大發成了國公府世子夫人，梁氏待她的態度才熱絡了不少。

沈昕顏雖不喜梁氏這嫂子，但對梁氏所出之女沈慧然卻是相當疼愛，否則上輩子也不會一心想讓她給自己做兒媳婦了。

可這輩子再次看到這位她疼若親女的姪女時，她的感覺便複雜多了。這當中，牽扯的便是上輩子她女兒魏盈芷的慘死。

魏盈芷之死，周家二郎是凶手，可沈慧然卻是導致她被人錯手殺害的直接原因。雖然上輩子沈慧然因為內疚而選擇懸樑自盡，但終究還是在沈昕顏心中扎下了一根刺。

「二姑姑。」

如今的沈慧然不過八歲的小丫頭，正在大人的指點下乖乖巧巧、規規矩矩地上前見禮。

沈昕顏朝她笑了笑，卻不像以往那般親熱地摟過她。「不過一陣子不見，慧兒便已長高了許多。」

沈慧然抿了抿小嘴，勾起一個有些羞澀的笑容。

「前些日這丫頭整日在我耳邊唸叨著許久不見二姑姑，甚是想念，如今可總算把妳給盼來，想來我也能耳根清淨一陣子了。」梁氏嗔了女兒一眼，笑著上前，親親熱熱地拉著沈昕顏的手道。

「到底是嫡嫡親的姑姪，慧兒怎的不也唸叨唸叨三姑姑？」

女子的打趣聲在一旁響了起來，沈昕顏望去，認出說話之人正是她此行的目標——沈昕蘭。

「慧兒也想三姑姑的。」沈慧然到底年幼，聽她這般說便先紅了臉，有些不安地小聲道。

「好了，多大的人了，還跟小孩子計較！」沈二夫人笑著啐了沈昕蘭一口。

沈昕蘭掩嘴輕笑。

「咱們還是趕緊進屋，莫讓母親久等了。」梁氏道。

這廂姑嫂妯娌姊妹幾個，說說笑笑地往靖安伯沈太夫人處走去，那廂的魏雋航亦由靖安伯兄弟幾個引著進了門。

「怎的不見三嫂？」路上，沈昕顏問。

「她這些日子吃什麼吐什麼，夜裡也睡不大安穩，方才用了早膳後倒有了些睏意，母親便讓她回屋裡先休息了，這會子想必還未曾起呢！」梁氏回答道。

沈昕顏微微頷首。

跟在她身邊的沈昕蘭掩嘴笑著道：「二姊姊與二姊夫成婚多年，感情仍是這般好，著實令人羨慕。瞧姊姊回來這一趟，二姊夫倒還不放心地親自送了來。」

「妳若心裡不服，下回便讓三妹夫親自陪妳也回一次！」梁氏沒好氣地道。

「他哪裡抽得開身？整日忙得昏頭轉向的，便是好不容易休沐一回，不是這個上峰使人來叫，便是那個同僚讓人來請，哪有半日空閒？」沈昕蘭嘆息著道，卻是有意無意地瞥了沈昕顏一眼，眼神中帶著若隱若現的幾分得意。

「三妹夫竟是個大忙人，如此說來，昨日我能在康郡王府中瞧見他，倒是極不容易的。」沈昕顏似笑非笑地迎上她的視線。

「喔？妳竟在百花宴上見到他？這可真是巧了，那可曾見著三妹妹？」沈二夫人問。

「這倒不曾，三妹妹昨日竟也去了百花宴？」沈昕顏裝出一副吃驚的模樣。

沈昕蘭臉色有幾分僵硬，勉強扯了個笑容。「我哪有這般福氣。」郡王府又哪是她一個低品階夫人所能攀得上的。

「沒有去啊……」沈昕顏眼神複雜地望著她，卻是一副欲言又止的模樣。

沈昕蘭卻誤會她是瞧不上自己，心裡登時一惱，只到底不好發作。

看看一身富貴，被嫂嫂們簇擁著前行的沈昕顏，她心裡那名為嫉妒的火苗頓時竄了起來。可轉念一想魏世子在京城中的名聲，她又稍稍覺得心裡平衡了些。

國公府世子夫人又怎樣？夫君還不是個不成器的！別看外頭瞧著光鮮，不定內裡怎麼苦呢！在心裡自我勸慰了一番，她總算是覺得氣順了不少，連忙提著裙角追上眾人。

眾人抵達沈太夫人的正堂時，卻發現魏雋航、靖安伯兄弟幾個竟比她們來得還要早，正陪著沈太夫人說話，也不知魏雋航說了些什麼有趣的，逗得她笑聲不斷。

「魏世子可真有心啊！」梁氏雙眸閃了閃，隨即感嘆道。

「可不是嗎？瞧這份心意，倒是生生把其他幾個妹夫都比下去了！」沈二夫人也跟著道。

原本今日這兩人帶來的厚禮就足以讓她們驚嘆不已，如今魏雋航又是這般表現，兩人便是一開始對沈昕顏的種種誇讚還帶有些奉承之意，此時此刻卻也不得不生出了幾分羡慕。

魏世子對伯府這般態度，還不是因為對妻子的重視。

再想想這魏世子在京城雖有那麼一個不怎麼好聽的「紈袴世子」名聲，可人家後宅卻是乾乾淨淨的，不像旁人府裡，左一個侍妾、右一個姨娘不止，庶子、庶女更是不要命般一個接一個生。

再者，名聲不好又如何？人家是鐵板上的國公世子，當今聖上的表弟！

自上一任靖安伯始，靖安伯府便一日不如一日，雖然還有著這麼一個爵位，但族中男兒均無實職，只靠著祖宗的餘蔭領著那麼一份不上不下的俸祿，到底已經漸漸開始遠離京中權貴中心了。

所幸現任的靖安伯，亦即沈昕顏的同胞兄長，雖然才智平庸，倒是個容易知足的，心態更是出人意料的好，哪怕每日只是到衙門裡點個卯便再無所事事。

上一輩子除了歸寧那日，沈昕顏並沒有再與魏雋航一同回過伯府，這倒不是說夫妻二人感情冷漠，只是她習慣徵求大長公主應允，亦未特意再對他提起，加上回伯府的次數亦不多。

「瞧妳這般磨磨蹭蹭的，也虧得雋航不嫌棄妳！」沈太夫人一見女兒便嗔怪道，只眼角眉梢俱是笑意。

「不嫌棄、不嫌棄，自然不會嫌棄！」

哪想到魏雋航一聽這話，頓時又是搖頭、又是擺手，甚至還一臉忐忑地望望沈昕顏，一副生怕自家夫人會誤會的模樣，讓眾人見狀好一陣笑。

沈昕顏也有些好笑，唇邊不由自主地漾起了笑容，只回想方才母親對魏雋航的稱呼，又不禁訝然地挑了挑眉。

不過短短一會兒的工夫，「雋航」便叫上了？看來倒是她眼拙了，不承想自己的夫君倒是個極會哄長輩開心的。

「方才與幾位嫂嫂多說了幾句，這才耽擱了些時候。」她笑了笑，等眾人笑聲止後，先上前向沈太夫人行了禮，又與幾位兄長見過。

許真的是心寬體胖，只比魏雋航年長幾歲的靖安伯整個人卻比對方圓了半圈，五官肖似過世的老伯爺，但依稀也瞧得出與沈昕顏有幾分相似。

看見胞妹，靖安伯本就溫和的笑容又柔和了幾分。

沈昕顏看著他，心裡百味雜陳。

上一世因為女兒的死，再加上後來沈慧然的自盡，她與娘家雖不至於到了徹底決裂的地步，關係卻急轉直下，陷入僵局。

後來她被困家廟，她的嫡親兄長倒是曾偷偷去探望過她，只可惜那個時候的她已經陷入了瘋狂狀態，被不甘、憤怒、痛恨等種種負面情緒纏繞，以致根本看不見兄長臉上的痛心。

她的兄長軟弱無能，既不能給她當靠山，甚至也不能平息妻子與妹妹彼此間的怨恨，但不能否認的是，他的心裡一直是有她這個妹妹的。

魏雋航有意討好妻子的娘家人，而靖安伯府的老爺、夫人們也希望打好與英國公府的關係，彼此都有心，屋裡的氣氛自然相當的融洽。

午膳過後，沈昕顏便先去看望有孕在身的沈三夫人，陪著沈三夫人說了會兒話，見她面露倦意，也不便打擾，便告辭離開。

未出閣時，她與嫡親的嫂嫂梁氏關係平平，但與這個庶出的三嫂關係倒是相當不錯。

出了沈三夫人所在的院子後，她腳步一拐，便尋著沈昕蘭歇息的屋子而去。

正準備稍稍歇息片刻便歸家去的沈昕蘭有些意外她的到來。

「二姊姊怎的來了？」

「有些話想跟妳說說。」

「姊姊有話但說無妨。」

沈昕顏在她對面的湘妃榻上坐下，緩緩抬眸對上她的視線。

沈昕蘭被她盯得有幾分不自在，勉強笑著嗔道：「二姊姊怎的這般看我？難不成我臉上有什麼髒東西？」

「妳雖是庶出，母親待妳卻不薄，妳姨娘早逝，她憐惜妳沒生母照看，便將妳挪到正院處親自養育。咱們姊妹幾人當中，我待妳最為親厚，也自以為自己是瞭解妳的，可如今看來，我竟是半分也不懂妳。不知從何時開始，我從妳眼裡看到的只有嫉妒和怨恨。」沈昕顏定定地望著她良久，終於不疾不徐地道。

沈昕蘭身體一僵，避過她的視線，勾著僵硬的笑容道：「姊姊在說什麼，我怎的聽不懂？正如姊姊所說的，咱們姊妹幾個當中，姊姊待我最為親厚，我又如何會嫉妒、怨恨於妳？」

沈昕顏眼簾微垂，也不知在想什麼，倒讓一旁的沈昕蘭心中的不安更加濃烈了。

她張張嘴正想說些什麼來緩和一下這讓她有些窒息感的氣氛，便見對方忽地抬眸，認認真真地盯著她。

「妳既這般說，我也無話可說了。只是，三妹妹猜猜昨日我在康郡王府遇見三妹夫時，他與何人在一起？」

沈昕蘭心口又是一跳，不安地舔了舔唇瓣。「我、我又如何能得知？不過想也是與他的同僚一處吧！」頓了頓，心裡終究有些不甘，遂揚了個略帶惡意的笑容。「他可沒有二姊夫清閒自在的命，未至而立之年便能享清福了。」

沈昕顏並不在意她這態度，冷笑道：「只可惜讓三妹妹失望了，齊大人可不是與什麼同僚一起，而是與一位千嬌百媚的絕代佳人——平良侯府的嫡姑娘一處呢！」

「妳胡說！」沈昕蘭下意識就反駁，隨即也跟著冷笑道：「姊姊這是怎麼了？妹妹便有什麼得罪之處，姊姊儘管教訓便是，妹妹絕不敢有二話，只是以這般惡言惡語詆毀外子名聲，著實欺人太甚！」說到後面，她滿臉怒容，惡狠狠地瞪著沈昕顏。

沈昕顏嗤笑一聲。「信與不信自是由妳，我也犯不著多說。再者，他齊柳修是個什麼身分，也值得我刻意詆毀他？」說到這裡，她的頭微微仰了仰，完全是一副睥睨的神態，終於徹底激怒了沈昕蘭。

「姊姊方才還好意思說待我親厚，想必不過只是在施捨，以成全妳身為嫡女的高高在上。只是姊姊需知，世事無常，卑賤之人未必一輩子卑賤，富貴之人也未必能一輩子榮華。」

沈昕顏猛地揚手，狠狠一記耳光抽到她的臉上。「不管將來如何，至少如今，你們夫妻倆只能匍匐在我腳下！」

沈昕蘭被她抽得臉偏過一邊，好一會兒才緩緩地抹去嘴角的血絲，神情居然相當的平靜，只是眼中卻充斥著讓人無法忽視的戾氣。

饒是死過一回的沈昕顏，也被她這副陰狠的模樣驚得眼皮跳了跳，須臾，才平復一下思緒，緩緩地道：「對嘛，這才是真正的沈昕蘭，真是難為妳這麼多年來一直在我跟前裝傻充愣了。」只有真正的沈昕蘭，上輩子才會毫不猶豫地想要置她於死地！

沈昕顏兩輩子加起來，最最痛恨的只有兩個人，一個是害了她女兒性命的周家二郎，另一個就是毀了秋棠的沈昕蘭！

嚴格來說，沈昕蘭想要毀的人其實是她，而秋棠不過是無辜代她受了罪。

她簡直無法相信，與她一同長大的親妹妹竟然心狠到要找人來毀自己清白，為的不過是因為她「間接促成了方碧蓉與齊柳修的相識」。

若不是陰差陽錯讓她逃過了一劫，只怕上輩子她死亡的方式便要換一種了。

可是，哪怕是逃過一劫，當她親眼目睹了秋棠的慘狀時，只恨不得當場暈死過去。只可惜，死的不是她，而是幽幽醒轉後發現，自己被人毀了清白而一頭碰死在她面前的秋棠！

如此叫她怎能不恨？叫她這輩子怎還有心情陪著沈昕蘭演什麼姊妹情深！

上輩子她真真是做到了「眾叛親離」。因著沈慧然的自盡，娘家人與她離心，忠於她的沒一個有好下場；嫡嫡親的兒子怨她、惱她，甚至不願再見她；與她齊心的女兒無端慘死；孫兒、孫女更是打小便不愛與她親近。

做人失敗到她這分上，只怕也是前無古人，後無來者了！

可是，哪怕是死過了一回，哪怕是莫名再得了一次生命，午夜夢迴憶起前世事，她始終想不明白，上輩子她到底做了什麼天理不容、罪大惡極之事，以致最終落到了那般下場？是，她不否認自己曾經做錯過許多事，可是，至少，她的雙手是乾淨的，哪怕到死，都沒有沾過任何人的鮮血！

關於上一世，她想不明白的事實在太多，而她也不願意再去想；這輩子，她只想怎麼自在怎麼來！

誰讓她不痛快，她便加倍還回去！

形勢壓人低頭，最終，沈昕蘭還是深深地吸了口氣，勉強壓下心中的怒火道：「姊姊這下子痛快了嗎？往日妹妹有哪些得罪的，今日便請姊姊大人有大量，饒恕則個。」

沈昕顏冷冷地回答。「妳也不必再委屈自己低頭，我如今便放下話來，從今往後，有我之處，不容許妳踏進半步！妳且擦亮眼睛瞧瞧我這話既說得出，便能否做得到？」

沈昕蘭心中一驚，還想要說些什麼彌補一下。

可沈昕顏已經不耐煩再對著她這張虛偽的臉，扔給她一記冰冷入骨的眼神後，一拂衣袖，轉身便要離開，才邁出一步便又停了下來，緩緩地扔下一句。「齊夫人可能不大記得，我那位好大嫂，英國公府大夫人方氏，正是平良侯嫡長女！」

「姊姊……」沈昕蘭伸手，卻只碰到她袖口一角，眼睜睜地看著她的身影很快便被門簾擋在外頭，再想想她方才放下的狠話，心中發冷。

如此說來，若沈昕顏方才那番話是真的，那她的夫君居然勾搭上了那方氏的嫡親妹妹？那方氏呢？她可知道此事？想來不會吧？沈昕顏與她一向不和，自然不會告訴她，而當事者更不可能主動跟她提。

沈昕蘭死死絞著帕子，臉上一片陰狠。

卻說沈昕顏從沈昕蘭那處離開後，便也沒了心情再逗留，準備著人收拾收拾便打道回府。

反正她這回的目的就是和沈昕蘭徹底撕破臉，日後連面子情都不必留了，免得每一回看到沈昕蘭，她就會想起上輩子慘死在她眼前的秋棠。

至於沈昕蘭會怎麼做，她一點兒也不關心。那就是一個欺軟怕硬的慫蛋，上輩子她狠不過方碧蓉，哪怕心裡再恨對方，也不敢對人家做什麼，反倒將所有的恨意投放在她這個一直待她和善的親姊姊身上。

再者，自然會有人替她增強她對沈昕蘭的震懾之力。

「二姑姑！」

走過園子裡的圓拱門，忽聽身後有小姑娘軟糯的叫聲，伴著略顯急促的腳步聲。沈昕顏不由得便止了腳步，回身一望，見是沈慧然。

小姑娘跑得小臉紅撲撲，額上甚至還染上了一圈薄薄的汗漬，待沈昕顏回過神時，發現自己的手正溫柔地替小姑娘拭去額上的汗。

她苦笑地收回了手。這可真是兩輩子遺留下的習慣了。

沈慧然卻不知她的心事，見姑姑親熱地替自己擦汗，小嘴抿了抿，揚起了一個有些害羞，又有些歡喜的笑容。

沈昕顏微不可聞地嘆了口氣。「慧兒找姑姑有事嗎？」

小姑娘這才醒悟，連忙從身上的小掛包裡掏啊掏，最終掏出一個小小的荷包，雙手遞到她的跟前，大大的眼睛眨巴眨巴幾下。「姑、姑姑，這是我上回答應給盈兒表妹做的荷包，您能幫我轉交給她嗎？」

沈昕顏這才想起好像上回女兒從靖安伯府歸來後，的確唸叨過慧表姊會給她做荷包。剛學針線不久的小丫頭做的荷包又哪及得上府裡繡娘的手工？只是因為是表姊做的，這才顯得特別不一樣而已。

沈昕顏接過那只不算精緻，但也看得出花了不少心思的小小荷包，視線緩緩地落到仰著小臉、滿眼期待的姪女身上，少頃，含笑點頭。「好，姑姑先替盈兒多謝妳了！」

見她同意了，小姑娘立即便歡喜得笑瞇了一雙烏溜溜的大眼睛。

「姑姑，等我學得更好了，便也替您做一個好不好？」小姑娘眼睫撲閃幾下，眸光閃閃地望著她，期盼著問。

「……好，如此姑姑便等著慧兒繡的荷包了。」沈昕顏笑著摸摸她的腦袋瓜子。

小姑娘開心地笑了，衝她揚揚手。「姑姑，那慧兒先回去了。」

看著小小的身影歡歡喜喜地漸漸遠去，沈昕顏臉上的笑容才不知不覺地微微斂了下來。

到底是疼愛多年的姪女，如今的小丫頭又是這般的乖巧懂事，她又怎麼能狠得下心來遠離她？

歸根究柢，上一世的沈慧然錯在太過於執著，喜歡一個人喜歡到失去了應有的理智與平常心，也失去了身為伯府嫡女的驕傲與矜持。

愛而不得轉成魔，最終，她毀了自己，也毀了一心一意對她好的表妹魏盈芷。

她又忍不住長長地嘆了口氣。

說到底，也不過一個勘不破情關的癡兒罷了！

將魏氏夫婦送走後，梁氏還是沒忍住，問臉色陰沈的沈昕蘭。「妳怎麼了？怎的臉色這般難看？難不成與妳二姊姊惱了？」

沈昕蘭自然不會告訴她實情，勉強衝她笑笑便尋個理由告辭離開了。

得不到答案，梁氏也不惱，反正今日她可算是看出來了，那魏世子待沈昕顏好著呢，只要沈昕顏在國公府的地位一日不變，將來她的女兒嫁過去便是穩穩妥妥的！

魏雋航夫妻二人從靖安伯府離開後並沒有直接回府，而是轉道去了靈雲寺。

「夫人妳別不信，靈雲寺那些老和尚做素菜確有一把手，尤其那三鮮包子，嘖嘖，真是人間美味。今兒難得咱倆出來一趟，乾脆去嚐嚐鮮，還能給霖哥兒和盈兒丫頭打包一份回去，妳瞧著如何？」魏雋航涎著臉往沈昕顏身邊挪了挪，討好地問。

沈昕顏有些想笑。能將靈雲寺當茶樓般看待，自家夫君也算是頭一人了吧？

她努力壓住微揚的嘴角。「能嚐到靈雲寺的齋菜自然極好，也能沾沾裡頭的佛氣。」

見她同意了，魏雋航笑呵呵地摸了摸光滑的下巴。「那些個倒不用沾，夫人自個兒身上的香氣便很好了。」

「噗！」坐在角落裡的春柳一個沒忍住笑出聲，見魏雋航瞪了過來，連忙又是搖頭、又是擺手地道：「世子爺恕罪，您大人有大量，便饒了奴婢這一回，當奴婢不存在吧！」

沈昕顏羞得芙飛雙頰，沒好氣地往他手臂上掐了一把，啐道：「混說什麼呢，也沒個正經！」

魏雋航好脾氣地任由她掐，一會兒又像是想到了什麼，連忙將臂一翻，露出裡面的軟肉。「掐這裡、掐這裡，這裡的肉軟些，妳的手才不會掐疼！」

「噗哧！」這一回，春柳還是沒忍住，直接噴笑起來。

沈昕顏的臉蛋像火燒一般，直接將手上的絹帕往他臉上砸過去，萬分羞惱地道：「讓你胡說！」

「好好好，我不說了、不說了！夫人莫惱……」魏雋航愛極她這副羞不自勝，偏又捨不得對自己怎樣的模樣，笑呵呵地哄道。想了想，又回頭瞪摀著嘴、憋笑憋得滿臉通紅的春柳。「妳不許笑了！沒瞧見妳家夫人羞了？」

「是是是，奴婢錯了、奴婢錯了！奴婢、奴婢馬上當木頭人！」春柳作了個發誓的動作，繼而用帕子摀著嘴，一雙水潤烏黑的眸子裡的笑意卻是掩也掩不住。

沈昕顏只覺得臉上的熱度越來越厲害了，實在氣不過，恨恨地往始作俑者的大腿上一掐，滿意地看著對方痛得臉色一變，這才覺得舒服了些。

「哼，讓你說話沒個正經！」她虎著臉，怒瞪對方一眼。

「不敢不敢，再不敢了！」魏雋航眼觀鼻、鼻觀心地坐好，只是嘴巴卻越咧越大，無聲笑了。掐得一點也不疼，夫人這是心疼他呢！

「木頭人」春柳偷偷地望望心裡正美著的魏雋航，又看看耳根泛著紅，卻偏要板著一張臉裝嚴肅的沈昕顏，眼中的光芒越來越亮。

雖然不知是怎麼一回事，但世子爺和世子夫人近來越來越親近，是明眼人都能看得到的。她覺得，若是這兩人一直這般就好了。

當然，也不是說主子們之前便不好，但她更喜歡現在他們的相處方式，讓人瞧了都忍不住心裡歡喜。

靈雲寺的香客在京城眾多寺廟裡算是比較多的，這個時候上去，依然可見人來人往的香客。

也不知魏雋航交代了侍從什麼話，不過片刻的工夫，便有小沙彌前來引著他們一行人到了一處比較清靜的小院。

看著桌上擺放著的幾盤並不算精緻、卻讓人食慾大增的點心包子，沈昕顏忍不住取起了桌上的筷子。

「夫人快嚐嚐這三鮮包子，是不是比咱們府裡做的味道還要好些？」魏雋航的動作比她快，挾起一只包子送到她的嘴裡，眸光閃閃發亮。

沈昕顏下意識地張嘴，一口咬了上去。

「怎樣怎樣？」魏雋航直往她身邊湊，滿臉的期待。

沈昕顏用帕子拭了拭嘴角的油漬，望入他的眼睛含笑道：「果然名不虛傳，多謝世子讓我也有機會嚐嚐這難得的美味。」

得了滿意的答案，魏雋航的笑容更加燦爛了，擺擺手道：「咱們乃是夫妻，夫人不必客氣。」

夫妻二人相對而坐，慢悠悠地品嚐著這香噴噴的包子，不時小聲閒話些家常。

也是這個時候，沈昕顏才更加深刻地體會到，她的夫君真的是相當有耐性，聽著她嘮叨些家長裡短竟也無半分不耐，反倒一臉的興味，時不時還追問幾句「然後呢」，讓她不由自主地說得更多。

「……盈兒那丫頭你可不能再縱著她了，上回她跑到霖哥兒屋子裡鬧騰，把霖哥兒做好的功課弄得一塌糊塗，連累得霖哥兒當日交不出功課，被先生一狀告到父親處去，被父親罰扎了半個時辰的馬步，險些沒把腿都給扎斷了。偏她們一個、兩個全都瞞著我，若不是夏荷說漏了嘴，我還不知道有這麼一回事呢！」說到後面兒女之事，她便忍不住抱怨道。

魏雋航憨憨地撓撓耳根，只衝著她笑，並不說好，也不說不好。盈兒那丫頭可磨人了，他著實是抵擋不住。若是這會兒應了夫人，他日又被那丫頭磨了去，豈不是對夫人失信了？還是蒙混過去的好。

所幸沈昕顏也並沒有想過從他嘴裡得到肯定的答案。上輩子對女兒虧欠良多，這輩子她恨不得將心窩子都掏出來給女兒，這會兒雖怪夫君對女兒過於有求必應，但若輪到她，她亦未必能狠得下心來。

夫妻二人坐著說了會兒話後又到院子裡散散步消消食，走得片刻的工夫，遠遠便見春柳嘴裡不知在嘀咕著什麼？

「發生什麼事了？」沈昕顏問。

「這靈雲寺好生奇怪，竟也有小毛賊，方才我從前面回來，聽人說有小毛賊溜進了有女眷的廂房，險些沒把人給嚇死，難不成這小毛賊竟還是個採花賊？」提到這個，春柳臉上便有了幾分害怕。

「胡說些什麼！靈雲寺乃佛門清靜之處，哪有不長眼的毛賊膽敢闖進來。」沈昕顏秀眉微微皺了皺，並不怎麼相信這話。

春柳想想也覺得有理，不好意思地摸摸鼻端，衝著她討好地笑了笑，一溜煙便跑了進屋，卻不想下一刻突然驚叫出聲。「啊！」

「怎麼了、怎麼了？」沈昕顏大驚失色，想要衝進屋裡，還是魏雋航一把拉著她。

「夫人，咱們準備拿回去給大公子和四姑娘的包子呢？方才明明在這兒的，這會兒怎的不見了？難不成剛才真的有小毛賊進來過？」春柳先是哭喪著一張臉，接著臉色一變。

將妻子擋在身後，自己則衝了進去的魏雋航見狀哭笑不得，沒好氣地道：「不過幾個包子，沒了便沒了，值得妳這般大驚小怪！」

沈昕顏也甚是無奈地戳了戳她的額頭，可一聽她後面那句話，臉色也微微變了變，尤其是突然聽到半掩的院門外有異響聲傳來時，胸口驀地一緊，下意識便靠向身邊的魏雋航。

春柳亦邁著小碎步縮到兩人身後。

感覺到妻子的依賴，魏雋航頓時豪氣萬丈，挺了挺胸膛。「妳們放心，等我去會一會那小毛賊！」說完，安慰性地拍拍沈昕顏的手背，吩咐春柳好生侍候夫人，順手拎起靠牆放著的一根拳頭般粗的木棍，便昂首挺胸地邁出了屋。

「你——」沈昕顏本想叫住他，哪想到一心打算在妻子面前展現一下英雄氣概的魏雋航邁得太快，她根本還來不及說些什麼，對方便已經一腳踢開了院門，然後一個虎撲，衝著外頭之人揮出一棍。

「呔！你是哪條道上的小毛賊，居然敢——」

「老子是你老子！」

哪想到來人吼得比他還要有氣勢，直把他當場給吼愣住了。

察覺不對勁追了出來的沈昕顏一看來人，頓時撫額。「父親！」她連忙整整衣裳髮飾，上前見禮。

英國公衝著兒子重重地哼了一聲，倒是不好對兒媳婦怎樣，朝著她點了點頭便當應了。

魏雋航早就被他吼得整個人蔫了下來，耷拉著腦袋磨蹭著上前。「父親……」想了想，又有些不甘自己充不成英雄，遂小聲嘀咕道：「您老人家怎麼這般鬼鬼祟祟的？我還以為是來偷東西的小毛——哎喲！」話未說完，頭便被敲了一記。

「敵友不分！你這般若是上戰場，不定沒把敵人打趴下，反倒還要連累自己人！」英國公氣不打一處來，怒目圓瞪，直氣得鬍子都一翹一翹的。

魏雋航被他訓得半句話也不敢再說，只摸摸鼻子，乖乖地站在一旁任由他訓。

「阿彌陀佛，多年不見，魏老施主還是這般硬朗！」

突然響起的佛號打斷了英國公的訓斥，也讓魏雋航夫妻二人鬆了口氣，循聲回頭一望，便見一位慈眉善目的老和尚含笑站於不遠處。

「惠明大師！」英國公瞪了兒子一眼，自有侍候他的僕從推著木輪椅將他送到了惠明大師跟前。

彼此間自然又是一番客氣。

沈昕顏乃女眷，並不適宜久留，低聲跟魏雋航說了句，便帶著春柳先行離開。

魏雋航倒是想陪著她，可自家老爺子虎視眈眈的，他到底沒那個膽子敢去捋虎鬚，唯有心不在焉地侍立一旁，連不知不覺間那兩人談話提及了自己也沒有留意到。

「……國公多慮了，貧僧觀世子爺面相，雖未必有主將之運，但卻有護一族綿延安穩的福將之相。」惠明大師一臉意味深長的表情。

英國公愣了愣，有心再細問，可對方已經轉移了話題。

他瞥了一顆心早就不知飄到哪兒去了的兒子一眼，濃眉緊蹙，若有所思。

卻說另一邊的沈昕顏想著難得來寺裡一回，便乾脆帶著春柳到大殿裡上了香，心裡默默為女兒祈福，只盼著今生的女兒能一世安康，再不復前世的悲劇。

離開大殿時，兩人順著原路返回，打算和魏雋航會合。繞過一處轉角，忽見前頭一名錦衣華服的年輕婦人正低聲和侍女說著話，許是覺得對方有些臉熟，她不由得多看了幾眼，那女子察覺她的視線，抬眸朝她望了過來，視線觸碰間，沈昕顏靈光一閃，終於想起此人是誰了。

上輩子她活得憋屈，又甚少與人打交道，難得的幾回外出，印象最深的便是一名女子——那便是日後足以與如今的玲瓏閣、霓裳軒一爭高下的如意樓東家許夫人。

初見那許夫人時，對方已經是一位不良於行的婦人，可在她的臉上看到的，卻是綻放著讓人無法忽視的自信飛揚神采，彷彿這天底下沒有什麼事能難得住她。

那一刻，她的心裡湧現出一股沒來由的羨慕，再看看對方坐著的輪椅，她便不覺可惜。

這樣的女子，若是能夠站得起來，那該是人群中多麼耀眼之人啊！

再到後來，她便聽聞這位許夫人的腿並非天生如此，乃是被親近之人所害。

如今，她看看對方穩穩站立於樹下的身影，頓時便意識到，這個時候的她還沒有遭遇那些背叛。

要不要提醒對方呢？沈昕顏蹙眉沈思。一時覺得自己不應多事，畢竟她們素不相識，便是說出來只怕也未必能讓人相信；可不說吧，卻又惋惜接下來對方會遭遇的命運。

就這麼猶豫間，她離那許夫人已越來越近，眼看著便要擦身而過，最終，她還是沒忍住，頓了腳步，輕聲道了句。「小心身邊狼。」說完也不等對方反應，加快腳步離開了。

許素敏詫異地望著那越行越遠的背影，整個人還有些反應不過來。

她是誰？她知道些什麼？為什麼要出言提醒自己？

「夫人，怎麼了？」走過來的心腹侍女見她神色異樣，奇怪地問。

「方才那位夫人，妳查一查是哪家府上的？」許素敏輕聲吩咐，稍頓，又道：「還有，回去後私底下再徹查一下。」

至於徹查些什麼，侍女心神領會地點了點頭。

沈昕顏自說出那句話便後悔了，只覺得自己近來許是太過於順利，以致有點找不著北，居然插手了陌生人之事，這真真是……她嘆息著撫了撫額頭。

「夫人，您認識方才那位夫人？」春柳雖然一直跟在她的身後，卻也只是看到她停下腳步與許素敏說了句話，並沒有聽清她說了什麼。

沈昕顏點點頭，又搖搖頭。

她認識的是上一世的「許夫人」，而如今這位許夫人，卻是不應該認識的。

春柳有些摸不著頭腦，只是她向來也不是追根究柢之人，聞言只是點點頭，便不再多說什麼。

因英國公還有話與惠明大師說，也不耐煩魏雋航杵在跟前礙眼，遂讓魏雋航夫妻倆先行回府。

老爺子有命，魏雋航哪敢不從？況且私心裡覺得，陪著總愛不時吼他幾句的老爺子，哪有陪自家香香軟軟的夫人好？故而一得了他這話，當即拍拍屁股，樂顛顛地走人了。

英國公又是搖頭、又是嘆氣。這逆子，哪有半分福將的樣子！

因在夫人跟前充英雄不成反丟了臉面，回府的一路上，魏雋航整張臉都有些訕訕的，偶爾偷偷望望身側的沈昕顏，就怕在她臉上看出不高興。

沈昕顏自然察覺了他的動作，也明白他心裡在想著什麼，不自覺地想到方才他拎著棍衝出去朝英國公喊小毛賊那一幕，嘴角便再也抑制不住地彎了彎。

魏雋航敏感地察覺到她的笑意，當下更沮喪了。「想笑便笑，反正該丟的、不該丟的臉都丟盡了。」

甕聲甕氣的嘀咕在身邊響起來的時候，沈昕顏再也忍不住，噗哧一聲笑了出來。

這一下，魏雋航的臉徹底垮了，眼神好不哀怨地直往她身上瞅，希望她可以接收到他的眼神而良心發現，快快安慰他脆弱的小心靈。

沈昕顏以帕掩嘴，吃吃地笑了好一會兒，甫一回頭便對上他委委屈屈的指控小眼神，居然難得的心虛了一下下，連忙清咳一聲，努力壓下又想彎起的嘴角。

「妾身今日很開心，多謝世子！」

魏雋航緊緊地盯著她的臉，不放過她臉上的每一分表情，待確認她說的話確是真真切切的，並無半分勉強，這才鬆了口氣，衝她咧著嘴笑笑，心裡美得很。

雖然過程出了點兒差錯，不過難得哄得夫人開心，這一趟便也值了！

看著他這副憨憨傻傻的模樣，沈昕顏又是忍不住的一陣笑。

歡快的笑聲中，她突然覺得，若是這輩子能一直這般也挺好的，只要身邊這人一直陪伴著她。

百花宴後，沈昕顏便發現方氏對自己的態度有了變化。她猜測著也許是因為方氏覺得有把柄落到了自己的手上，所以才這般安分？

至於方碧蓉，沈昕顏倒是遠遠地見過她幾回，有幾回方碧蓉也發現了她，身子居然下意識地縮了縮，只當沒看到一樣，低著頭，飛快地走開了。

方家姊妹如此反應，讓一心想要看熱鬧的楊氏大失所望，只到底有些不甘心，便在沈昕顏跟前旁敲側擊了幾遍，可均被沈昕顏裝傻充愣地蒙混過去，只能作罷。

而在這時候，京裡發生了一件不大不小的事——翰林院編修齊柳修因公事上犯了錯，被降為了八品小吏；更更倒楣的是，在回府的路上又被人套著痲袋揍了一頓，直揍得鼻青臉腫。

沈昕蘭緊握著雙手，努力壓抑著不停顫抖的身體，屋裡傳出齊柳修的「嗷嗷」痛呼，可她的心裡卻是一陣發寒。

是沈昕顏，一定是沈昕顏！是她給自己的警告！

想到那日沈昕顏放出的狠話，她越發肯定了這個猜測，恨得咬牙切齒，可眸中卻帶著掩飾不住的驚懼。什麼時候開始，那個如憋氣包般的沈昕顏居然也有這般狠的心腸了？只是一個警告便讓她的夫君又是降職、又是被打，若是她認真出手對付自己，這世上還能有自己的活路嗎？她越想越怕。

而屋內的齊柳修情況並不比她好，身體上的痛楚倒也罷了，可他始終記得被打時有人在他耳邊說著狠話，只道什麼「癩蛤蟆想吃天鵝肉，侯府的姑娘也是你一個小小的編修能覬覦的」云云。他的心急促劇跳，一下子便想到了緣由，臉色便越發的蒼白。

這夫妻二人心裡各自有鬼，一個是害怕夫君發現他今日所遭受的一切，全不過是因為自己得罪了嫡姊之故；一個則怕夫人知道自己這番下場，乃是勾搭了侯府姑娘所遭的報復。

如此一來，對於齊柳修的被降職、被揍，兩人竟是相當有默契的誰也不去問，誰也不去追究。

府中的沈昕顏自是很快知道了此事，乃是梁氏——她的嫡親大嫂——借著回禮之機，讓身邊得臉的嬤嬤前來試探她的態度時告知她的。

那嬤嬤也是個人精，見她在聽聞此事後態度不冷不熱，心裡也有了想法，知道這二姑奶和三姑奶奶必是鬧翻了。有了答案，她也不久留，回去便一五一十回稟了梁氏。

梁氏輕敲著長案，聞畢，唇邊勾了一個笑。「我明白了，妳且退下吧！」

鬧翻了好啊，簡直不能更好了！免得她還要小心翼翼地應付沈昕蘭那個庶出的賤種。往日瞧著沈昕顏對沈昕蘭諸多維護，而沈昕顏又是水漲船高，她也不好不捧著，如今沈昕蘭作死得罪了自己的靠山，這對她來說可是天大的好事！

沈昕蘭今後在娘家的待遇如何，沈昕顏一點兒也不關心。此刻，她正瞪大眼睛，不可思議地直視著大長公主，一字一頓地問：「母親確定不是在與兒媳開玩笑？」

這一天終於還是到來了！

大長公主沈著臉。「沈氏，妳這是什麼態度？難不成對我的安排不滿意？」

「對，我不滿意，相當不滿意！我兒子之事，憑什麼要讓別人來管？」沈昕顏說的每一個字都像是從牙關裡擠出來的一般，她很努力地克制著自己的情緒，一再告誡自己萬不能衝撞了大長公主。

只是，大長公主自來便是天之驕女，向來習慣了別人的順從，沈昕顏雖然努力地抑制著，可她的怨氣與不滿大長公主又怎可能感受不到？

大長公主當即惱道：「我意已決，此事妳不必再說！自下個月起，霖哥兒院裡一切事宜便交給方氏掌理！」

沈昕顏再也忍不住滿腔的怨惱，「騰」的一下從椅上彈了起來，死死盯著大長公主，磨著牙道：「母親行事不公，兒媳不服！」

「放肆！這便是靖安伯府教導為人媳婦的態度？」大長公主大怒，重重地一拍扶手，怒目而視。

「靖安伯府再怎樣，也做不出強奪弟媳之子交由長嫂看顧之事！」沈昕顏同樣氣得胸口急促起伏。她根本不理會大長公主越來越難看的臉色，將埋藏心底兩輩子的怨惱一股腦兒地道了出來。「我明白母親不過是想讓方氏藉此與霖哥兒多加親近，將來霖哥兒承襲爵位後便能多照看長房。可是，憑什麼？憑什麼？我沈昕顏從來不欠她！是，她夫君早逝是她的不幸，可憑什麼她就一副人人欠了她的模樣？憑什麼全家人都得如待瓷器一般，小心翼翼地待她？如今連我親生的骨肉也要被她奪去？我不服！母親行事如此偏心，時時處處都以長房利益為先，既如此，怎不乾脆將世子之位直接給了騏哥兒，如此不正如了她意！」

「放肆！放肆！反了妳、反了妳！沈氏，妳好大的膽！」大長公主氣得渾身發抖，臉色鐵青。

屋內一眾下人早就被眼前這一幕嚇得呆住了，待見大長公主氣得狠了才堪堪反應過來，有的上前去勸慰大長公主，有的拉住沈昕顏苦勸，就怕她再說出些什麼大逆不道之話。

可此時此刻的沈昕顏早已經失去了理智，腦子裡充斥著上一世被方氏壓制，以及被魏承霖疏遠的一幕又一幕。她用力推開上前欲勸自己的侍女，悲憤指控道：「母親只考慮長房，難道竟從不曾想過，將來我的親生兒子親近大伯母卻疏遠生母，置我於何地？方氏痛失夫君令人憐惜，而我無端被迫遠離親子，我又何辜？母親如此不公，兒媳死也不能認同！」

「氣煞我也、氣煞我也！來人！把她拉出去，拉到佛堂跪著！」大長公主深深感到自己的權威受到了極大的挑戰，尤其是對上沈昕顏充滿怨恨的雙眸時，心裡那股怒火一下子就熊熊燃燒了起來，重重地一掌拍在長案上，厲聲下令。

「夫人！夫人，求求您不要再說了！夫人……」春柳跪在沈昕顏身前，死死抱著她哀求。

「殿下息怒、殿下息怒！」

「夫人說句軟話吧，萬事好商量……」

下人們跪了一地，在同樣盛怒的婆媳間來回地勸，只盼著這兩位活祖宗能平息了怒火。可是，婆媳二人，一個恨極對方以下犯上挑戰自己的權威；一個怨極對方行事不公導致母子離心，輕易受人挑撥，又哪肯退讓？均死死地瞪著對方。

大長公主怒極反笑。「把她拉下去，誰若再勸，直接亂棍打死扔出府去！」

話音一落，在場眾人誰也不敢再出聲。

春柳只能眼睜睜地看著主子被兩名身壯力健的婆子押著，往佛堂去。她咬著牙狠狠地抹了一把眼淚，一轉身，飛也似地跑開了。

「世子爺呢？」春柳心急如焚，竟是連讓人通報都等不及了，一把推開房門就往裡闖，進去卻不見裡頭有那個熟悉的身影在。

不多時，世子夫人觸怒大長公主而被罰去跪佛堂一事，便如同長了翅膀般，迅速傳遍了整個府邸……

此時的魏雋航正搬著一張小板凳，端坐在城中某處宅院的廊下，大有一副長坐不起之勢。

「魏雋航！魏世子！世子爺！魏大哥！算老弟我求求你了，欠你的錢三日後我一定一定還！今日你便饒了我吧，麗香院的小桃紅還在等著我聽曲兒呢！」京城有名的「混世魔王」喬六公子苦哈哈地給他直作揖。

「不行，今兒必須把錢還我，要不我就不走了！」魏雋航蹺著二郎腿，大有一副和他死扛到底的架勢。

喬六公子一噎，直瞪他。「我說魏世子爺，瞧你這模樣也不像是缺錢用的，兄弟一場，你沒有必要催得這般緊吧？是男人的就該視錢財如糞土啊！」

魏雋航笑咪咪地瞥他。「我和你不一樣，我是有妻室、有兒有女的，得給女兒存嫁妝呢！」

那一臉得意的小模樣，當真是看得喬六公子牙根直癢癢。「呸！有妻室、有兒有女了不起啊？爺若是想娶妻，自有一溜的姑娘哭著要嫁！」

「嗯嗯嗯，麗香院的姑娘就能排一條長龍了。」魏雋航一副「你說得對，我非常贊同」的表情。

喬六公子的嘴角抽了抽，突然有種想一腳把他踢飛的衝動。他深深地吸了口氣，一再在心裡告訴自己「這個人動不得動不得，動了太麻煩太麻煩」，好不容易才壓下心裡那團火，磨著牙問：「你又不是今日才有妻、有兒、有女，早前怎的不見你這般財迷？」

魏雋航難得被他噎住了，只一會兒的工夫又理直氣壯地道：「我這不是幡然醒悟了嗎？

怎的，沒聽說過『浪子回頭金不換』這話啊？」

「行行行，你是回頭的浪子，算我服了你！我身上只有這麼多，先還你，改日、改日我便是砸鍋賣鐵也一定一定把餘下的一分不欠還給你，可行了？魏世子爺！」喬六公子頭疼地揉揉額角，從袖裡掏出一疊銀票扔給他。

魏雋航喜孜孜地接過，認認真真數了一遍後，頭也不抬地道了句。「不要忘了利息啊！」

正邁下臺階的喬六公子腳底一滑，險些就撲了個狗吃屎。

「魏老二！你他娘的上輩子沒見過錢啊，要不要這麼小氣巴拉？兄弟之間你也好意思給我算利息？」

「親兄弟明算帳！」魏雋航才不理他，笑嘻嘻地將銀票收入懷中，拍拍衣裳上的縐褶，一揚手。「我走了，不打擾你去找小桃紅聽曲兒了！」

喬六公子凶巴巴地瞪著他，只恨不得把他的背脊盯出個洞來。這個混帳，剛才怎麼不說不打擾？

魏雋航懷裡揣著好不容易追討回來的銀票，整個人便是走路也是飄飄然的，哪想到剛回到府裡，還未來得及淨淨手、洗把臉，順便將追回來的銀票放回他的百寶盒裡，便聽聞了夫人觸怒大長公主而被罰跪佛堂一事，驚得他雙手一軟，險些連手上的棉巾都抓不住！

怎會如此？母親一向寬和慈愛，夫人又是溫柔大度、不愛計較之人，這兩人怎會鬧了起來的？他忙不迭地抓著春柳問個究竟。

春柳哪會隱瞞他，自是一五一十、詳詳盡盡地道來。

魏雋航聽罷，暗暗嘆了口氣，揮揮手讓春柳先行回去，自己則交代了新提上來的侍女明霜幾句。看著明霜領命退下，他想了想，又回到內間，將鎖在櫃裡的一只精緻漆黑金邊錦盒取出，忽地想起方才喬六那句「瞧你這模樣也不像是缺錢用的」，不禁暗地嘀咕。

「我怎的不缺錢用了？分明缺得緊！」

家裡頭有最重要的三個女人要他哄，他怎會不缺錢用？

定定神後，他整整衣冠，抱著那只錦盒邁步出了門，逕自往大長公主屋裡去。

暮月

第五章

得到下人來稟，說是世子爺來了，餘怒未消的大長公主冷哼一聲，衝著一旁的徐嬤嬤冷笑道：「瞧瞧，平日就是匹沒籠頭的馬，輕易見不得人，如今一聽說媳婦有麻煩，立即便跑回來了！你瞧瞧，這不就是典型的娶了媳婦忘了娘嗎！」

徐嬤嬤笑著勸慰道：「奴婢說句公道話，殿下此話可真真錯了，世子爺的孝心闔府之人都瞧著呢！」

大長公主又是一聲冷笑，目光投向捧著錦盒、嘴角含笑地邁步進來的魏雋航，一見他這副模樣，倒是先自愣了愣。

「母親，您快來瞧瞧孩兒給您帶了什麼來？」魏雋航獻寶似地直往她身邊湊，一臉神秘地將那只錦盒遞到她面前。

對著這麼一張笑臉，大長公主的怒氣便先熄了幾分，沒好氣地在他臉上推了一把。「多大年紀了？都當爹的人，怎的還像小時候一般，見著人就往人家跟前湊！」

魏雋航笑嘻嘻的。「便是當祖父了也還是母親的兒子啊！母親您快打開瞧瞧，我好不容易才請人做出來的！」

大長公主被他頭一句話哄得又滅了幾分怒火，但聽他後面那句，終於也被勾起了好奇心，接過那盒子一邊打開，一邊道：「我倒要瞧瞧是個什麼稀罕寶貝，值得你巴巴地送了來！」

當錦盒裡那精緻的琉璃宮殿露出來時，她的喉嚨一哽，頓時便再說不出話來。

魏雋航似是沒有察覺她的變化，得意洋洋地道：「母親您瞧，這像不像祖母當年所居的寧禧宮？我好不容易才磨著皇帝表哥准我動用工部的工匠做出來的！」

大長公主並沒有回答他，雙手溫柔地撫著那小小的宮殿，眼中充滿了對過往的回憶。

寧禧宮是當年她的母妃所居住的宮殿，裡面有著她童年最美好的回憶，只是自母妃過世後，寧禧宮先後數度易主，早就已經不再是她熟悉的模樣了。每每進宮經過那座宮殿，看著物是人非，憶及逝去的慈母，她便不由得一陣感傷。

卻沒有想到，她的兒子竟然察覺到了她的心事，為她還原了這座宮殿。

「母親，您不喜歡嗎？」見她久久不說話，原本還對這份禮物充滿把握的魏雋航也不由得心中忐忑。

這可是他軟硬兼施，硬磨著皇帝表哥點頭借人，又耗費了不少錢財與精力才打造出來的，當年寧禧宮的縮小版，本是打算在今年母親過壽時獻給她做壽禮，如今為了哄得她滅了火才提前拿了出來。難不成他這番心思竟是白費了？一想到這，他便一臉沮喪。

大長公主終於從那些溫暖卻又令人感傷的回憶裡回過神來，見他這副模樣，既覺欣慰又覺好笑，遂沒好氣地在他額上戳了戳。「你呀！」頓了頓，又道：「母親很喜歡，難為你有這份孝心。」

魏雋航一聽，終於鬆了口氣，竟像孩子般撒嬌地揪著她的袖口搖了搖。「那母親高不高興？」

「高興，自然高興！」兒子這般細心體貼，她又怎會不高興？只是……到底是經歷過後宮傾軋的大長公主，再者眼前又是她嫡嫡親的兒子，大長公主眼眸一瞇，對他這番舉動用意便也猜出了幾分，這般一想，原本的高興便減了不少。

兒子有孝心自是好，可若這孝心再夾雜著私心，到底讓她有些不舒服。心裡雖有了想法，但她表面瞧不出有半分不妥，打的便是要看看兒子想怎樣替媳婦求情？

魏雋航像是沒有察覺她的心思，施展渾身解數直哄得她眉開眼笑，笑容掩也掩飾不住。她想，衝著兒子這番綵衣娛親的表現，若是他開口求情，或許她也能稍稍饒恕那沈氏一二。

只是，讓她意外的是，魏雋航一直陪著她用了晚膳，又陪著她散步消了食後告辭離開，竟始終沒有提到沈昕顏半個字，讓她滿頭霧水。

莫非他還不知道自己妻子做了什麼事？不過轉念一想，又覺不可能啊！沈氏那些丫頭怎麼可能會不向他求救？

此時的佛堂前，明霜怒視著守門的兩名婆子，冷冷地道：「我奉了世子爺之命給世子夫人送錦被、吃食，妳們膽敢攔我？若是世子夫人凍著了、餓著了，再有個什麼不測，妳們擔當得起嗎？」

兩名婆子妳看看我、我望望妳，從彼此眼中都看到了為難。

若是世子夫人有個什麼差池，她們可真是吃不了兜著走，可是大長公主有命……

「我且問妳們，大長公主可曾說不許旁人送東西進來？」明霜彷彿知道她們的心思，清清嗓子問。

兩人對望一眼，恍然大悟。可不正是這個理兒！想明白了，兩人當即一個替明霜開門，一個殷勤地替她身後的小丫頭搬東西。

「姑娘請，世子夫人在裡頭呢！」

明霜見她們識趣，輕哼了一聲，昂首挺胸地帶著小丫頭們將帶來的錦被、晚膳等送了進去。

沈昕顏低著頭跪坐在蒲團上，心裡卻是前所未有的挫敗。

她到底還是高看了自己，明明一再告誡自己萬萬不可觸怒大長公主的，當時怎麼偏偏就忍不住呢？說出那樣的話，別說那位是尊貴無比、從來無人敢違背其意的大長公主，便是尋常人家的婆母，也絕對不會輕饒過她。

若是再狠心一些，一頂不孝的帽子扣下來，直接把她休回娘家也不是不可能的。

屋外的說話聲傳進來，她也不在意，只是，片刻之後，本是緊鎖的門便被人從外頭推了開來，居然還伴隨著明霜的說話聲。

明霜是魏雋航身邊的侍女，也是她一手提拔上來的，對於她的出現，沈昕顏心中一突，突然有了個不好的念頭。

「夫人，還是先用晚膳吧！」明霜揮揮手讓婆子和小丫頭們出去，親自將膳食擺放在小方桌上，這才前來扶著沈昕顏落了坐。

沈昕顏一把抓住她的手，壓低聲音問：「妳且告訴我，世子爺是不是到大長公主處求情了？」若當真如此便糟糕了！

她好歹也是曾經當過婆婆之人，或多或少有些瞭解身為婆婆的心思。

兒媳婦犯了錯，兒子卻頂著風頭火勢跑來求情，哪怕是迫於兒子而饒恕了兒媳婦，但心裡頭那股氣卻是怎麼也嚥不下去的，不但嚥不下去，反而會隨著時間而越來越烈，從而更加記恨兒媳婦。長此以往，婆媳關係勢必越發惡劣！

她雖然怨大長公主處事不公，卻從來不曾想過和大長公主鬧到勢如水火的地步。平心而論，大長公主這麼多年來雖然偏心方氏，但待她也算是不錯的。

而自己對這位婆婆的為人也是一直心存敬意，自然不會想要和她把關係鬧僵。

她今日這般一鬧，大長公主盛怒是必然的，但她相信，只要大長公主的理智回籠，靜下心細細一想，未必不會改變主意。

她等的，便是那一刻。

可如今魏雋航這一出頭，不但於事無補，反倒會弄巧成拙、得不償失。

「夫人放心，世子爺心裡都有數，您便安心在此等著，相信過不了多久便能出去了。」明霜並不知道她心中所憂，只當她盼著魏雋航向大長公主求情，也好能早些出去。

沈昕顏一聽更急了。「妳出去告訴世子爺，讓他千萬莫要替我求情，一切順其自然便可！」

明霜不明所以，只是也不方便問個清楚，唯有點點頭。「奴婢知道了。」

雖她這般說，可沈昕顏哪當真放心得下？自然亦無心情用膳，只簡單地吃了幾口便放下碗筷，任由明霜怎麼勸也再用不下了。

明霜無奈，只是也不便久留，收拾妥當後便告辭離開。

沈昕顏照舊是跪在蒲團上，定定地望著寶相威嚴的佛像，可心思卻飄到了很遠很遠。

方氏雖然掌著府中的中饋，但外院英國公、魏承霖這兩處卻一直由大長公主理著。上輩子也差不多是這個時候，大長公主提出將魏承霖院中一切事宜交由方氏掌理，為的不過是希望方氏藉此與未來的國公爺魏承霖打好關係，將來魏承霖承襲爵位後也能多關照長房。

自古為人父母者或多或少都有些「劫強濟弱」的心理，在大長公主眼內，長房與二房，一個是孤兒寡母，一個是未來的爵位承襲者，孰強孰弱已是很明瞭的了。

上輩子，她乍一聽聞大長公主這個決定自然也是相當不高興，也當場表達了不願意的意思，可大長公主態度強硬，她自然不敢頂撞，唯有強壓下不滿，委委屈屈地應了下來。

就這樣，明明魏承霖是她嫡親的兒子，可身為母親的她，自己兒子院裡的一切事宜居然全權由方氏作主。也因此，原本待她便有些疏遠的魏承霖在方氏有意無意的影響下，與她的關係更加淡漠，全然不像待方氏那般親近。

真真是可笑至極！真真是荒天下之大謬！

不錯，她明白大長公主的意思。在大長公主心裡，魏承霖再怎麼樣也是她沈昕顏的兒子，血脈親緣永不會斷，故而魏承霖承爵，她便是穩穩妥妥的國公太夫人，風光無限，榮華至極，可長房卻什麼也不是，什麼也沒有，只有靠著國公爺的眷顧才能過得好些。故而，大長公主便提前替長房打算，想方設法拉近長房和魏承霖的關係。

只是，她替方氏母子想得長遠，卻從來不曾為她沈昕顏想過。

是，血脈親緣永遠無法斬斷，可親疏遠近卻是可以有別的。可笑的是，在上輩子的魏承霖心裡，她是「疏」與「遠」，他的大伯母方氏才是那個「親」與「近」。

也不知過了多久，她長長地吁了口氣。

方氏上上輩子到底燒了多少高香，才能有大長公主這麼一個事事為她打點周全妥當的婆婆啊！

世子夫人觸怒大長公主被罰跪佛堂之事自然也傳到了方氏耳中，雖然在大長公主的高壓下，當時在場的下人未必敢將兩人衝突的真正原因外道，但方氏掌中饋多年，自然有她掌握府中訊息的渠道，故而對當中細節知之甚詳。

「殿下可真真是一片慈心，凡事都替夫人與四公子想得周全！」桃枝聽罷不由得感嘆。

方氏抿了抿雙唇。若是真的凡事替他們母子著想，當日便不應該在她生產前便確定下魏雋航的世子之位，更不應該由著國公爺將魏承霖帶到身邊去教導！

如今這般又算得了什麼？她做得再多，可世子之位卻已經旁落了！

「若是真的能讓夫人掌大公子院裡之事，這可真真是百利而無一害！可惜了，如今世子夫人鬧了這麼一場，便是大長公主堅持，夫人您卻是不好接下了。」桃枝不知她的想法，有些惋惜地道。世子夫人為了兒子連大長公主都頂撞了，若是自家夫人果真接下此事，只怕在大公子那裡也落不到什麼好，說不定還會讓大公子誤會夫人，從中挑撥他親生母親和祖母的關係呢！

「這倒未必，不過一個黃毛小兒，天長日久的，難不成我還降服不了他？」方氏冷笑一聲，不以為然。

桃枝怔了怔，猛地抬頭望向她。「夫人，莫非您……」不會是她想的那樣吧？她心中不安，還是忍不住勸道：「夫人請聽奴婢一言，事已至此，夫人最應該做的便是到大長公主跟前表明態度，以退為進，先行示弱，堅決將此事推掉。」世子夫人再怎麼不好，也是大長公主嫡親的兒媳婦，更是大公子的生母，她若是堅持不允，大長公主到最後也未必會逆她的意思。真到了那個地步，自家夫人的處境便被動了，倒不如這會兒便主動退一步，既保住大長公主的憐惜，又能示好於大公子，亦不會與世子夫人將關係鬧僵，一舉三得，何樂而不為呢？

只可惜，方氏卻另有打算。

「挾兒子而令母親」對她的誘惑實在太大了！不，只要魏承霖在她手上，她便相當於將未來的國公府握在了掌心，一個親近自己、對自己唯命是從的國公爺，還不任由她搓圓捏扁？

方氏眸中光芒大盛，隱隱透著勢在必得之意，看得一旁的桃枝一陣心驚膽戰，還想再勸。

可方氏卻已打定了主意要靜觀其變，靜待大長公主給她帶來好消息，哪還有心思聽她說？

桃枝心裡七上八下地被方氏屏退，放下門簾的那一刻，她望望湛藍的天空，腦子裡一片茫然。將來，真的會如夫人所願嗎？

「桃枝姊姊，母親在屋裡嗎？」

弱弱的孩童聲音在她身側響了起來，桃枝望過去，便對上一張怯怯的小臉。

正是前世子魏雋霆的遺腹子、方氏唯一的兒子魏承騏。

七歲的魏承騏五官極肖方氏，只那雙黑白分明的眸子卻少了幾分孩童特有的活潑靈動，身量亦較比他小一歲的堂妹魏盈芷要瘦弱許多。

此刻的他，雙手緊抓著一本書，許是因為太過於緊張，那書頁都被他抓得皺巴巴的。

桃枝一見便知道他是來找方氏背書的，鼻子微微一酸，溫柔地替他整了整衣裳，嗓音極柔極輕。「四公子莫要緊張，夫人方才還向奴婢誇您呢！說您上回寫的字進步了許多。」

「真的嗎？」小傢伙一聽，眼睛陡然一亮。

「嗯，是真的，快進去吧！奴婢相信公子這回一定可以把書給背下來的！」

「好，桃枝姊姊，我先進去了！」小傢伙乖巧地點點頭。

看著小小的身影消失在門簾之後，再聽著裡頭傳出的方氏嚴肅的聲音，桃枝若有似無地嘆了口氣。

大長公主在等，等著兒子向她替妻子求情的那一刻，可出乎她意料的，魏雋航來來回回了好幾遍，百般武藝齊齊用上，哄得她眉開眼笑，卻仍然隻字不提沈昕顏一事。

終於，還是她先忍不住了。

「你就不想替你妻子求情，求我饒恕於她？」她板著臉問。

魏雋航似是呆了呆，摸摸鼻端，小小聲地道：「想啊！可是萬事都不及母親重要，母親若是因此氣壞了身子，孩兒也好，沈氏也罷，一輩子都會愧疚難安的。」

大長公主怔住了，怎麼也沒想到會得到這麼一個答案。

魏雋航搬著繡墩挪到她跟前坐下，迎著她複雜難辨的眼神，認認真真地道：「況且，別的暫且不提，單是頂撞了母親，沈氏便已做錯了，理應受罰。孩兒再不濟，這是非對錯還是能分得清的。」

大長公主凝視著他，深深地望入他的眼中，像是平生頭一回認識這個她撫養長大的兒子。

「孩兒確是也想替沈氏求情，甚至願意替她受罰，畢竟她是孩兒要相伴一生的妻子。只是，在此之前，孩兒得先確保母親身子安好。」

「好了，如今你看到了，母親很好，並不曾被她氣壞了身子。那你呢？打算如何替她求情？」大長公主順手端過長几上的茶盞呷了一口，緩緩地問。

魏雋航嚥了嚥口水，好一會兒才又道：「母親這般問，孩兒一時倒也不知該如何回答才好？只是，母親可還記得我七歲的時候，先帝選了好些孩童進宮陪伴幾位皇子一起唸書嗎？」不等大長公主回答，他又繼續道：「那會兒可不似如今這般白日裡進宮，到了下晚課時便能回府，得吃住都在宮中，一個月只能回府一回。那時候雖然有幾位表兒，可孩兒卻一點兒也不喜歡。」

大長公主也不由得想起了過往那些事，唇瓣含笑，嗔怪地戳了戳他的額頭。「你呀！打小便不愛唸書，能被你皇外祖選進宮陪伴皇子們是多大的榮幸，偏你還不樂意，孰不知有多少人家為了爭這個名額險些打破頭呢！」

魏雋航憨憨地笑了笑。「孩兒還記得，每次一回到府中便要賴在母親這裡，哪裡也不肯去。」

大長公主也笑了，打趣道：「母親還記得，一到了進宮的時候，你便抱著母親，硬是不肯撒手，任憑誰又是哄、又是勸也全然不聽，最後還是你父親出面，虎著臉親自拎著你上的馬車。」想到兒子小時候眼淚汪汪、可憐兮兮地被夫君拎著扔上馬車的委屈模樣，她又忍不住笑出聲來。長子帶給她的是榮耀與希望，而次子帶給她的卻是庭院深深裡的陽光與歡笑，甚至可以說，她對次子的疼愛比起優秀的長子只多不少。

魏雋航也想到了小時候那些窘事，雖然是他刻意提起的，可如今想起來，臉皮子也不由得有些訕訕的，看得大長公主更忍不住一陣樂。

母子二人沈浸在曾經的溫馨歲月裡，彼此間的距離再度漸漸拉近。

「宮中規矩多，你那幾位表哥又不是個個都容易相處的，哪有在府裡自在？如今這般一想，倒是有些理解你當初為何不願意去了。」大長公主笑道。

魏雋航長長的一聲感嘆，拍拍胸口故意道：「老天開眼，母親可總算是體會到孩兒那時候的心情了！」

大長公主好笑。「敢情那時候你還怪母親不體諒你不成？」

「天地良心，我若是怪過母親，叫我──」

「好了好了，好端端的發什麼誓？也不嫌忌諱！」大長公主打斷他的話，嗔怪道。

魏雋航呵呵地傻笑幾聲，少頃，斂斂神色，認認真真地道：「當時孩兒不願意進宮，除了不喜宮中的諸多規矩、諸多限制外，更重要的還是因為不願意離開母親身邊太久。」略頓了頓，見大長公主神色似是怔了怔，他清清嗓子又繼續道：「宮裡頭再好，皇外祖與外祖母再慈愛，終究也不是母親。對孩子來說，天底下最舒服、最自由、最安全之處，唯有母親的身邊。不管在外頭有多累，只要一想著能早日回到母親處，心裡便有了期待。」

大長公主沈默不語，也不知在想些什麼？

魏雋航猜不透她的意思，心裡有些忐忑，只是也不敢再多說。話已至此，相信母親已經明白他此番話之意。

良久，大長公主忽地一聲冷哼，驚得他心裡「咯噔」一下，頭皮隱隱有些發麻。難道……

「怪道呢，好好的怎提起了小時候之事，原來在此等著我呢！」

大長公主板著臉，音調平穩，讓他根本聽不出喜怒。

「母親……」魏雋航小心翼翼地打量著她的神情。

大長公主定定地凝視著他一會兒，直看得他心裡越發不安。

也不知過了多久，他才聽到對方一聲長長的嘆息，乘機再偷偷打量了下，終於敏感地發現母親的神色緩和了不少。

「我明白你的意思，只是……」大長公主又是一聲嘆息。

「我明白母親在擔憂些什麼。大哥早早便去了，騏哥兒年幼，大嫂一個婦道人家支撐著長房著實不易。只是母親，不管這未來如何，騏哥兒都是魏家子弟、我的嫡親姪兒、霖哥兒的堂弟。霖哥兒雖然性子稍微顯冷，但卻是個外冷內熱、重情重義的，騏哥兒又是那等性情溫和、讓人憐惜的孩子，這兄弟二人自來便處得極好，母親又有什麼放心不下的？再者，兒孫自有兒孫福，母親您為了這個家操勞了大半輩子，小輩們都牢記在心，若是他們知道因自己之事讓祖母如此費心，不定心裡怎麼難過呢！」

大長公主又是一陣沈默。

該說的都說了，魏雋航也知道過猶不及的道理，見狀也不再多說，朝她躬身行了禮，靜悄悄地退了出去。

「世子夫人怎樣了？可有凍著、餓著？夜裡休息得可好？精神可好？」回到福寧院正院，魏雋航先是哄得鬧著要找娘親的女兒眉開眼笑了，這才不放心地問明霜。

「奴婢和秋棠、夏荷、春柳三個輪流著給世子夫人送東西，守門的兩位婆子也不敢為難，故而東西送得順利，夫人倒不曾餓著、凍著。只是……奴婢瞧著夫人精神可算不上是好，想是心裡掛念著大公子和四姑娘。」明霜一五一十地回道。

魏雋航皺了皺眉，想起沈昕顏曾讓明霜帶給他的那句話。只怕夫人不但是掛念著兒女，還擔心他這個不怎麼可靠的夫君會觸怒母親，從而導致雪上加霜吧！

至於母親那裡……只盼著她老人家能早一分想清楚，如此一來，夫人也能少吃些苦頭。

想到自家一向溫溫柔柔、從不愛計較的夫人居然敢頂撞大長公主，他便有些頭疼地揉揉額角。果然，只要一牽涉到兒子，夫人便怎麼也保持不了平日的冷靜。

想到此，他便抑制不住心底冒出來的那點酸意。

兒子哪有他好，哪及得上他這般知冷知熱、知情識趣啊！女子啊，尤其是生了孩子的婦人啊，真真是叫人愛也不是、怨也不是、惱也不是……

他裝模作樣地搖頭晃腦一番後，高聲吩咐秋棠，讓人留意佛堂和大長公主處的動靜。

秋棠眸光頓時一亮。世子爺這般吩咐，可見夫人很快便可以回來了！

此時的大長公主從沈思裡回轉過來時，卻發現兒子不知什麼時候已經離開了。

她嘆息著搖了搖頭，轉頭衝著徐嬤嬤道：「往日竟是我小瞧了雋航，這孩子勸起人來倒是一道道。為了替他媳婦求情，連那些陳年舊事都翻出來了。」

徐嬤嬤笑道：「世子爺哪裡只是為了世子夫人，怕是心有感觸，也是感念殿下的養育之恩。奴婢雖上了年紀，可也記得清清楚楚，世子爺小時候最最親近的便是殿下您了。」

大長公主哪裡不知這個？聞言勾起了愉悅的笑容。他們母子之間的感情，一向就好。

徐嬤嬤察言觀色，也不得不感嘆世子爺果真了不得，明明早前殿下還那般盛怒難抑，這才過了多久，便雨過天青了。論哄殿下高興的本事，闔府裡世子爺稱了第二，那可就沒人敢稱第一了！

因沈昕顏的頂撞而激起的怒火既然已經熄滅，大長公主整個人自然也冷靜了下來，仔細地回想了沈昕顏那些話，雙眉不知不覺地皺了起來。

長媳方氏是她閨中好友之女，更是她看著長大、親自替長子聘娶回府的。說句不怕人惱的話，三個兒媳婦當中，她最最中意的便是長媳；再加上後來長子早逝，留下長房孤兒寡母的，她自然便又憐惜了幾分。更因為長房唯一的血脈騏哥兒又是那等溫和怯弱的性子，將來怕是離不得二房的扶持，她才不得不替他們想得周全些。

「妳說，我的這個決定對沈氏來說，是否確有些不公？」良久，她才遲疑著問徐嬤嬤。

徐嬤嬤打了通腹稿，這才斟酌著回答。「世子夫人只有大公子這麼一個兒子，自是希望事事能照料周全，旁人經手又哪能讓她放心？這份慈母之心與當年的殿下不正是一般？」

大長公主嘆了口氣。「我明白了，此事確是我思慮不周，不曾考慮到沈氏的心情。罷了罷了，著人到佛堂將她帶來吧！」

徐嬤嬤躬身應喏，出去吩咐侍女傳話。

魏承霖陪著英國公從靈雲寺回來，先親自將他送回了屋，這才往自己所居住的院子方向走去。哪知他剛走過府裡的荷花池，便見楊氏一臉焦急地朝著他快步而來。

「哎喲喲，霖哥兒，你可算是回來了！再晚些回來，你母親可如何是好喲！」

待聽清楚對方的話後，他頓時便急了。「我母親怎麼了？三嬸您這話是什麼意思？」

「出事了、出事了！你昨夜沒回府不知道，你母親昨日也不知怎的，突然頂撞了你祖母，惹得你祖母大發雷霆，竟把人給關進了佛堂裡，這會子人還在裡頭，沒給放出來呢！」
兩人急步而行，一路上，楊氏便將緣由向他道來。
「母親性子一向溫和，侍奉祖母也是處處盡心，無緣無故的怎會頂撞祖母？三嬸可知這其中緣故？」一向沈穩的魏承霖這會兒也急得不行，步伐越來越快，仍是不放心地問。
「彷彿是因你之故，再詳細的三嬸便也不甚瞭解了。」
這其中的詳情楊氏其實也不大清楚，可這並不妨礙她在魏承霖跟前充知情人。再者，內情是什麼，待會兒她引著魏承霖到了大長公主處還不清楚嗎？
魏承霖腳步微頓，雙唇抿了抿，也不再說些什麼，只腳步不知不覺又加快了些許。他年紀雖小，但自三、四歲起英國公便親自教他習武，身體別說較之尋常孩童，便是比纖纖弱質女子也要強上不少；再加上他如今聽聞親母出事，心裡一著急，步伐便邁得越發急促，不過片刻之間竟將楊氏拋下了好一段距離。
楊氏小跑著追趕。「霖哥兒，等等我……」
可魏承霖心急如焚，哪還聽得到她的聲音？
轉過幾個彎處，楊氏已見不著他的身影了。「這孩子，急什麼呢！」楊氏追得滿頭汗，累得直喘氣，不得不停下來歇息一會兒。
觸怒了大長公主，這沈氏是嫌日子過得太舒坦了不成？嘖嘖，也不知近些日子以來吃錯了什麼藥，這脾氣倒是越發大了。若不是和她相處多年，她都不敢相信當初那個悶嘴葫蘆般的沈氏與如今這位是同一人。

身後響起開門聲時，沈昕顏仍是保持著靜靜地跪坐在蒲團上的姿勢，平靜地注視著身前寶相莊嚴的佛像，彷彿絲毫也不關心周遭的一切。

「世子夫人，殿下請您過去。」來傳話的侍女恭敬地回道。

沈昕顏微不可聞地鬆了口氣。終於到了這一刻嗎？

她用手輕撐著地面想要起身，不料雙腿跪的時間過長，人還未站穩便覺雙腿痠軟得簡直不像是自己身上的，也虧得那侍女眼明手快地扶住她，才免了她摔倒的命運。

那侍女扶著她在一旁的長椅上坐下，半跪在她跟前熟練地替她按捏著雙腿，直到好一會兒，沈昕顏才感覺舒適了不少。

「行了，咱們走吧，莫讓母親久等。」她輕輕阻住侍女的動作，吩咐道。

對方見她已經可以穩穩地站著，故而也不再堅持，柔順地應了聲「是」，便躬身落後她一步，緊跟著她走了出門。

「殿下，世子夫人到了。」

侍女來稟時，大長公主正望著那座精緻的縮小版寧禧宮出神，聞言垂眸須臾，親自將小宮殿收入錦盒中。

「讓她進來吧！」

她高坐寶座上，居高臨下地望著跪在地上垂著頭的女子，聽著對方恭敬地喚了自己一聲「母親」，若非那日發生之事歷歷在目，她簡直不敢相信，眼前這個態度恭謹有禮的女子會是那個膽大包天、質疑指責自己的人。

「起來吧。」她淡淡地回了聲，看著沈昕顏垂著腦袋應下，隨後雙手交疊在小腹處，緩緩地抬起了頭。當眼前那張絲毫掩飾不住憔悴的臉龐映入她的眼簾時，大長公主眼皮顫了顫，心中僅餘的那些氣惱不知不覺便又消散了幾分。

會怕、會擔心、會不安就好，還不算是忤逆不孝到無藥可救。她暗道，只是面上卻不顯，淡淡的視線落在沈昕顏的身上，看著那稍顯單薄的身體，不知為何便想到了兒子方才的那些話。

這兩日魏雋航一直命人給沈昕顏送穿送吃之事她都知道，但她也知道魏雋航雖然東西是送了，人卻從不曾去過。至少，這兩日他大多數時候都是在自己這裡。

想來也是憑著這些，在魏雋航有意無意地求情時，她才能那麼容易地滅了火。

「在佛祖跟前跪了這些時候，可曾想明白自己錯在何處了？」

沈昕顏知道這是一個機會，如果她讓大長公主滿意了，不但可以奪回兒子院落的話事權，也能抵消她頂撞之罪，只是……

她深深地吸了口氣，抬眸對上大長公主的眼神，望入她眼底深處，一字一句認認真真地誠懇道：「兒媳頂撞母親，此乃大不孝，更是不可饒恕之大錯——」

「原來妳還知道這是大不孝！」大長公主冷笑著打斷了她的話。

沈昕顏跪在她的面前，語氣越發誠懇。「兒媳有錯，不敢求母親原諒，但請母親千萬珍重自己，莫因兒媳之錯而氣壞了身子，否則，兒媳便是死一萬次也難贖其罪了！」

大長公主仍是一聲冷笑，卻沒有再說什麼難聽之話，只道了句「起來說話」。

沈昕顏謝過了她，而後緩緩地又道：「只不過……」

來了，我就知道！連我都敢頂撞了，怎麼可能會這般乖乖地認錯？果不其然，後面還有話在等著我呢！大長公主斜睨她一眼，暗地冷哼一聲。

「只不過，若是重來一回，兒媳有些話還是得說。母親雖身分尊貴，但同樣也是為人之母，待子女的慈心比兒媳怕是有過之而無不及。兒媳不爭氣，膝下唯一兒一女，霖哥兒與盈兒乃兒媳此生唯二之寶，兒媳只恨不得將自己的所有都給他們，只盼著他們兄妹二人能一生安康順暢。霖哥兒乃長子，蒙父親垂青，將他教養在身邊，兒媳雖是不捨，但也不會因一己之私而誤了孩子的前程。」說到此處，沈昕顏眼中泛起了淚光，她眨眨眼睛，將眸中淚意逼下去。「然霖哥兒性子沈穩，素來又是寡言少語，更因日漸長成，與兒媳相處時日越發短，縱為親子，奈何……奈何兒媳知他不多，更怕母子之情日漸疏離，以致成為一生所憾。故而，雖明知母親此番決定全然出於慈母之心，更為了魏氏嫡脈相互扶持、同氣連枝，兒媳仍是不同意，不同意母親將我兒院裡之事託於大嫂。」

大長公主靜靜地凝望著她，神情平靜，讓人瞧不出情緒起伏。

沈昕顏對上她的視線，眸中泛著淚光，只裡面滿盈著的堅持卻是讓人無法忽視。

時間一點一點過去，終於，她聽到了大長公主一聲長長的嘆息。

「罷了罷了，既然妳如此堅持，我也不願做那吃力不討好之事，此事便到此為止。只我年紀也大了，再沒有精力理會旁的，霖哥兒院裡之事便交由妳這個親生母親作主吧！」

沈昕顏總算是鬆了口氣，感激涕零地向她行了個大禮。「兒媳多謝母親！」

額頭伏在手背上的那一刻，一滴眼淚緩緩滑落，她飛快地用袖口拭去掩飾住，只是心裡卻無來由地生出一股悲涼。

她成功了嗎？這輩子她終於阻止了方氏奪去兒子了嗎？

原來只要堅持，不管過程如何，結果未必不會如人意。

那上輩子她都做了什麼？她明明有一手好牌，世子夫人是她的，國公府未來最出色的繼承人是她的親生兒子，可她到底是怎麼混到了最後那種眾叛親離的結局的？

「霖哥兒，怎的傻站在這兒不進去？」當楊氏氣喘吁吁地趕來時，卻發現魏承霖呆呆地站在門外。也不知是不是她眼睛花了，好像見他的眼睛有點水光？

「祖母在裡頭說話。三嬸，我先回去了。」魏承霖很快便掩飾住自己的情緒，朝她行了禮後，頭也不回地邁著大步走開了。

楊氏是想借著他來探探沈昕顏與大長公主衝突一事的內情，哪料到這不過一會兒的工夫，對方便改了主意走人。她想要將他攔下，奈何魏承霖走得太快，而她又不敢在此處大呼小叫，唯有恨恨地跺了跺腳。

她滿臉無奈地打算離開，只轉念一想又有些不甘，便想著伏在門外聽聽裡面的談話，結果忽聽身後有腳步聲，她心虛地縮了縮脖子，飛也似的便跑開了。

沈昕顏從大長公主處離開時，抬頭望了望天空，碧空萬里，清風徐徐，整個人終於徹底地鬆了口氣。

「夫人！」

幾道同樣充滿驚喜的叫聲從不遠處傳了過來，她迎聲望去，見不遠的青松樹旁，秋棠、夏荷、春柳三人正揚著歡喜的笑容望著她。

三人往旁邊讓出一條道，一個挺拔的身影便緩緩地露了出來。那人迎著灑落在地的金光，朝她遙遙地伸出手，笑容溫和。

「夫人，我來接妳回去了！」

「嗯，有勞世子。」她深深地凝視著對方良久，忽地展顏一笑。

假山後，方氏驚訝地望著前方相攜而去的夫妻倆。沈氏怎的從佛堂出來了？難不成……她的心裡「咯噔」一下，蹙眉沈思片刻後，輕咬了咬唇，足下方向一改，便往大長公主所在的寧安院而去。

「殿下，大夫人來了。」

大長公主抬眸，揉了揉額角，吩咐侍女將裝著「寧禧宮」的錦盒收好，這才讓人將方氏請了進來。

「妳怎的過來了？騏哥兒呢？怎不把他也帶過來？」

「騏哥兒今日唸了好些時辰的書，方才用了些點心，我便讓他先回去休息片刻，這會子想來還在屋裡睡著吧！」方氏笑著回答。

「合該如此。他年紀還小，正是長身體的時候，讀書雖然重要，但也不能誤了身子，那可是得不償失。」對這個長子唯一的血脈，大長公主一向也是疼愛的，聞言不放心地叮囑。

方氏應下，又陪著她聊了好一會兒的家常，這才故作不經意地問：「昨日彷彿聽說二弟妹惹惱了母親，卻不知是怎麼一回事？」

大長公主臉上的笑意有瞬間的凝滯，雙眸微瞇，眼神銳利。

方氏被她盯得渾身不自在，正想說些什麼圓過去，大長公主已然緩緩地回答。

「不是什麼大事，她年輕不懂事，說錯了話，我訓了她幾句便讓她回去反省了。」

方氏心中一突。不是什麼大事？都鬧到了那等地步還不算什麼大事？

只是她關心的不過是那事的最終結果，過程如何卻絲毫不放在心上，如今聽大長公主這般回答，心中當下一沈，頓時意識到自己想得太過於美好了。

瞧著大長公主這般態度，看來那事是不成的了。

若是她不知道有這麼一件事倒也罷，如今知道了卻沒有得到預期的結果，心裡難免對大長公主生了幾分怨言。

還說什麼事事、處處替長房考慮周全，事到臨頭向著的還不是二房？果真是人走茶涼，夫君去了這麼多年，他曾經的那些好只怕也沒幾個人還記在心上了！

她努力壓住心底的怨惱，故作輕鬆地拍拍胸口。「如此就好，初時聽到下人們那般議論還把我嚇了好生一跳，只想著這是不可能的啊！二弟妹為人最是溫和不過，待母親也是極為孝順的，怎會做出那般不孝之事？」

只是，到底心中生了怨，就算是努力克制，可又哪裡瞞得過精明的大長公主？

大長公主靜靜地睇著她，眸中閃過一絲失望，只不過很快就掩飾了過去，不願再提此事，遂轉移話題問：「碧蓉的親事妳心裡頭可有了相中的人選？」

她雖然憐惜故人之女，但也分得清內與外。方碧蓉再怎麼也不是魏氏之女，她的親事自己著實不適宜插手，故而也不過是拿捏著分寸，替方氏參詳參詳罷了。

方氏定定神，聽她提及親妹，便想起了早前百花宴上方碧蓉與那齊柳修一事，不由得心煩。這一個、兩個，就沒一個讓她省心的！

「首輔夫人所出的幼子今年十八，年紀與碧蓉倒也相當，只是怕他們家門第太高，未必瞧得上平良侯府；徐尚書府上三公子年方十七，品行端方，如若能成，倒也是一樁好姻緣；

還有理國公府六公子，如今二十有二，年紀雖大些，倒也是一表人才，也不失為一個好人選。」她深深地吸了口氣，將早前便相中的幾家人選向大長公主一一道來。

大長公主聽罷，眉頭微不可見地皺了皺。

周首輔府、徐尚書府、理國公府，個個都是炙手可熱的人家。首輔和尚書便不用說了，一個是當朝首輔，一個是掌官員升遷任命的吏部尚書；而理國公府較之前兩府的權勢雖是弱些，但理國公庶出的女兒三個月前剛封了淑妃，如今又身懷龍嗣，正是得寵之時。

「妳挑的都是些好人家。」她淡淡地道。

方氏沒有察覺她的言下之意，只心中一動，忙不迭地道：「母親也認為這三位都是好人選嗎？既如此，不如著人探探他們的口風？畢竟碧蓉已經被耽擱了這些年，這親事可再不能拖延下去了。」

這是打算讓她親自出面了？大長公主再也掩飾不住眸中的失望，終於不願再聽她說下去，直接道：「我也有一個人選，妳且聽聽。」

方氏愣了愣。「母親也有人選？」

「國子監劉祭酒的嫡長子，年方二十，如今為翰林院新任編修。劉府家風清正，劉夫人性子寬厚溫和，劉公子雖不過弱冠之齡，卻素有才名，又是個沈穩勤懇、品行貴重的，假以時日，前程不可限量。」

又是翰林院的編修？難不成他們平良侯府上輩子得罪了翰林院編修？怎的一個、兩個都纏了上來！

本來聽聞對方只是區區國子監祭酒便已消了不少興致，再一聽聞這劉家公子居然又是翰林院的編修，頓時便觸到了方氏心裡的痛處，若非提出此人選的是大長公主，只怕她當場便要發作了。儘管如此，她的臉色也還是不怎麼好看。

「這劉祭酒……莫不是那位出身寒門、曾當面指著周首輔罵的那一位？」少頃，她不知想到了什麼，有些遲疑地問。

「確是那一位。」大長公主點點頭，並沒有瞞她。

「這可萬萬不妥！這劉大人得罪了首輔，如若與他們家成了親家，豈不是要被連累？」方氏一聽，頓時又是搖頭、又是擺手。開什麼玩笑，這麼一個人家，尋常人避都來不及呢，又怎麼可能送上門去？

「劉祭酒性子雖耿直，卻也不是不知輕重、不分場合、沒腦子的蠢人，他既敢當面指責周首輔，卻又能全身而退，劉府這些年來也一直順風順水，可見他手段了得，這與他們成了親家反倒被連累之話又從何說起？」大長公主耐下性子解釋。

再一層卻是不便對方氏說的，那便是她的姪兒、當今天子，可不是個能被人輕易拿捏的，如今的蟄伏未必不是為了將來的徹底清算。

畢竟，當今天子與周府之間還牽扯著殺妻之仇呢！

瑞王妃趙氏死在了風華絕代的年紀，她就不信這麼多年來，她的姪兒、從前的瑞王殿下，當真能全然忘記曾經的那些情濃時候。

人一死，她生前的好便會被無限放大，更何況，瑞王妃之死本身就牽扯著許多不為人知的陰私事。只是，真真是可惜了那樣一位絕代佳人！

「不行不行，劉府這門親事萬萬不行！」方氏不明白她的苦心，堅決不肯同意。

大長公主大為失望，卻也不願勉強，起身道：「既如此，妳便抓主意吧！」

方氏只為近來的不順不勝煩擾，一時也沒有留意她的態度，便告辭離開，看得一旁的徐嬤嬤直搖頭。

「我倒不曾想到，有朝一日碧珍竟也會對我耍心眼了。」方氏離開後，大長公主長嘆一聲，神色頗有幾分快快的。

「殿下想是多慮了，大夫人一向視您如親生母親一般，又怎會那般待您？」徐嬤嬤安慰道。

大長公主搖搖頭。「妳不必替她遮掩，我雖有了年紀，卻也不是老糊塗。沈氏因了何事觸怒於我，旁人倒也罷了，她掌府中中饋多年，府裡哪一處風吹草動能瞞得過她？她若直言相問，我怎會不直言相告？可她偏偏出言試探，在我面前裝傻充愣，當真是……妳且再聽聽她替碧蓉選的什麼人家？周首輔、徐尚書、理國公。自來盛極必衰，周首輔這麼多年來企圖架空天子，早已惹了天子不滿，再加上當年趙府一事……徐府倒是不錯的人家，可那位徐三公子體弱多病，並不是長壽之相。再有理國公府，她怎麼就不想想喬六那『混世魔王』的名頭呢？」

「大夫人到底年輕，所經不多，還得勞殿下多加提點。」徐嬤嬤唯有這般勸道。

大長公主又是一聲嘆息，卻沒有再說什麼。

雖然過程衝突火爆了些，但最終還是取得了合心意的結果，沈昕顏的心情還算是愉悅，整個人便也放鬆了下來，這一放鬆，睏意便洶湧地襲了來。

正侍候她沐浴的秋棠和春柳二人好半天不見她反應，再一望，便見她居然合著眼眸睡著了。

「在浴桶裡也能睡著，可見夫人吃了不少苦頭。」春柳一臉的心疼。

「如今可怎麼是好？水都快要涼了，夫人再不起，萬一受了涼豈不是又要吃苦頭？」秋棠蹙著兩道秀眉，甚是苦惱。

叫醒夫人，可難得見她睡得這般香，她又怎麼忍心？不叫吧，萬一受了涼豈不是要遭罪？

「這有什麼打緊的，沒瞧見世子爺在外頭嗎？」春柳碰碰她的手臂，嘴巴朝外頭方向努了努，笑得一臉曖昧。

秋棠恍然大悟，一拍腦門，也跟著笑了。「是我糊塗了！」

兩人相視而笑，笑得一臉春風得意。

外間，魏雋航一張俊臉被魏盈芷當成麵團一般搓圓捏扁，小姑娘樂得格格直笑，可憐的世子爺卻連話都說不索利了。

「好閨呂、好零呃……」

「唔唔，這是小豬豬！嘻嘻，夏荷姊姊，妳瞧像不像？」無法無天的魏四姑娘一手推著爹爹的鼻端，一手捏著他的嘴直往外拉，硬是將那張能誘得大姑娘、小姑子芳心亂跳的俊臉弄成了豬娃娃的模樣。

夏荷笑得直捂肚子，連連點頭。「像像像，像極了！四姑娘真了不起！」

秋棠出來的時候，看到的便是這樣一幕。

她又好氣又好笑地推了推笑得沒有半點規矩的夏荷，又笑著上前抱過笑得眸光閃閃、臉蛋紅紅的魏盈芷，將可憐的魏雋航從女兒的魔掌下解救了出來。

夏荷帶著魏盈芷出去後，秋棠才清清嗓子，將沈昕顏在浴桶裡睡著了之事道來。

魏雋航一聽便急了。「這怎麼行，萬一著了涼可如何是好！」

話音剛落，秋棠只覺眼前一花，瞬間便不見了他的身影。再片刻，春柳便摀著嘴從淨室閃了出來。

兩人賊兮兮地相視一笑，輕手輕腳地走了出去，還相當體貼地將門給關上。

卻說魏雋航一心擔憂妻子，並沒有多想，在春柳的幫助下替沈昕顏擦去身上的水漬，再用乾淨的棉巾把她一裹，一個用力，便將她打橫抱起，大步往寢間而去，渾然不覺春柳早就偷笑著溜走了。

「春柳，去拿身乾淨的……」將沈睡中的沈昕顏小心翼翼地放在床上，回身想要吩咐春柳替她著衣，卻發現身後空無一人。

他呆了呆，下意識地望望床上的妻子，看著從錦被中露出來的白淨細滑臂膀，胸口一緊，突然便覺得有點口乾舌躁。

像是做錯事的孩子一般，下一刻，他心虛地移開視線。可不過須臾，他又忍不住偷偷轉過臉去，眼睛眨也不眨地盯著錦被下隆起的曲線。

「夫、夫人，那個、那個，我、我來侍、侍候妳著、著著衣。」他努力地壓抑著急促劇跳的心腔，俊臉泛紅，握著乾淨中衣的手也不禁微微顫抖著，一步一步朝著床上的女子走去。

如畫般美好的眉眼，瑩白卻泛著桃紅的雙頰，嫣紅誘人的唇瓣，隨著呼吸而一起一伏的高聳……他只覺得胸口像是揣了隻調皮的兔子，撲通撲通，一下又一下越跳越急促，腦子裡不知不覺便佈滿了曾經那些綺麗纏綿的畫面。

他舔了舔有些乾燥的雙唇，屏住氣息，小小聲地又喚：「夫、夫人？」

回應他的只有女子均勻清淺的呼吸聲。

不知為何，他就鬆了口氣，膽子也不知不覺地大了幾分，大掌甚至伸出去抓住錦被的一角稍用力掀開，「呼」的一聲，當那片瑩潤潔白的肌膚映入他的眼簾時，他的呼吸一下子屏住了。

只是，當女子夢囈般地嗯了一聲時，嚇得他一下子鬆開了緊抓著不放的錦被一角。直到待見對方好夢仍酣，這才抹了一把額上的冷汗，只片刻又醒悟過來。

哎，不對啊！他慌什麼？她可是自己明媒正娶的妻子，他一雙兒女的娘呢！況且，又不是沒有那什麼過，怎的像個毛頭小子初遇夢中神女般？

在心裡暗暗唾棄了自己一遭，又給自己壯了壯膽，他才裝模作樣地攏嘴輕咳一聲，壓抑著嗓子，一本正經地道：「夫人，為夫替妳著衣，若是妳不同意，我便喚春柳她們進來侍候。」說到後面，他的聲音越來越低，深怕把睡夢中的女子驚醒般。隔得須臾，不見女子有反應，他挺了挺背脊。「既然夫人沒有意見，那為夫便恭敬不如從命了！」

話音剛落，他再不遲疑，又是「呼」的一下將那遮住了床上美好的錦被掀開，裝模作樣地抖了抖那身中衣，而後屏聲斂氣、動作輕緩地替沈昕顏一一穿上。

著衣嘛，當然免不了肌膚觸碰，他可絕對沒有吃豆腐的意思！對，就是這樣！

有些依依不捨地收回繫衣帶的手，指尖彷彿還殘留著那股細滑的觸感，他發出一聲喟嘆，目光不自覺地落在那微張著的、如花般美好誘人的丹唇上，半點也不捨得移開。

「嗯，不行，有些蒼白了，得染些紅才好看……」他自言自語一會兒後，身體卻越伏越低，屏住呼吸，下一刻，飛快地在那雙誘人的唇上啄了一下，而後緊張地盯著沈昕顏的反應。

片刻，見一切如舊，他鬆了口氣，卻又有些隱隱的失望。

靜靜地凝望著沈睡中的妻子，他再度沒忍住，伏下身去，含著那柔軟的唇瓣輾轉親吻，良久，才意猶未盡地鬆開。

一刻鐘不到，他又暗暗下定決定。「再親一口，就一口，絕對不會把夫人吵醒的！」於是，又一次伏低身去。

沈昕顏在睡夢中只覺得呼吸越來越困難，身子也越來越熱，就像是被一座山壓著一般，又像是整個人融入了烈火當中，除此之外，還有一些既熟悉又陌生的異樣感覺。

她努力地掀開眼皮，登時便對上一張放大了的俊臉，先是嚇了一跳，可細一看認出是魏雋航，又不由得鬆了口氣。

只不過，當她察覺兩人之間的姿勢後，一張俏臉騰的一下紅了。

她緊緊閉著眼睛，羞澀、慌亂、難為情……種種情緒混雜於一起，讓她的心都亂了。

額頭、臉頰、耳垂、唇瓣，那個傻子不停地在她臉上親著，偶爾喃喃一句「最後一次，最後一次」，可那雙大手卻越來越不規矩，正一點一點地探入她的裡衣……

終於，當身上某處柔軟被溫熱的肌膚觸碰時，她再忍不住揚手，隔著衣裳，抓著那作亂的大掌，羞赧難當，蚊蚋般道：「不、不要……」

這一下，讓正沈浸在美好裡的魏雋航當即便清醒了過來。

「夫、夫人……」他結結巴巴地喚著，整個人像是被定住了身一般，便連那隻作亂的大掌也忘了收回來。

沈昕顏紅著臉，無措地道：「盈、盈兒還、還在外頭呢……」

魏雋航甚少見她流露出這般羞澀嬌俏的表情，心中一軟，被人抓包的不自在一下子便消散了，取而代之的是滿腔的柔情。

「夫人放心，夏荷把她帶出去玩了。」

「可、可是、可是……」

「夫人不願意嗎？」魏雋航目不轉睛地盯著她，柔聲問。

沈昕顏沒有錯過他話中的失望，抬眸對上他，看著那雙晶亮的眼眸藏著的一絲忐忑、一絲不安、一絲沮喪，她的心一下子就平靜了下來。

迎著他的視線，她的雙臂緩緩抬起，輕輕地環住他的脖頸，而後紅著臉衝他抿了個羞澀的笑容。「願意的……」

話音剛落，便見對方眼眸中的光芒更加燦爛，視線越發灼人了。

「啊……」下一瞬間，她發出一聲小小的驚叫，唇便被人給緊緊地堵住了。

一個人的獨角戲哪及得上兩廂情願的美好？魏雋航的意志力正式宣告崩潰，低低的喘息自喉中逸出，無窮無盡的渴望幾乎要將人燃燒殆盡。

沈昕顏本就對他存了一份歉疚之情，更是打算這輩子好好彌補他，因此哪怕還是難抑羞澀，仍舊是大膽地主動回應他，倒是越發引得魏雋航激動不已，動作亦不知不覺間重上幾分。

床帳不知什麼時候垂落下來，架上的金鈎輕輕擺動，不時發出一陣細細的撞擊之聲，掩飾住了滿室的旖旎風情……

第六章

沈昕顏迷迷糊糊醒來時，屋裡不知何時竟已點起了燈。她的身上已換上了乾淨的中衣，腰肢被一雙有力的臂膀緊緊地摟住，背脊貼著一個溫熱的胸膛。

她覺得有些不舒服，不由自主地嗯了一聲，腰間的力度瞬間便又緊了幾分。

「醒了？」低沈的男子嗓音帶著掩飾不住的滿足，魏雋航緊緊盯著懷中的妻子，眸中漾著說不出的溫柔甜蜜。

沈昕顏俏臉飛紅，早前那些狂亂的畫面如同走馬燈般在她腦子裡重播著。這個男人真是……

兩輩子的夫妻，魏雋航並非重慾之人，而她對他又說不上有心，床笫之間便也有些應付，絕不會如今日這般主動熱情，自然，也不會似今日這般深深感受到他的瘋狂。

想到自己又哭又求卻得不到這男人半點憐惜，她又羞又氣，著實氣不過地伸手在他腰間軟肉上擰了一記，直擰得對方倒抽一口冷氣，這才覺得心裡稍稍舒服了些。

魏雋航齜牙咧嘴作出一副好不痛苦的模樣，心裡卻是美得很。

打是親罵是愛，夫人這是親他呢！

「再不許這般沒輕沒重、沒個節制了！」見他似是痛得厲害，沈昕顏又有些心疼地在自己擰的地方揉了揉，卻板著臉責怪道。

「好好好，再不沒輕沒重、沒個節制了。」魏雋航心裡更美了，望著懷中的嬌顏，一時沒忍住，又在那微腫的紅豔雙唇上啄了一口。

「你又來……」嬌嗔的不滿。

魏雋航朗聲一笑，長臂一展，再度將她擁入懷中。

此時此刻，他突然生出一種「我終於得到她」的詭異感覺。明明他們已成婚十年有餘，連兒女都有了，只是，此刻心裡的充實、安寧、溫暖、歡喜卻是那樣的真實。

「娘，您的脖子怎麼被蚊子咬了？」晚膳照樣是一家四口，眼尖的魏盈芷突然驚叫出聲。

沈昕顏下意識地捂住脖子某處，心虛地移過視線，不敢對上女兒那雙清澈的眸子，含含糊糊地道：「娘也不知道呢！」

「這蚊子可真壞，下回我讓夏荷姊姊一巴掌拍死它！」小姑娘氣鼓鼓地道。

魏蚊子背過身去，驚天動地地咳了起來。

小姑娘相當有孝心地用小胖手拍著他的背，替他順氣。「爹爹吃慢些，沒人會和你搶的喔！」

「嗯，好，爹爹吃慢些、吃慢些……」魏雋航訕訕地摸摸鼻子，接收到夫人嗔怪羞赧的一記眼神，忍不住咧嘴笑了起來。

「笑什麼笑？吃菜！」沈昕顏虎著臉瞪他，順手替兒女挾了他們愛吃的菜。「霖哥兒多吃些，瞧著都瘦了。」見兒子一聲不吭地低著頭扒飯，沈昕顏有心想問問他怎麼了？只是想到母子間的疏離，詢問的話便又嚥了回去。

她想，這輩子除了過問兒子的衣食住行，其餘的她只怕再也問不來、說不出了吧！

一頓晚膳下來，魏承霖始終低著頭不發一言，便是連年紀最小的魏盈芷也察覺到了兄長的低落情緒，頓時老實了下來，再不敢調皮。

沈昕顏給女兒洗手、擦臉，扔給魏雋航一記眼神，讓他好好與兒子說說話，自己則打算帶著女兒到園子裡消食。不料她剛邁出幾步，便聽身後響起了魏承霖帶著幾分不安的輕喚——

「母親……」

她止步回聲，竟相當意外地見他臉上帶著一副欲言又止的表情。

「好閨女，爹爹帶妳到園子裡盪秋千嘍！」魏雋航察言觀色，也不等妻子反應，笑著上前幾步抱起女兒，父女二人說說笑笑地出了門。

「霖哥兒有事和母親說嗎？」沈昕顏無奈地落坐，又示意兒子坐在對面，柔聲問道。

「嗯。」魏承霖點點頭，臉上仍是那副欲言又止的表情。

沈昕顏摸不準他的心思，也不願再追問，只靜靜地坐著，眼神柔和地望著他。

這輩子方氏再不能似上輩子那般輕易挑撥他們母子的關係，那是不是代表著他們母子之情較之上一世會有極大的改善？至少，霖哥兒對她的信任、對她的親近會多些吧？

魏承霖心裡百感交集。白日在祖母屋外聽到的話一直在他腦子裡迴響，讓他整個下午都有些心不在焉，劍法都舞錯好幾回，武術先生還以為他身子不適，便提前放了他離開。

他身子沒有不適，只是心裡卻不適得很。

自他有記憶起，陪伴在他身邊最久的便只有威嚴、不苟言笑的祖父。祖父雖然待他很好，但對他的要求也甚是嚴格。騏哥兒三、四歲的時候還能待在他母親身邊，而他三、四歲的時候，便已經在祖父的親自督促下開始讀書習武。

每日天不亮便要起來，先是跟著侍衛在練武場上跑上一圈，然後開始扎馬步。扎完了馬步再沐浴更衣，陪著祖父用早膳，緊接著便開始讀書練字。

唸書倒也罷了，只是習武總得吃些苦頭。尤其是剛開始練習時，每每摔倒，直摔得身上青一塊、紅一塊，初時他還會痛得直哭，可祖父一記威嚴的眼神射過來，哭聲便立即嚥了回去。再到祖父訓斥他「男兒有淚不輕彈」後，哪怕是摔得渾身是傷，他也再不敢在人前露出半點哭聲。

那段日子很苦、很難熬，夜裡一個人睡在寢間，他總躲在被窩裡偷偷抹眼淚，想爹爹、想娘親、想祖母、想福寧院。

他想回福寧院，想回娘親身邊，可祖父卻不許，直道「慈母多敗兒」，若他再貪戀母親的懷抱，早晚會是個不成器的敗家子。

久而久之，他的心思便歇了，一心一意跟著祖父習武唸書，甚至不知從什麼時候開始，他已經不習慣母親的親近了。尤其是他明明已經長大了，可母親待他仍如待三歲孩童一般，事事過問、處處關心，令他更覺不自在。

可是，也是今日，他才恍然醒悟，原來他的疏離冷淡，竟已經讓視他如人生之寶的母親生出不安了嗎？

她的這種不安，甚至已經到了會害怕「母子之情日漸疏離，以致成為一生所憾」的地步，為此不惜冒著大不孝的罪名頂撞了祖母，為的只是爭取他院裡諸事的掌理之權。

她是他的親生母親，他們是血脈至親，是一輩子的親人啊！

「母親……」望著跟前明顯已經走神的女子，他再忍不住，哽聲喚。

「嗯？」沈昕顏揉揉額角，沒注意到他的神情有異。

「母親，是孩兒不孝，孩兒沒有盡到為人子之責，反倒令母親為了孩兒之事日夜憂心。」

沈昕顏一怔，瞬間回神望向他，竟意外地見他眼眶都紅了，一張肖似其父的臉佈滿了難過與不安。

難過與不安？她簡直不敢相信自己眼前所見。

彷彿很久很久之前，久到她的兒子還只是一個愛黏在她身邊的粉團子，或者再近些，近到他剛被英國公抱走的頭一年，也只有那些時候，她才看過他的眼淚。

只是，對她來說，兒子的眼淚隔著兩輩子，著實太過於遙遠，遙遠到他留給自己的印象不是面無表情，就是痛心失望。

至於對何人痛心失望，自然是她這個處處為難他妻子的母親，讓人厭棄的惡婆婆！

「你、你怎會這般想？」她努力壓抑住那些負面的情緒，勉強朝他勾了一個並不怎麼好看的笑容。

「今日母親對祖母說的那些話我都聽到了，是孩兒不好，孩兒不該讓母親那般不安的。只是母親，不管什麼時候，不管發生什麼事，您永遠是我最尊敬的母親！」

魏承霖一直覺得自己永遠無法像三房的越哥兒兄弟倆那般，將那些肉麻的話說出口。可是很奇怪的，現在他說出這番話卻沒有感到半點不自在。

沈昕顏死死地咬著唇瓣，連指甲不知什麼時候掐斷了也感覺不到。

她不清楚他知道了、發現了什麼，以致今日會對她露出這種表情、說出這樣的話。明明她應該高興的，高興她的兒子終於可以體諒她了，可不知為何，她卻有一種想哭的衝動。

她想哭，想大聲哭泣，為前世那個被困在家廟生不如死的自己哭！為前世那個被他傷透了心的自己哭！更為那個死後魂魄飄蕩仍不甘心地回去尋他的自己哭！

不管什麼時候，不管發生什麼事，她永遠是他最尊敬的母親。真的是這樣嗎？真的會這樣嗎？她發現自己已經無法再相信了。前世血淋淋的教訓無時無刻不在鞭打著她的靈魂。

她垂眸掩飾眼中淚意，以平生最大的意志壓下那些負面的情緒。再抬頭時，臉上已經回復了平靜，讓人瞧不出半分異樣。

「霖哥兒這般想，母親很高興。現在你年紀尚小，還離不得母親的照顧，待日後你長大了，娶了媳婦，有了自己的家——」

「母親是擔心孩兒會『娶了媳婦忘了娘』嗎？」魏承霖打斷她的話。

沈昕顏呆了呆，臉上有幾分不自在。的確，她是這般想的，但不代表著她會對如今年紀尚小的兒子說出這樣的話，只是一下子被他說破心中所想，有些無措。

「你從何聽來這些話？」

「上回聽三嬸罵越哥兒，說他小小年紀便惦記著好看的小姑娘，將來必是個娶了媳婦忘了娘的。」魏承霖也有些不好意思，畢竟偷聽到長輩的話並不是一件光彩之事。

沈昕顏無語。這確是楊氏會說的話沒錯。

不知怎的想到了從春柳嘴裡聽到的，關於她被罰跪佛堂後魏雋航的一連串舉動，不得不感嘆一聲。若論起處理婆媳關係，她這個優秀的兒子遠不及其父。

「……有您、父親和妹妹，這兒便是我的家，哪怕是……嗯……將來、將來娶了媳婦，也是要一起孝順您和父親的。」小小的少年到底臉皮子薄，說到娶媳婦之事便先自紅了臉，只是想到這是他給母親的承諾，故而仍是忍著羞赧，小小聲地說了出來。

沈昕顏聞言笑了，溫柔地撫著他的腦袋瓜子，聲音無比輕柔，就像是怕驚到了他一般。

「是嗎?那母親便等著,等著霖哥兒和你媳婦孝順。」

小少年的臉蛋終於騰的一下脹紅了,略有些扭捏地點點頭,又像是怕力道不夠,紅著臉蛋應下。「嗯!」

沈昕顏只望著他笑,一句話也沒有再說。

兒子既然有這般覺悟,她等著便是。再差的結局上輩子她都經歷過了,這輩子的下場便是再慘,難不成還能慘得過上輩子?兩輩子她什麼都沒有,就是命多!瞧瞧,都死了一回還能重來,試問世間有幾人能有她這般境遇?

「啊!哥哥的臉蛋跟猴屁股似的!」

小姑娘嬌脆響亮的驚叫聲陡然響了起來,母子二人不約而同望過去,便見魏盈芷不知什麼時候跑了回來,正倚在門邊指著魏承霖直笑。

被妹妹這一通笑,魏承霖的臉蛋更紅了,可還死撐著兄長的面子,試圖找回場子。「胡、胡說!什、什麼猴屁股?姑娘、姑娘家不許說、說此等不、不雅之語!」

六歲的小丫頭哪管他,捂著肚子笑得越發響亮了。

跟在女兒身後的魏雋航笑著抱過女兒替她揉揉肚子,又瞥了一眼脹紅著臉、不知所措的兒子,終於也忍不住放聲大笑。不錯,這回總算不再是小古板的模樣了!

沈昕顏忍俊不禁地看著拿兒子取樂的父女倆,又望望臉蛋險些快要燒起來的兒子,也跟著笑了起來。

經歷過一番事後，沈昕顏便覺母子之間親近了不少，至少魏承霖再到她面前時，也不再總是那副板著臉的模樣，偶爾還會被調皮的妹妹逗弄得手足無措，頻頻向她求救。

婆媳衝突過後，她與魏雋航陪著大長公主用午膳，本以為大長公主會因為上一回之事而對她心存芥蒂，可不知是大長公主掩飾的功夫深厚，還是她感覺遲鈍，總之就是感覺不到大長公主對她態度上的變化。對此，她終於鬆了口氣。

這日，她正在替女兒縫衣裳，便聽秋棠來稟。

「夫人，三姑奶奶求見。」

沈昕蘭？她皺了皺眉。都已經徹底撕破臉了，她還來找自己做什麼？

本想不見的，但轉念一想，她又改變了主意。「帶她到花廳候著，我稍會兒便去。」

秋棠應下離開。

如果可以，沈昕蘭並不願意走這麼一趟，可她實在是沒有別的法子了。

自從齊柳修被降了職後便一直處處不順，往日交好的同僚、賞識他的上峰等，個個對他是避之唯恐不及，讓一心想別尋路子重新往上爬的齊柳修好不沮喪。

夫君仕途失利，沈昕蘭的日子也不好過，曾經與她姊妹長、姊妹短的某些夫人，如今尋著了機會便對她好一番奚落，惱得她有氣也無處發。

此時此刻，她才幡然醒悟，從前她一直瞧不上的嫡姊，原來真的可以輕易決定他們夫妻的榮辱。

也是因為認清了這一點，哪怕這回前來，國公府的侍女只引著她到待客的花廳，而不是世子夫人所居的福寧院，她也絲毫不敢有半點不悅。

只要沈昕顏肯見她就好，其他的她都可以忍。身為庶女，她學到的最大本事就是忍！

端坐在花廳裡目不斜視，除了偶爾進來添茶、奉點心的下人外，國公府的主子她一個也沒有見到。

也不知過了多久，她終於聽到了沈昕顏那熟悉的腳步聲。

「二姊姊！」她定定神，漾出歡喜的笑容迎了上去。

沈昕顏淡淡地衝她點了點頭便在上首落了坐，開門見山地問：「不知齊夫人前來尋我有何貴幹？」

齊夫人……沈昕蘭心一沈。連三妹妹都不肯喚，難不成她竟是真的打算斷絕這份姊妹之情？到底什麼時候開始，這個二姊姊變得這般狠心了？

「二姊姊，過往是妹妹不懂事，對姊姊多有得罪，姊姊若是還——」她放低姿態，輕聲軟語地懇求，只話未說完便被沈昕顏打斷了。

「妳不覺得累嗎？這麼多年來一直在我、在母親跟前扮演著好妹妹、好女兒的角色，難不成竟一點也不覺得累？只是妳不累，我卻煩了。妳這次來若是想打姊妹親情牌的，我就不奉陪了。」說完，她便做了個起身打算離開的姿勢。

「姊姊請留步！」沈昕蘭慌了，一把拉住她，還想說幾句軟話，可對著那冷冷淡淡的臉，那些軟話卻再也說不出來了。最終，她還是緩緩地再度落了坐，迎著沈昕顏冷漠的眼神，平靜地道：「我只是有些鬧不明白，這麼多年妳都糊裡糊塗地過來了，怎的如今反倒清醒了呢？沒錯，我是不喜歡妳，可是，妳又是真的一心待我好嗎？還有母親，她又真的將我當成她的女兒嗎？不見得吧？妳們若真的愛惜我，怎麼這麼多年了，我竟連個嫡女的身分都撈不著？說到底，我也只不過是妳們用來昭顯大度仁慈的工具罷了。」

「原來如此，為了一個嫡女的身分，妳便記恨了我們這般久。」沈昕顏恍然大悟，只是又覺得有些荒謬。實實在在的關愛竟比不上一個名不副實的嫡女名頭？她搖搖頭，突然便喪失了和沈昕蘭再說的興致。「既然這麼多年妳都暗地裡惱著過來了，倒不如便一直惱下去，咱們想來也是只有姊妹之名，沒有姊妹緣分，這輩子還是少些往來，各自珍重吧！」話已至此，她起身便打算離開。

「姊姊既然這般想，卻為何又在背地裡使些見不得人的手段，毀了外子前程！」沈昕蘭衝著她的背影大聲質問。

沈昕顏止步回身，對上她怨恨的眼神，平靜地回答：「我確是想給你們夫妻一個教訓，只可惜你們夫妻得罪之人太多，我甚至還來不及佈置，便已有人替我收拾了。齊夫人與其在此與我多耗唇舌浪費時間，不如回去與尊夫好生琢磨到底得罪了什麼人，才會惹來這場禍事。」

沈昕蘭愣住了，眼睜睜地看著她的身影消失在眼前，整個人還無法從震驚中回轉過來。

不是她？那會是什麼人？

沈昕蘭不覺得沈昕顏有欺騙自己的必要，她連那等狠話都放出來了，若真是她做的，她完全沒有必要否認。

那會是誰？難不成真的是夫君在官場上得罪之人？

沈昕蘭覺得有點頭疼。若是沈昕顏出的手，憑自己對她多年的瞭解，總會有辦法求得她的原諒，從而改變夫君的現狀，可若是外頭惹來的禍，憑自己一個婦道人家卻是難辦了。

那頭沈昕蘭茫然不知所措，這廂的楊氏探了幾日風聲，都找不出當日沈昕顏頂撞大長公主的內情，讓她好不失望。

恰好這日她百般無聊地在園子裡閒逛，可真巧了，遠遠便見方碧蓉孤身一人坐在楊柳旁的石凳上出神，她的眼珠子一轉，當即便揚著親切的笑容上前去。

「這不是方妹妹嗎？哎呀呀，可好些日子沒見妳出來逛園子了，怎的我瞧著妹妹倒像是清減了不少？」

「三夫人。」方碧蓉見是她，起身行了個福禮，才剛屈了膝便被楊氏一把拉住。

「都是自家親戚，行那些虛禮做什麼！」

方碧蓉也不堅持，衝她矜持地笑了笑。「難得三夫人也有這般雅興。」

「我就一俗人，哪來什麼雅興不雅興？不過在屋子裡覺著悶得慌，便出來散散心，沒承想竟遇見了好些日子不見的妹妹。妹妹最近怎的也不多出來走走？整日待在屋裡多無聊啊！」楊氏親熱地拉著她的手。

「閒來做做針線、看看書、描描花樣子什麼的，倒也不會覺得無聊。」方碧蓉不著痕跡地抽回手，淺笑著回答。

「妹妹是個文雅人，懂得多，不像我。」楊氏也不在意，與她並肩坐下，又胡天海地般扯了陣子話，這才故作不經意地道：「前些日二嫂衝撞了母親，多虧了大嫂從中周旋，否則母親還不定要氣成什麼樣子呢！偏我嘴笨，想勸著些也不知從何勸起。」

「三夫人想必是聽了下人們的捕風捉影吧？世子夫人侍長公主殿下至孝，又怎會衝撞殿下？這些話三夫人還是莫要再提，若是一不小心傳到外頭去，不只誤了世子夫人名聲，還要連累國公府。」方碧蓉瞪大眼睛，好言相勸，心裡卻是一陣嗤笑。這楊氏還真當她是無知女子不成？竟將主意打到她的頭上了！

楊氏被她這般一堵，臉色便不怎麼好看，只對方句句在理，更是扯上了世子夫人及國公府，她倒也不好發作，唯有扯了個僵硬的笑容，訕訕地道：「我不過隨便說說、隨便說說……」

方碧蓉暗地冷笑，只是面上卻不顯，假裝觀賞風景般別過臉去，不經意間，看到不遠處府中侍女引著一名年輕婦人往二門方向走去，那婦人眉宇間隱隱與沈昕顏有些許相似，不由得心思一動。

「那位夫人是何人？」

楊氏順著她的視線望去。「二嫂娘家妹妹。」頓了頓，又有些不甘心，略帶嘲諷地道：「不過一小小翰林院編修的夫人……不對，聽說她夫君辦差出了錯，連翰林院編修都當不成了，一個芝麻綠豆官的夫人，不值得方妹妹花心思。」言畢，不屑地瞥了方碧蓉一眼，起身拍拍屁股便走了。

方碧蓉沒有留意她，眼睛死死地盯著沈昕蘭的背影。半晌，突然起身朝著某條小道快步而去。

沈昕蘭心裡揣著事，有些心不在焉地跟在英國公府侍女的身後，到了拐角處，突然從旁邊衝出一個身影，直直便往她身上撞，她一個沒站穩，哎呀的一聲便摔倒在地。

「對不住，妳不要緊吧？」來人伸手扶她，客客氣氣地道歉。

沈昕蘭扶著對方的手站穩，這才抬眸望過去，見是一名衣著華貴的年輕女子，那些責怪的話便嚥了下去，取而代之的是寬容的笑容。「我不要緊，姑娘不必擔心。」

方碧蓉不著痕跡地打量著她，見她眉宇間雖與沈昕顏有幾分相似，但顏色較之沈昕顏卻遜上不少，更加及不上自己，心中頓時一定。也不怎麼樣嘛！根本一點兒也配不上那般出色的齊大人！

「齊夫人，該上轎了！」引路的侍女輕聲提醒。

有心與「國公府主子」交好的沈昕蘭不得不息了心思，唯有朝著方碧蓉客氣地道別行禮，便上了出門的青布小轎。「方才那位是府上大姑娘吧？我好些日子沒來，都不大認得了。」離開前，她故意問道。

引路的侍女笑了。「夫人認錯了，那不是我們大姑娘，是大姑娘的嫡親姨母，大夫人之妹。」

「轟」的一聲，像是有道驚雷在沈昕蘭腦中炸響，讓她一下子便懵了。

下一刻，她的整張臉便變得猙獰。

原來是她！勾引夫君的小賤人竟然是她！

見到了一點兒也不如自己、卻比自己幸運得多，得以嫁給齊柳修為妻的沈昕蘭，方碧蓉的心情並沒有好上多少。一會兒替齊柳修感到不值，一會兒替自己委屈，一會兒又深恨沈昕蘭上輩子不知修了什麼福，今生才得以嫁給那般好的男子為妻。

她的心裡百轉千迴，輾轉哀怨，竟連方氏走到了她身邊也沒有察覺。

「妳方才刻意去撞那齊沈氏做什麼？」

直到方氏冷冷的質問聲響了起來，才將她從那些哀怨心思裡拉了回來。

「姊姊！」她臉色一白，有些心虛地避開方氏的視線。

「去瞧瞧那人娶的到底是什麼樣的女子，可否比得過妳？」到底是自己嫡親的妹妹，方氏還是相當瞭解她的，只一問便問到了關鍵。

「我、我……」方碧蓉訥訥的，更加不敢回答了。

「妳知不知道自己在做什麼？難不成妳真的要我徹底毀了那齊柳修才肯死心？」方氏壓著怒氣，恨其不爭地瞪著她。

「妳這話是什麼意思？」方碧蓉心中一驚，不知怎的便想到了方才楊氏那句「連翰林院編修都當不成了」，猛地抬頭，不可思議地盯著方氏。「是妳！是妳害得他連翰林院編修都當不成的是不是？」

「是又怎樣？他若再不知趣，我能讓他一輩子徹底滾出京城！」方氏臉上一片狠辣。

「妳太狠了！他什麼也沒做錯，妳怎能如此待他？」方碧蓉怒目而視，大聲質問。

「妳知不知道自己在跟誰說話？妳還記不記得爹娘送妳進京的目的？在這個節骨眼上，妳還給我出亂子！」方氏大怒，險些沒忍住，又要搧她一記耳光。

方碧蓉恨恨地瞪她。「是爹娘的目的還是妳的目的？妳也不過想利用我的親事來給自己增添籌碼罷了，還敢拿爹娘來壓我？好啊，妳瞧上哪家了？周首輔？徐尚書？還是理國公？妳放心，我方碧蓉發誓，此生絕不會再讓人爬在我頭上，包、括、妳！」

方氏氣極反笑。「好，我如今便給妳一個機會。下個月瓊姝郡主生辰，到時候不管是周首輔府、徐尚書府還是理國公府，都會有掌事夫人出席，妳若有本事，便當知道牢牢抓住此次機會。」

瓊姝郡主便是大長公主之女，魏雋航一母同胞的妹妹，如今又為衛國公府世子夫人。

這些年英國公府雖然沒有能立於朝堂之上的男丁，可大長公主深得今上敬重，世子魏雋航算是今上少年時的半個伴讀，亦頗得聖眷。

按本朝規定，只有親王之女才能封郡主，公主之女便是得了恩典，也不過封個縣主。而魏瓊姝能以公主之女的身分獲封郡主，足以見得今上對姑母一家的眷顧。

這也是自英國公傷重退出朝堂、前世子魏雋霆死後，亦無人敢輕易小瞧了英國公府之故。

至於那些嘲笑「曾經的大楚名將世家英國公府，如今闔府卻只能靠著婦人在支撐」之人，也就只能在私底下說幾句酸溜溜之話。

方碧蓉緊緊咬著下唇，死死地盯著方氏離開的身影，身體因為壓抑的憤恨而不停地顫抖著。

終有一日、終有一日……

沈昕顏並沒有將沈昕蘭放在心上，但因有了上一輩子的經歷，自然也知道方氏絕不會輕饒過膽敢引誘她唯一妹妹的齊柳修。

平良侯雖然離開京城多年，但好歹也是大楚朝的侯爺，手上或多或少總是留有幾分在京中的勢力，而這些勢力如今便掌握在方氏的手中。

故而對付一個小小的翰林院編修對方氏來說，不過輕而易舉。若非顧忌行事太過以致引人注目，她其實是想直接取了齊柳修的性命。

上輩子的方氏發現妹妹與齊柳修的私情時，那兩人已經暗中來往了好長一段時間，感情比今世初遇不久的他們可是要深得多。

故而當方碧蓉察覺長姊打算對齊柳修出手時，便以自己的親事為要脅，迫使方氏不得不暫且放下教訓齊柳修的念頭。

沈昕顏其實還是有些佩服方碧蓉的。這個女人上輩子嫁到徐尚書府後很快便站穩了腳跟，到後來徐三公子病死，她以未亡人的身分繼續留在徐尚書府，不但混得風生水起，甚至還有本事讓齊柳修借著徐尚書的東風連升了好幾級。

利用夫家權勢替情人鋪路，不得不說，此女也是個相當「了不起」的角色！

只可惜，她們注定不會是站在同一陣線上的，否則沈昕顏真的不願與她為敵。

如今的方碧蓉雖然對齊柳修動了心，但彼此不過一面之緣，若說這感情有多深她是不相信的，可一旦方碧蓉知道，自己的親姊姊在背後算計那令她一見傾心之人……

沈昕顏眸中頓時生出了幾分期待。

當她看見迎面而來的方氏滿臉的怒氣，再瞧瞧她來時的方向，心思一動，嘴角便不由自主地彎了彎。「大嫂。」她主動迎上前去招呼。

方氏一見她便先努力壓住怒火，勉強扯了個笑容。「原來是二弟妹。二弟妹在佛前誦了一夜的經，整個人瞧著倒是添了幾分平和之氣。」

「多謝大嫂誇獎！我瞧著大嫂近些日子憂思多慮，倒有幾分氣急攻心之相，不如平心靜氣，少些操勞，如此方是長壽之理。」沈昕顏滿臉真誠地勸道。

方氏被她噎了噎，皮笑肉不笑地道：「多謝二弟妹關心，只我天生便是個勞碌命，不及二弟妹命好，注定便是個享清福的！」

「大嫂說的確有幾分理，我可不就是個享清福的命嗎？上有母親寬厚愛惜，下有兒子聰明懂事，又有大嫂這般能幹之人替我料理府內雜事，當真是命好呢！」沈昕顏笑咪咪地回。

雖然上輩子的她絕對稱不上命好，這輩子約莫也與「好命」扯不上太大關係，不過輸人不輸陣，能討幾分嘴上痛快便討幾分吧！

誰有那個破心思想以後怎樣呢？如果這輩子注定也逃不掉前世的命，倒不如趁活著的時候怎麼痛快怎麼來！

一個「替」字深深地戳痛了方氏的心窩。明明她才應該是這個府裡的當家主母，什麼時候她掌中饋料理家事是替別人幹了？

她的臉色再也保持不住平和之態，冷笑一聲道：「那我便祝願二弟妹能有一輩子這般的好命了！」放了話，她再也不想留下來看到這張讓她痛恨的臉，斜睨她一眼，仰著頭邁步離開。

可真是不經氣。沈昕顏搖搖頭，突然覺得有點無趣，一轉身，便對上始終安靜站在她身後的春柳那閃閃發光的雙眸。裡面的光芒實在太亮，讓她不禁有些頭皮發麻。「妳、妳這般瞧著我做什麼？」

「夫人，您方才笑咪咪地氣大夫人的樣子和世子爺好生相像，難不成這便是傳說中的夫妻相嗎？」春柳雙手捧臉，晶晶亮的眼睛眨巴眨巴幾下，一臉的陶醉樣。

「……」沈昕顏無言。

「一定是這樣沒錯！」春柳也不在意她的回答，甚至還用力點了點頭。

沈昕顏敲了她的頭，沒好氣地道：「整日盡琢磨些有的沒的無聊事，小心秋棠知道了又要啐妳！」

春柳委屈地捂著額頭，小小聲反駁。「怎的就是無聊事？分明是最正經不過的大事！」頓了頓又有些不甘。「見天拿秋棠嚇人。哼，終有一日，我要讓秋棠那蹄子喊我一聲姊姊！」

沈昕顏只當沒聽到。她身邊的丫頭就沒有幾個不怕秋棠的，春柳也就只能在背地裡說幾句掙顏面的話罷了。

瓊姝郡主生辰，大長公主並不打算去，嚴格來說，自長子過世後，除了不得不出席的宮中場合，其他時候她已經甚少露面了。

不過總是她嫡親女兒生辰，雖然人沒打算去，心意卻還是有的，故而這日她便由沈昕顏陪著到靈雲寺去給女兒求一道平安符。

沈昕顏和魏瓊姝姑嫂關係說不上好，也說不上不好。魏瓊姝與方氏自幼相識，較之她這個二嫂，自然是與長嫂方氏更親近些。但沈昕顏對這位肖似大長公主的小姑還是感激的，至少上輩子在她幾乎快要眾叛親離的關頭，魏瓊姝曾經替她說過話。雖然那些話無助於改變她的結局，但也無礙她對魏瓊姝的感激，畢竟雪中送炭總比錦上添花更難得。

婆媳二人一大早起來簡單地用了些清淡的細粥小菜，前一日得知她們要到靈雲寺後也表示要去的楊氏，也帶著侍女趕來了。

馬車裡，楊氏的視線一時往閉目養神的大長公主望望，一時又看看明顯走神的沈昕顏，想從兩人身上瞧出些什麼，可無論她左看右看，卻絲毫感覺不到這對婆媳之間曾經起過什麼衝突。到了這個時候，她也不得不承認，在府裡，若是大長公主有心要瞞著什麼事，當真不是她一個庶媳能探得出來的。

「二嫂在想些什麼呢？怎不把四丫頭也帶來？」楊氏不敢打擾大長公主，唯有輕碰坐在身邊的沈昕顏的胳膊，小聲問。

沈昕顏揉揉額角，同樣放低聲音回答。「快別提她了，昨日磨蹭到亥時才肯回去睡，今兒個一早哪能起得來？這會兒想來還未睡醒呢！」

「怪道呢，若是平常四丫頭知道妳要外出，必是要像小尾巴一般跟著的。都說女兒是娘的貼心小棉襖，此話當真不錯，瞧四丫頭這般黏著妳，不像我那兩隻小潑猴，見天不沾家！」楊氏捣嘴輕笑。

沈昕顏無奈地笑笑。

兩人低聲說了會兒話，不到片刻，靈雲寺便已到了。

沈昕顏此行除了陪著大長公主外，還有一個目的，便是也為女兒求一道平安符。自從自己重新活了一回後，不記得有多少個夜晚，她都一次次地夢到上一世女兒的死狀，屢屢教她夜不能寐。

她不怕今生自己同樣會落得如上一世的下場，但她絕對不能再讓女兒走上一世的老路！

大長公主此次並沒有大張旗鼓地前來，故而寺裡除了英國公府的女眷外，還有不少其他的香客。

沈昕顏求了平安符，又以女兒的名義捐了香油錢；因大長公主並不喜她們隨侍身旁，沈昕顏和楊氏妯娌二人便先行從大殿出來。

清晨的靈雲山雲霧瀰漫，一層一層縈繞著山峰，遠遠望去，像是神話裡騰雲駕霧的仙人。走到山間小路上，迎面而來的是帶著青草味道的清新氣息。

「這靈雲山的風景倒別有一番滋味。」楊氏眺望著遠處被層層雲霧纏繞著的一座山峰，感嘆道。

沈昕顏深深地嗅了嗅這漫山清新的氣息，頷首道：「確是如此，比之名川大山也毫不遜色。」

兩人並肩徐行，偶爾低低地閒話幾句，倒是難得的平和。
不知不覺間，兩人走出了好長一段距離，待她們反應過來時，卻發現居然不知何時出了寺門，正位於寺後的竹林裡。
「竟然走了這般遠的路。二嫂，咱們還是趕緊回去吧，免得母親要尋。」
沈昕顏點點頭，兩人便決定原路返回。
哪知走得片刻，在經過一間別緻的小樹屋時，突然聽到裡頭傳出異響，像是女子壓抑的嗚咽和男子忍耐的喘息。
「……別、別碰那兒，啊……」
「乖，我的心尖尖……」
待兩人細一聽，頓時尷尬得別過了臉。
「呸，真是一對好不要臉的狗男女！」楊氏紅著臉啐道。
沈昕顏只恨不得立刻離開，拉著她的手快步前行，就怕驚動了那對野鴛鴦，引來不必要的麻煩。
走到拐角處，她們不經意回頭一望，見一雙鑲著東珠的精緻纏金繡鞋灑落在樹屋旁，在晨曦的映照下發出一道瑩潤的光。
穿得起這般貴重的鞋子，想必也不是普通人家的婦人。
意外撞到這般尷尬之事，兩人都有些不自在，彼此的臉也是紅通通的。

「在佛門清淨之地行那等苟且之事，也不怕佛祖降罪！」片刻，楊氏還是沒忍住，朝著那小樹屋的方向啐了一口，滿臉的厭惡。

沈昕顏訕訕地摸摸鼻子，不如該如何接她的話？

「那女的想必也不是什麼正經人家的女兒，說不定是從那種污淖地方出來的。也只有那等不要臉的賤人，才會見天裡勾著男人！」楊氏冷笑著又道。

沈昕顏恍然大悟，終於明白楊氏不過是藉機發洩著對三房那幾位姨娘的鄙棄。明白這一點，她自然更不好接話了，唯有安安靜靜地聽著她一聲聲咒罵那些「不要臉的賤人」。

雖然其實她很想說，此等男女之事，再怎麼也不能只怪女方，若是男方無意，女方還能強迫他？只可惜這世道對女子總是苛刻些，不堪的罵名總是由女子來承擔。

更讓人諷刺的是，大多數情況下，對女子苛刻的恰恰又是同樣為女兒身之人。

「三弟妹，別說了，小心隔牆有耳。」終於，她聽不下去了，扯扯楊氏的袖口，小聲提醒道。

楊氏這才不甘不願地止了話，只是臉色仍是不大好看。

經了這一事，兩人再無心情觀賞風景，只靜靜地在小院裡的長凳上坐著，等候著大長公主聽住持講完佛經後回府。

「好你個小毛賊，原來是你偷吃了我的包子，看我不打死你這小兔崽子！」

突然，一陣喧譁聲從門外傳來。

沈昕顏正感乾坐著不自在，聞言藉機起身道：「我去瞧瞧怎麼回事？」

跨出院門，她暗地鬆了口氣，循聲望向東側，見不遠處一名衣衫襤褸的孩子縮在石桌下，拚命往嘴裡塞著包子，一名身形圓潤的婦人正插著腰衝著他破口大罵。

「你給老娘出來！小兔崽子，連老娘的東西都敢偷，想必是活得不耐煩了！出來！」

那孩子卻不理她，拚命塞包子，許是塞得急了被嗆住，還掄著小拳頭捶了捶胸口，那副模樣，活像八輩子沒吃過東西一般。

「夫人，那孩子真可憐，咱們幫幫他吧！」不知什麼時候走到沈昕顏身邊的春柳見狀，同情心頓生。

沈昕顏彷彿沒有聽到她的話，視線一直緊緊鎖著那孩子的臉。雖然那張小臉髒兮兮的，可她仍然從中看到了幾分熟悉。

上一世她被困在家廟的第二年，整個人的神志已經有些不清楚了，瘋瘋癲癲的，除了春柳外誰也不大認得，有時候情況更壞些，還會衝著春柳喊「盈兒」。

不過，偶爾她也會有清醒的時候，雖然這種時候並不多。

可就是在她不多的清醒時刻，那甚少有人往來的魏氏家廟中卻突然來了一名不速之客——一位受了傷的陌生年輕男子。

那男子藏身之處恰好便是她的房間，到她發現他的時候，她也不清楚對方到底藏了多久，但很明顯的，那人卻對她的情況有了一定的瞭解，在沒有旁人的時候還會主動和她說說話，甚至還會餵她吃飯，偶爾還試圖引著她和他說幾句話。

可惜的是，她從來沒有給過他半點反應，只是神情呆呆地坐著，像是安靜地聽他傾訴，又像是沈浸在自己的世界裡，對外界之事一概充耳不聞。

她記得對方是在一個大雨傾盆的漆黑夜晚離開的，離開前曾在她耳邊低聲許諾——太夫人，待我報了家仇後便來接您，魏承霖不要您，我要！日後我給您當兒子，侍奉您終老！

可是，一直到她死，他都沒有再出現過。

這個人，其實不過是她上輩子人生當中的一個過客，突然而來，匆匆而去。

他來時，她是遭人厭棄、被困家廟以致神志不清的英國公太夫人；他走後，她仍然是那個渾渾噩噩，時而清醒、時而瘋癲的英國公太夫人。

甚至，直到如今，她也不知道那人到底叫什麼名字、是何方人氏？後來是否報了家中仇恨？

沈昕顏回過神時，卻發現自己不知什麼時候走到了那婦人身邊，正緊緊將那孩子護在懷中，以背脊抵擋著婦人摑下來的巴掌。

只聽「啪」的一聲清脆響聲，那婦人見自己打了不知從何處冒出來的人，先自嚇了一跳，待見眼前的女子一身貴氣，整張臉「唰」的一下便白了。

「夫人請恕罪！我、我……」她結結巴巴地想要說些什麼。

沈昕顏打斷她的話。「他拿了妳什麼東西，我雙倍賠償，只妳卻不能再追究，可行？」

「不不不，不用了！不過、不過幾個包子，不值什麼！」婦人哪敢要她賠，又是擺手、又是搖頭。

「這些銀兩給妳，以後不能再追究這孩子了！」春柳取出一錠銀子塞進她手裡，警告般道。

那婦人的眼睛頓時一亮。幾只包子換一錠銀子，傻瓜才不要！

「好好好，不追究、不追究！夫人，您真是大慈大悲的觀世音菩薩，這小兔崽……這孩子遇到您這麼善心的夫人，當真是前世燒了高香了！」

「好了，妳走吧，莫要擾了我家夫人。」春柳有些不耐地道。

「好的好的，我這就走、這就走……」婦人深怕她一惱之下會反悔，揣著那錠銀子，飛也似的跑掉了，動作之索利，簡直與她龐大的身形不成比例。

沈昕顏沒有理會她們，眼睛緊緊地盯著眼前的孩子，試圖將他與上一世那個曾在家廟中給過她片刻溫暖的人聯繫起來。

那孩子一臉的警覺，若非手臂被她抓住，只怕當場便要溜走了。

「春柳。」沈昕顏本想替他擦擦臉，見狀也只能嘆息一聲，喚道。

春柳心領神會，將準備帶回去給魏盈芷的三鮮包子塞進孩子手裡。「吃吧！」

孩子眼睛明顯一亮，一把搶過去，死命就往嘴裡塞，直看得沈昕顏心驚膽戰，連連道：

「慢些吃、慢些吃，不急，吃完了還有呢！」

看著那孩子吃得急，沈昕顏又吩咐春柳去倒杯溫水，親自捧著，打算餵那孩子。

孩子許是感受到了她的善意，又或者被她的食物收了心，居然相當乖巧地站著，小口小口啜著她餵來的水。

「這是哪家的孩子？你爹娘呢？」春柳看得一陣心酸。

這孩子的父母是怎麼回事，怎的將好好的孩子養得這般瘦弱？瞧這小身板，怕是也秤不出幾兩肉來。

她問的也正是沈昕顏想知道的，見狀也儘量放柔嗓音問：「你叫什麼名字？你爹娘呢？」

孩子眼睛眨巴眨巴幾下，只是呆呆地望著她，卻沒有回答她的話。

「這孩子難不成不會說話？」見他這副模樣，春柳有些擔憂地道。

不，他怎麼不會說話，若是他不會說話，上一世在家廟裡無比耐心地哄著她說話的又會是哪個人？

「二嫂！二嫂，妳怎的跑這裡來了？母親那邊喊人了，咱們該回府了！」楊氏邁著小碎步走了過來，有些意外地望望這陌生的孩子。「這是哪家的孩子，怎的這般髒兮兮的？好了，二嫂，咱們走吧，莫讓母親久等了！」她也不過隨口一問，倒也沒想得到答案，說完便拉著沈昕顏的手就要離開。

沈昕顏被她拉得下意識邁步，正想讓楊氏稍等片刻，忽見那孩子也跟著邁開了雙腿，仰著小臉巴巴地望著她，完全是一副生怕被她拋棄的可憐模樣。

她心思一動，任由楊氏拉著自己前行，視線卻一直落在緊跟著她的孩子身上。

「夫人，他怎的跟著咱們？」春柳察覺一直跟在身後的小身影，小聲問。

沈昕顏還未來得及回答，楊氏卻聽到了她這話，止步回頭一看，秀眉皺了起來。「我說你是哪家的孩子？趕緊回家去，莫要再跟著我們了啊！」

見她們停了下來，孩子也止了步，眼睛溜溜地盯著沈昕顏，卻仍是一句話也沒有說。

就這樣，她們走，他也走；她們停，他也停。

終於，在楊氏著實忍不住要發火前，沈昕顏彎下身子，望入那孩子清澈的眼眸裡，柔聲問：「你是想跟著我嗎？」

孩子用力地點了點頭。

「你叫——」

「二嫂，妳不會想把這來歷不明的孩子帶回府吧？」楊氏打斷她的問話，滿眼的不贊同。

沈昕顏沒有理會她，望著孩子繼續問：「你叫什麼名字？你家裡人呢？」

「……蘊福，沒有。」

沈昕顏怔了怔，似是沒有想到這回他會回答自己。

「你叫蘊福，你家裡都沒有人了？」她小心翼翼地又問。

孩子點了點頭。

果然如此，沈昕顏暗暗嘆了口氣。除了父母雙亡外，她著實想不出還有什麼理由能讓這麼小的一個孩子出來找吃食了。

「蘊福，這名字起得真好！」一旁的春柳忽地插嘴。

沈昕顏微微一笑。

蘊福的確是個好名字，可見這孩子的父母一片拳拳愛子之心。

蘊福、蘊福……她在心裡默默唸著這個好不容易得來的名字，唸著唸著，腦子裡便有些茫然，總覺得這個名字彷彿在哪裡聽過。

在哪兒聽過呢？她不由得蹙眉沈思，卻苦思不得解，遂放棄了。

楊氏一見她這般模樣就急了，上前來拉了她一把。「二嫂，妳不會真的打算把他帶回府吧？這樣一個來歷不明的孩子，妳也敢隨便往府裡帶？」

沈昕顏苦笑。她當然不會這般莽撞，總得查清楚這孩子的來歷才能作決定。

「妳放心，我——」正想跟楊氏解釋，話便被孩子略顯焦急的聲音打斷了。

「我會燒柴、做飯、洗衣服，可以幹很多很多的活，您收下我吧！工錢不用很多，能包一日三餐，天氣冷了能加件棉襖和一床棉被就可以了！」蘊福深怕她不要自己，急急忙忙地道。這夫人貌美又心善，跟著她就不用怕會餓肚子了！所以，他一定要想辦法讓她收下自己！

楊氏好笑。「難不成咱們府裡還缺下人？值得巴巴地把你一個小毛孩子帶回去？」

蘊福被她說得吭吭哧哧的，半天說不出話來。

「夫人，您就收下我吧！真的，我能幹好多好多的活！而且，我還會寫字、會算帳！」最後，他只能將希翼的目光投向沈昕顏，滿臉懇求。

沈昕顏有些好笑，又有些心酸。

這孩子瞧著和她女兒的年紀相差無幾，可小身板卻瘦弱得讓人不忍多看。明明是該在父母膝下撒嬌的年齡，卻要獨自一個人在外頭求生。

久等不見自家夫人和春柳回來的秋棠在幾人身後靜靜聽了片刻，薄唇抿了抿，朝著遠處一名護衛招了招手，吩咐了對方幾句。

護衛點點頭，很快地離開，前去打探孩子的來歷。

沈昕顏自然也察覺了秋棠的舉動，暗地鬆了口氣。

將他帶回府並不是一件容易之事，至少，不會是她一個人可以決定得了的。

「世子夫人、三夫人，殿下遣奴婢來問問，怎的兩位夫人還不過去？」正在這時，大長公主身邊的侍女過來問。

「馬上就過去，馬上就過去！」楊氏忙道，又推推沈昕顏。「聽見沒有？母親派人來催了，快走吧、快走吧！」

沈昕顏有些遲疑地看了看眼巴巴地望著自己的蘊福，小傢伙明顯是聽明白了楊氏的話，生怕沈昕顏會拋下自己離開，緊張地伸出手就想去抓她的袖口，發現自己的手有些髒，連忙在身上抹了抹，直到覺得抹乾淨了，才一把伸出去，抓著沈昕顏的衣袖。

「夫人，真的，我可能幹了，而且我年紀還小，吃的也不會很多……」蘊福撓撓耳根，絞盡腦汁地想想自己還有什麼吸引人的「賣點」，可一張小臉憋得通紅也再想不出其他。

沈昕顏有些想笑。

楊氏卻已經不耐煩了，瞪了蘊福一眼，沒好氣地道：「你這孩子是怎麼回事，怎的這般黏人？都說了咱們府裡不需要買下人！」

蘊福眼中的光芒頓時明顯黯淡了不少，可抓著沈昕顏袖口的手卻越發用力了，生怕一個不小心就被對方跑掉。

偏沈昕顏又不忍心去扯開他，滿臉為難地望了望楊氏。

楊氏惱了，正想去抓蘊福，身後便又傳來了大長公主身邊侍女的聲音——

「世子夫人，殿下請世子夫人一同將這孩子帶過去。」

沈昕顏怔了怔，下意識地望了望那侍女身側不遠的秋棠，見秋棠朝自己點了點頭，心中一定，頷首道：「好，我這便去。」

既然大長公主有命，楊氏自然也不好再說什麼，唯有瞪了蘊福一眼，嘴裡又嘀咕了幾句。

第七章

「好孩子，過來我瞧瞧！」大長公主受了沈昕顏妯娌二人的禮，朝著寸步不離地跟在沈昕顏身後、正學著她的樣子朝自己行禮的蘊福招招手。

蘊福下意識地望向沈昕顏，見她對自己點點頭，這才忐忑不安地走上前。

「是個整齊的孩子。」大長公主牽著他的手仔細打量了一番，微微頷首道，而後側過頭去對著沈昕顏說：「既然這孩子與妳有緣，便將他帶回府去吧！」

沈昕顏微愣，想不明白大長公主為何會有此決定？只是她也相信大長公主是個謹慎之人，故而便痛快地應下。

蘊福看看這個，又望望那個，最終還是輕輕扯了扯沈昕顏的衣袖，小小聲問：「夫人，您這是打算收下我了嗎？」

沈昕顏含笑點頭。

蘊福眼睛陡然一亮，挺著小胸脯脆聲道：「夫人您放心，您收下我絕對不會吃虧的，我會幹很多很多的活，便是如今暫且不會，也會很努力很努力地去學！」

明明一個小不點，偏要學著大人的模樣，讓人看了忍俊不禁。

準備離開靈雲寺前，沈昕顏尋了個機會問秋棠是怎麼回事，大長公主怎會突然要見蘊福，並且這般輕易便同意將他帶回府了？

秋棠道：「是惠明大師與殿下說的。這孩子是一年前被他父親寄住在靈雲寺中，原本說好了三個月後其父便來接他，沒想到他父親途中出了意外，把命都丟了。他母親也在數年前就一病而逝，族裡亦沒有什麼親人可託付，如此一來，這孩子也就成了無父無母的孤兒。」

「那惠明大師可曾說他的父親是什麼人？」沈昕顏追問。

「說過，他的父親是一位走方郎中，惠明大師雲遊在外時曾經受過他父親的恩惠。」

沈昕顏蹙眉，心中頗為不解。蘊福的父親真的只是一位走方郎中嗎？若是如此，那上輩子他口中的「家仇」又是怎麼回事？

她揉揉額角，決定不去想了。既是德高望重的惠明大師相託，那就難怪大長公主會同意了。只不管怎樣，或許她確是與這孩子有緣吧！

那廂，春柳帶著抱著小包袱，已經收拾得整整齊齊、乾乾淨淨的蘊福走了過來。

蘊福一見她便撒著腳丫子跑了來。「夫人，您瞧我這樣可以嗎？」跑到她跟前，順便扯了扯剛換上來的半新衣裳，有些不安地問。這位夫人家中好像規矩挺多的，也不知會不會覺得他的穿著打扮不行？

沈昕顏故意盯著他上上下下打量了好片刻，直盯得他越發不安，小手緊張地揪著衣角，小臉緊繃著，生怕她會改變主意不肯要自己。

「嗯，我瞧著很好。」終於，沈昕顏覺得逗得他差不多了，這才忍笑道。

逗。

這小傢伙明明長得瘦瘦小小的，不知為何卻總愛裝小大人，讓人見了總忍不住想逗他一

蘊福終於鬆了口氣，小嘴抿了抿，淺淺的笑容一閃而逝。

「春柳，便由妳照顧蘊福吧！」

「不用不用，我可以自己照顧自己，侍候您也沒有問題！」蘊福聽了連連擺手。

沈昕顏唇邊漾著笑意，輕拍拍他骨瘦如柴的小身板，柔聲道：「其他事回府再說，此處山路不易走，你與春柳一處，便也替我照顧她，如何？」

蘊福自然連連點頭。只要夫人不覺得他什麼用處都沒有就行！

「二嫂，走了！」

安撫好小傢伙，但聽楊氏衝她喚。

沈昕顏應了一聲，再叮囑了春柳幾句，又摸摸蘊福的腦袋瓜子，這才朝著楊氏走去，與她並肩往國公府車駕停放之處而去。

走出一段距離便是轉彎處，恰好楊氏正側過臉同沈昕顏說著話，這才剛轉過去，便與前方走來的一名女子撞到了一起。

「哎喲」的兩道聲音同時響起，沈昕顏連忙伸手去扶楊氏，卻發現原本哎喲叫的楊氏眼睛眨也不眨地盯著地面。

她不解地沿著她的視線一望，頓時便愣住了。

鞋子……鑲著東珠的纏金精緻繡鞋。

早前尷尬的那一幕頓時又浮現在她腦海中。

「對不住，這位夫人沒摔著吧？」

輕柔好聽卻帶著一絲微啞的嗓音在兩人身邊響了起來，沈昕顏再一望，便像有道驚雷在她腦中炸響。

是她！

「沒事。」楊氏微不可見地撇撇嘴，飛快地避開對方欲伸過來扶她的手，動作之快，彷彿對方是什麼沾染不得的瘟疫一般。

女子好不尷尬地笑笑，禮貌地衝著兩人點了點頭，再次致了歉，便提著裙裾離開了。

「呸！不知廉恥！二嫂，看來那對狗男女便是他們了！」楊氏朝著女子離開的方向啐了一口，又碰碰沈昕顏的臂，壓低聲音道。

沈昕顏的視線緩緩地落到遠處那對容貌出色的男女身上。

男的俊、女的美，一高一矮，一剛一柔，偶爾間相視而笑，兩人間縈繞著的脈脈情意，便是隔得老遠也能讓人感覺得到，真真是一對彷若神仙眷侶般的璧人。

她垂眸片刻，淡淡地道：「三弟妹錯了，那可不是什麼狗男女，而是名正言順的夫妻。」

「夫妻?!」楊氏一臉見鬼的表情。都是夫妻了怎的還愛搞野外這一套？也不嫌丟人？這萬一讓人給撞了個正著，這輩子還見不見人啊？「二嫂認得他們？」

沈昕顏笑笑。「勉強算是認得吧，那男的是周首輔的庶長子，女的則是他的元配夫人。」

怎麼會不認得，上一輩子他們可是她的親家呢！

真沒想到這輩子「兒媳婦」還未見著，倒是先遇上了「未來親家」！

不過，要是周家老大這對夫妻，情難自禁間沒有注意場合倒也不算什麼了不得的大事，上輩子誰人不知周大老爺寵妻愛女如命呢？

這個時候，周家老大估計還在嫡母的打壓下，不得不一次次離京出任地方官員。首輔夫人沒有想到，她自以為將礙眼的庶長子驅逐出首輔府便算是贏了，卻不知逆境造就人才之理。

周家老大在任上做出的實績，足以讓人忽視他乃周首輔之子這一事實。待再過得幾年後他回來時，他的光芒便是首輔夫人想要壓制也壓制不住的了。

只可惜沈昕顏不過內宅婦人，對前朝官場之事知之甚少，所知的也不過侷限於京中貴婦夫人們閒話間聽來的，真真假假無從分辨，自然也未必作準。

「竟還是首輔家的？嘖嘖，果然人不可貌相！瞧他倆長得人模人樣的，倒不知竟這般不知廉恥、傷風敗俗！」楊氏仍是一臉唾棄。

沈昕顏微微一笑。「想來這便是戲曲中所唱的情到濃時不自禁吧！」

楊氏不屑地撇撇嘴，還嘀咕了幾句。

沈昕顏沒有聽清，也不放在心上，只是深深地望了一眼遠處周夫人婀娜的身姿，眼眸幽深。

這周大夫人容貌、身段已是得天獨厚，而她的女兒周莞寧更是有過之而無不及。雖然從來就沒看上過周莞寧，沈昕顏也不得不承認，上輩子周莞寧那媚而不俗的絕世風情確是世間少有。

只是，沈昕顏更記得當日魏承霖提出打算聘娶周莞寧為妻時，大長公主給她的評價——可為美妾，非賢妻之選，更不堪為宗婦。

這話不可謂不狠，尤其那個時候的周莞寧可不是普通人家的姑娘，她的父親已官至三品，更頗得聖上看重，將來未必不會如她祖父那般進入內閣。

大長公主此話若是流傳出去，周莞寧這一輩子也別想嫁什麼好人家了！被當今聖上的嫡親姑母靜和大長公主判定為「非賢妻之選」，試問哪戶好人家還敢娶她？

雖然有些不厚道，但她承認，聽到大長公主這話時，她的心裡是相當痛快的！

而事實證明，周莞寧確實不是一位合格的主母。但是，她卻有一位相當「萬能」的夫君，「萬能」到上得了朝堂，掌得了內宅，裡裡外外半分也不必讓她操心。

沈昕顏不得不再次承認，周莞寧確確實實是那奇怪的戲文中天生的主角。

魏雋航詫異地盯著屋內陌生的小身影。夫人到寺裡一趟，怎的還帶了個孩子回來？

「世子爺請用茶！」蘊福一見他進來，猜測他便是春柳口中的世子爺——好心夫人的夫君，故而連忙殷勤地又是搬凳子、又是倒香茶，末了居然還捧出乾淨的衣裳欲侍候他更衣。

「我來就好、我來就好！」魏雋航何曾被這般小的孩子侍候過？先是被他的舉動嚇了一跳，再一見他抱著自己的衣裳踩在繡墩上搖搖晃晃的，連忙將他拎了下來。「你這孩子，爬這般高做什麼？這萬一摔下來了可怎麼辦？」

「不會的、不會的，我站得可穩了，不會摔下來的！而且我皮可厚了，摔也摔不疼！」

蘊福生怕他嫌棄自己，拍了拍胸脯忙道。

魏雋航好笑地在他的小身板上這裡捏捏、那裡拍拍，最後在他的小臉蛋上輕掐了掐。

「我瞧著你這副小身板薄得很，倒是這臉皮挺厚的！」

這算是誇自己嗎？蘊福狐疑。

「瞧你，多大個人了，還欺負小孩子！」聽到響聲的沈昕顏從裡間走了出來，聞言嗔了夫君一記。

魏雋航呵呵一笑，就著夏荷捧來的水盆淨了手，又取過眼睛忽閃忽閃、一臉期盼地望著自己的蘊福手上的乾淨帕子擦去了水珠。

待他坐下之後，沈昕顏才將蘊福之事對他一一道來。

「原來是這樣！既如此，便將他留下吧！」魏雋航點點頭，望望直勾勾地盯著自己，一副深怕自己趕他走的模樣的蘊福，笑著問：「小傢伙，你幾歲了？竟也想得到自賣其身，打算要多少賣身錢啊？」

「七歲了。那個……世子爺，不賣身，簽活契可以嗎？」蘊福有些不安地舔了舔嘴唇。

「你竟還知道有活契這回事？」魏雋航裝出一副吃驚樣。

「不用賣身，也不用簽活契。惠明大師託我們照顧你，從今往後你便安心住下來。」沈昕顏無奈地推了推明顯在逗小傢伙取樂的魏雋航，柔聲道。

「不行不行，一定要簽活契！爹爹說過，做人不能白白受人恩惠！」哪知蘊福卻將小腦袋搖得如撥浪鼓一般。

魏雋航夫妻對望一眼，均意外他的回答。

「你還是個孩子……」沈昕顏試著勸他。

「我不是孩子了！爹爹說，娘不在了，我就是家裡的小男子漢！如今爹也不在了，那我就是大男子漢了！」蘊福板著小臉，嚴肅地糾正她的說法。

沈昕顏忍俊不禁。

魏雋航哈哈大笑，一拍他的肩膀，險些把「大男子漢」拍得摔倒，連忙伸出手去將他扶住。「既如此，夫人，便與他簽張活契吧！」

沈昕顏還想再說，見魏雋航朝她使了個眼色，她怔了怔，很快便心神領會，著人去準備文房四寶。

半刻鐘不到，她有些驚訝地望著「活契」上，蘊福簽下的那工工整整的名字。看來這孩子不但識得字，小小年紀還能寫得一手好字。看這字跡，比她那自小精心教養的霖哥兒也差不了太多。

「夫人打算如何安置這孩子？不如讓他跟著霖哥兒？」魏雋航也詫異他露的這一手，讚賞地摸摸他的腦袋瓜子，朝著沈昕顏問。

「我想讓他先跟著春柳一陣子，熟悉府裡，再讓他到霖哥兒那裡去。」沈昕顏早就有了打算。

「如此更周全些。」魏雋航頷首表示贊同。

「爹！」

小姑娘清脆響亮的叫聲突然響了起來，魏雋航一聽便咧了嘴角，笑呵呵地伸手接過女兒，捏捏她紅撲撲的臉蛋。「好閨女！」

父女倆樂呵了一會兒，小姑娘終於發現，不知什麼時候娘親身邊多了一個陌生的孩子。

「娘，他是誰呀？」察覺娘親望著那男孩的神情很是溫柔，魏盈芷連忙掙脫爹爹的懷抱，噔噔噔地跑到了娘親身邊，以占有性的姿勢牢牢抱著娘親的腰，瞪著男孩，一臉防備地問。

「不准這般沒禮貌，妳得叫他蘊福哥哥，從今往後他便住在府裡了。」沈昕顏如何沒有察覺女兒對蘊福的敵意？遂有些無奈地道。

蘊福眼睛忽閃忽閃的，小嘴微張，似是有些驚訝魏盈芷的出現。「夫人，這位妹妹長得真好看，是您的女兒嗎？」

「是，她叫盈芷，比蘊福小一歲，以後你便將她當作自己妹妹般。」沈昕顏柔聲回答。

「誰是他妹妹！人家才不是他妹妹！他明明長得沒有我高，也沒有哥哥好看，我才不要當他妹妹！」小姑娘不高興了，大聲反駁。

蘊福一聽，小臉便先脹紅了，吭吭哧哧好一會兒說不出話來，半晌，才結結巴巴地道：「我、我日後也會、也會長、長高的。」

「等你長高，我也就更高了，更不要當你妹妹！」魏盈芷哼了一聲，得意地和他比了比身高。「瞧見沒有？我就是比你高！現在比你高，以後也比你高！」

自己確實比對方矮了半個頭，事實如此，蘊福也說不出什麼反駁的話，遂將求救的眼神投向含笑站於一旁的沈昕顏。

沈昕顏輕笑著將踮著腳尖，好讓自己看起來更高的女兒摁了下去，又捏捏她鼓鼓的腮幫子。「蘊福年紀比妳大，自然是哥哥。」

見娘親不幫自己，小姑娘不高興了，立即轉身撲向爹爹。「爹——」

魏雋航哈哈笑著摟著她，哄道：「做妹妹有什麼不好的？哥哥都得讓著妹妹呢！」

小姑娘將臉蛋埋進他的懷裡，扭得像扭股糖一般直哼哼。

「夫人，要不、要不我還是當弟弟好了。」蘊福小聲道。

「不行，該怎樣便是怎樣，怎能由著她？」沈昕顏板起了臉瞪著女兒。這丫頭的性子有些無法無天了，再不壓制壓制，萬一養成那刁蠻任性的性格，將來可怎生是好！

一見娘親這副模樣，小姑娘頓時覺得更委屈了，大大的眼睛瞬間便泛起了淚光，突然朝著蘊福衝過去，用力推了他一把，大聲道：「都怪你！我討厭你！」

蘊福一個不注意，被她推得咚的一聲，一屁股坐在了地上。

沈昕顏連忙將蘊福拉起來，瞪著女兒跑出去的身影，須臾，衝著魏雋航惱道：「瞧你把她縱成什麼樣了？小小年紀倒養了一副壞脾氣！」

魏雋航摸摸鼻端，衝她討好地笑笑。「她不是還小嗎？」

「常言道，三歲看老。她這般任性，一不順心便發脾氣，將來能有什麼人受得了！」不知怎的便想到上輩子兒子一次次責備女兒「刁蠻任性」，沈昕顏驀地覺得整顆心都揪緊了。她什麼都不怕，就怕女兒將來還會「刁蠻任性」地一心維護她的表姊，處處與周莞寧作對，最後將自己弄到那不可挽回的地步。

「哪有『一不順心便發脾氣』這般嚴重……」魏雋航小小聲地反駁，只一見夫人的一張黑臉，維護之話便嚥了回去，訥訥地再不敢言。

「夫人，您別生氣，是我不好。」蘊福見自己頭一天便惹了事，心裡有些沮喪，不安地拉了拉沈昕顏的袖口，輕聲道。

沈昕顏深深地呼吸幾下，勉強朝他揚了個溫和的笑容。「不關蘊福的事。」

她只是突然又被上輩子之事影響到罷了。

「刁蠻任性」這四個字一直是她心中一根拔不掉的刺，尤其這四個字還是一次次出自她最疼愛的兒子口中，形容的是她唯一的女兒。

「好了，不要惱了，盈兒只是性子有幾分嬌縱，並不是什麼大不了的問題，富貴人家千嬌萬寵地長大的姑娘哪個沒有幾分嬌氣，這算得了什麼？只要她能明理知禮便好了。」魏雋航見她臉色不對勁，連忙上前勸道。

「我就怕她嬌慣過頭，連『明理知禮』四個字也不會了。」沈昕顏苦澀地道。

「夫人多慮了，我魏雋航與夫人的女兒，怎可能連明理知禮也不懂？」魏雋航絲毫不以為然。姑娘家嬌慣點有什麼打緊？連妻子這點兒嬌氣都受不住的男子，想來也不會有多大出息，這樣之人他才不會將女兒嫁給他呢！

沈昕顏嘆了口氣，心裡那積壓了兩輩子的心酸難過卻不能對他明言。

「夫人，我覺得盈芷妹妹很好，一點兒也不刁蠻，更不任性！」蘊福撲閃幾下眼睫，忽地扯扯沈昕顏的衣角，認認真真地道。

沈昕顏低頭對上他那雙乾淨清澈、不見半點雜質的烏溜溜眼睛，裡面蘊著滿滿的真摯，讓人毫不懷疑地就想去相信他說的話。

她微微一笑，揉揉他的髮頂，柔聲問：「可摔疼了？」

「一點兒也不疼！」蘊福用力搖頭。「盈芷妹妹根本沒有用力，是我自己沒有站穩才摔倒的。」末了還擔心她不相信，又如小雞啄米般用力點了幾下頭，再將屁股拍得「啪啪」直響。「夫人您瞧，一點兒也不疼！」

沈昕顏被他這模樣逗得「噗哧」一聲笑了出來，連忙抓住他還要拍屁股證明一點也不疼的手，好笑道：「好了好了，我相信你。」頓了頓，朝著夏荷使了個眼色，這才捏捏蘊福的小手，故意道：「我瞧著你這褲子有些髒了，讓夏荷替你換一件。」

「髒了嗎？哪裡哪裡？」小傢伙果然便相信了，扭著身子急得直想看。

「來來來，我帶你換件乾淨的。」夏荷二話不說，又是拉、又是抱地將他弄了出去。

「這確是個好孩子，就是命苦了些。既然是惠明大師所託，咱們也不能真將他當下人，過些日子讓他跟著霖哥兒讀書習武，將來也好拚個前程。」魏雋航摸摸下巴道。

「放心吧，我已經有了章程。」沈昕顏頷首。

不管將來蘊福會不會再走上如上一世那般的「復仇之路」，這輩子她既然再遇到他，自然會好好培養他。有好本領傍身，未來總會多幾分把握。

「妳方才說這孩子是偷吃包子被人抓住的？難不成上回在寺裡偷了咱們包子的那小毛賊就是他？」魏雋航忽地想起這一樁。

沈昕顏愣了愣，下意識地望向春柳。

春柳清咳了咳，道：「世子爺說的沒錯。」像是怕主子們會因此對蘊福有了不好的印象般，她連忙又道：「是這樣的，蘊福這大半年雖然一直住在寺裡，惠明大師也關照過寺裡的僧人要好生看顧他，可寺裡人手有限，哪裡能做得周全？蘊福又是個說大不大、說小也不小的孩子，惠明大師又不常在寺裡，故而……不過蘊福只有在餓得狠了才會拿點東西吃，其餘的他絕對不會碰的！」

沈昕顏了然。

靈雲寺每日香客不斷，僧人們忙得腳不沾地，自顧不暇，哪有心思理會這外來的孩子？或許初時還會迫於惠明大師的話看顧幾分，待惠明大師外出雲遊，久而久之自然也便鬆懈了。

更何況，靈雲寺雖是佛門之地，但誰又能保證裡頭的僧人個個便真的六根清淨、慈悲為懷了？

魏雋航也想到了這層，遂道：「此事日後不可再提了，也讓今日跟著到寺裡的護衛、丫頭、婆子們嘴巴放嚴些，我不希望日後府裡有些不好聽的話傳出來。」

「只此事卻不能瞞著母親，稍後我便向母親明言。」沈昕顏道。由大長公主出手，想必會更乾淨俐落。

「這是自然。」魏雋航點頭。片刻之後，他望望明顯已經被蘊福一掃方才憂慮的夫人，猛地一個激零，突然便生出一個不好的預感。

蘊福這小子不會又是一個與他爭奪夫人注意力的「敵人」吧？

若是這樣可真真大不妙啊！一個兒子，一個女兒，再來一個蘊福，那他在夫人心目中的地位還得往後退幾個啊？

「趁著這會兒得空，你試試這衣裳可合身？若是不合身我能再改改。」沈昕顏不知他所想，拿著不久前剛做好的嶄新外袍來到他的跟前，催促道。

魏雋航呆了呆，不敢置信地指指自己的鼻子。「給我做的？妳親手做的？」

他是有注意到夫人前段日子得了空便穿針引線忙得不可開交，還以為她是在給兒女做新衣，不曾聯想到自己頭上，以致如今看著抖開在他跟前的衣裳便呆住了。

沈昕顏皺眉。「這男子外袍不是做給你還能做給誰？快去試試！」

「喔，好、好的。」魏雋航踩著雲朵飄進了裡間。

「腰這裡鬆了些許，得收一收才行。好了，換下來吧！」沈昕顏繞著換上了新衣的他轉了一圈，琢磨了一會兒才道。

「好。」魏雋航揚著大大的笑容，無比順從地又進去換了下來。

「改好了待母親生辰那日我便有新衣穿了！」坐在夫人身邊看著她替自己疊著衣裳，魏世子心裡美極了，笑呵呵地道。

沈昕顏這才注意到他臉上那太過於燦爛的笑容，怔了怔，猛地想起，兩輩子她給生母、給兒子、給女兒，甚至也給姪女做過新衣，可卻從來沒有替夫君做過。

她頓時生出一股歉疚。再想想自己方才還因為女兒而衝他發脾氣，這股歉疚便更加濃了。

「……對不住，是我沒有盡到妻子的責任。還有，方才是我不好，不應該衝你發脾氣。」她抿了抿雙唇，滿目愧疚地道。

女兒跟在她身邊的時候更多，若說誰把女兒縱壞了，這個人是她自己的可能性更大。

「胡說！妳明明就很好，怎麼就沒盡到妻子的責任了？」魏雋航不依了，瞪著她道。

沈昕顏定定地望了他好一會兒，忽地笑了。「我先到母親處將蘊福之事細稟於她，回頭再將衣裳改改。」

「好，妳去吧。衣裳之事慢慢來，不急不急！」

此時的大長公主處，魏盈芷正伏在她的膝上，委委屈屈地告起狀。

大長公主從她零零碎碎的話裡拼湊出了事情大概，心中恍然。不過是瞧著自己母親對別的孩子和顏悅色，心裡醋了。她輕撫著孫女的背脊，無比耐心地聽著小姑娘嬌嬌地告狀。

「……娘一點兒也不疼我，就只知道對那個人笑得好看，還為了那個人凶我！」

「盈兒既然不喜歡蘊福，那咱們把蘊福趕走好不好？」大長公主笑咪咪地道。

「這……」

果不其然，小姑娘猶豫了。

大長公主再接再厲。「把蘊福趕走了，他便不會再惹妳生氣，妳娘便只會對妳笑得好看了，這樣不好嗎？」

「這個……」小姑娘更猶豫了，好一會兒才對著手指頭，結結巴巴地道：「好、好是好，不、不過他、他被趕走了，日、日後住哪兒呀？」

「管他住哪兒呢！只要不惹了咱們四姑娘不高興便好，隨他沒地方住、沒東西吃，被街邊的壞人欺負！」大長公主板著臉。見孫女一張小臉為難地皺了起來，她心裡好笑，臉上卻不顯，還作勢要去喊人。

魏盈芷一見就慌了，連忙抱著她的腰，撒嬌地喚：「祖母——人家不要嘛，不要趕他走！」

「那怎麼行？才來第一天就惹惱了咱們的四姑娘，這樣的壞孩子不能留！」大長公主仍舊板著臉。

「沒有啦，他沒有惹我生氣……」小姑娘怕祖母會真的將人趕走，遂紅著臉蛋嘟囔著。

大長公主故作不信。「真的沒惹妳生氣？妳不要怕，祖母給妳撐腰，誰敢欺負咱們四姑娘，祖母便把他趕出府去！」

「沒、沒有，真的沒有！」見她不相信，魏盈芷急了，大聲道。

大長公主懷疑地盯著她好一會兒，這才哈哈一笑，疼愛地摟過她，捏著她的鼻子搖了搖。「妳喲！」

見祖母像是不追究了，魏盈芷這才鬆口氣，膩著她好一番撒嬌，直逗得大長公主笑聲不絕。

沈昕顏來到的時候，見到的便是祖孫二人其樂融融的場景。

「娘……」見娘親進來，魏盈芷有些不好意思，扭扭捏捏地上前喚了聲。

沈昕顏捏捏她肉肉的臉蛋，柔聲道：「娘和祖母有話說，盈兒先和孫嬤嬤回去好不好？」

「好——」見娘親沒有生自己的氣，小姑娘終於開心了，拖長尾音，響亮地應下。

見女兒出去了，沈昕顏遂將蘊福之事再詳細向大長公主稟來。

大長公主聽罷，不以為然地擺擺手。「此事惠明大師已經詳細跟我說過了，是寺裡僧人的疏忽。這孩子品性如何，惠明大師也作了擔保。況且，孩子年紀尚小，便是有什麼不好之處，好生教導便是，難不成咱們偌大一個國公府，連一個孩子也容不下？」

沈昕顏終於徹底鬆了口氣。「母親說得極是。」

大長公主既然這般說，想來也做了萬全準備，留下蘊福已是穩穩妥妥之事了。

這也是大長公主令人敬重之處。她或許有些獨斷、有些專橫，更有些偏心，但心腸總是柔軟的。也只有這樣的女子，哪怕上輩子她最疼愛的孫兒娶了一個她相當瞧不上的妻子，她也依然維持著她的驕傲，不屑與小輩作對。

沈昕顏覺得，在大長公主身上，還有著許多值得她學習之處。

靈雲寺。

「師兄，您便這般讓國公府將那孩子帶走了？」

被喚作「師兄」的惠明大師緩緩睜開眼眸。「有何不妥？」

「您不是說，那孩子的來歷有些蹊蹺嗎？大長公主身分不同凡響，若是因這孩子而……」

「你多慮了，那孩子與世子夫人命中有緣。況且，留在寺裡……罷了罷了，到底是我有負故人，連個孩子都無法安置妥當。」

惠賢的神色有些訕訕的。「師兄放心，那兩人我已經重重懲罰他們了。」

惠明大師搖搖頭，再度合上眼眸，掩飾裡頭的失望。連個孩子尚且不能善待，又談何慈悲為懷？

從大長公主屋裡離開，遠遠見方氏姊妹一前一後迎面而來，沈昕顏自然看得出這對姊妹已經不似初時那般親密，心中了然。看來這方氏姊妹到底還是生了嫌隙。

當然，她也不認為方碧蓉會真的因為一個不過一面之緣的男人而對親姊生出怨恨，人的負面情緒自來便只會對最信任、最親近之人發洩。方碧蓉自到了京城後便處處不順，百花宴上受眾貴女排擠，又沒能入貴夫人之眼，嫁入權貴豪族之路處處坎坷，心裡早就積了一堆不滿與怨惱，那齊柳修，只不過是激發她這些負面情緒的引子罷了。

「大嫂。」
「世子夫人。」
迎面遇上，沈昕顏自然不會失禮於前，方碧蓉亦然。
「二弟妹。」方氏近來卯著勁打算走走瓊姝郡主這條路，再加上前段時間屢屢在沈昕顏跟前受挫，心裡已經對她起了警惕，見狀，亦擺著大方得體的模樣朝她含笑點點頭，卻沒有多說什麼。
她不主動挑釁，沈昕顏也不打算與她處處針對，彼此間難得和睦地招呼著，而後各自轉身離開。
要是方氏姊妹不來惹她，她並不介意與她們井水不犯河水地相處著。
方碧蓉與齊柳修不過偶然見過一面，又是因為她的緣故才能有機會到百花宴上結識了齊柳修的，真拿這個當方氏姊妹的把柄捅到大長公主處去，頭一個落不到好的便是她自己。無憑無據全憑一張嘴，說得嚴重點便是玷污親戚家未嫁女的清譽，僅此一條，大長公主便絕不會饒過她。
婦人犯口舌可是足以被休棄的！
方氏初時或許真的被她給唬住了，待靜下心來細一想，估計也想明白了這一點。
沈昕顏當日也並沒有真的打算以這個一直要脅方氏，只不過是想著先下手為強，率先占據了制高點，哪怕日後方碧蓉真的又與齊柳修混到一起去，誰也不能再怪到她的頭上來。

天要下雨，娘要嫁人，妹夫要出軌，她還能拿繩子拴住人家不成？

出軌？她怔了怔，只覺得這個陌生的詞形容得甚是貼切，只一時又想不起從哪裡聽來的？

回到福寧院，才剛邁過門檻，便看見女兒乖巧地捧著濕帕子送到她的面前，笑得一臉甜蜜。

「娘，擦手。」

這般乖，還笑得這般甜，看來是被她的祖母哄住了。

沈昕顏眉梢微揚，卻故意板著臉嚴肅地「嗯」了一聲，接過帕子擦了擦手。

魏盈芷見娘親沒有似平日那般衝自己笑得溫柔，臉一下子便垮了，可憐兮兮地蹭到她的身邊，小手輕輕抓著她衣袖一處搖了搖，撒嬌地又道：「娘……」

沈昕顏又是一聲「嗯」，仍舊不理她。

魏盈芷吸吸鼻子，委委屈屈地低著頭。「娘，我錯了……」

「錯哪兒了？」終於，沈昕顏抬眸望向她，淡淡地問。

「我、我不該不聽話。」

「還有呢？」

「不、不該推人。」

見她終於認知自己的錯誤，沈昕顏嘆了口氣，將她拉到身邊，捏著她臉蛋上的軟肉。

「妳呀！」

小傢伙察言觀色，自然沒有錯過娘親臉上的笑意，立即順著竿子往上爬，可著勁地撒嬌賣乖，試圖徹底讓娘親忘記早前她的不聽話。

沈昕顏可不是這般容易被她哄過去的，握著她的肩膀將她牢牢地定在身前，嚴肅地又問：「既然知道自己不該推人，那現在應該怎麼做？」

見居然還蒙混不過去，魏盈芷噘著嘴好不沮喪，支支吾吾的，卻是一句話也說不出來。

「做錯了事、推了人，是不是應該向人家道歉？」沈昕顏有心要磨磨她的性子，又哪允許她逃避？臉色一沈，聲音聽起來又嚴肅了幾分。

魏盈芷終於意識到這回可不是她撒個嬌、賣個乖便能揭過去的了，遂癟著嘴委屈地道：「應該……」

「妳明白就好。那妳跟我去找蘊福，親自向他道個歉。」

魏盈芷的淚珠在眼裡打了個圈，終於沒忍住，掉了下來。「娘……」

「妳自己說的，做錯了事便應該向人道歉，既說了便要做到。犯了錯還不知悔改可不是好孩子！」沈昕顏硬起心腸，不讓自己被她的淚珠動搖。

魏盈芷一邊抹著眼淚，一邊打著哭嗝，應道：「我、我是、是好孩子……我、我向、向他道、道歉便是……」

沈昕顏險些沒忍住，摟過她來安慰。深吸口氣，再度讓自己硬起心腸。「那妳擦乾眼淚，再把臉洗洗，就和娘一起去找蘊福。」

「好……」魏盈芷抽噎著擦眼淚，孰不知眼淚卻越擦越多。

沈昕顏幾乎控制不住想要抱她的雙手，那一滴滴的眼淚像一根根尖銳的針般往她心上直扎。

魏盈芷哭了一會兒，見娘親半分也不為所動，終於認命了，動作也索利了不少，笨拙地挽起袖子將帕子打濕，認真地將哭花了的小臉洗乾淨，這才挪到沈昕顏跟前，先偷偷打量一下她的神情，見她臉色緩和了不少，才怯怯地拉拉她的衣袖。「娘，我洗好了。」

沈昕顏替她理了理鬢邊的髮，又將小衣裳撫平，牽著她的手出了門。

正坐在小凳上小口小口喝著粥的蘊福見她們進來，連忙擦擦嘴迎上去。「夫人，盈芷妹……」忽地想起人家小姑娘不肯給他當妹妹的，他為難地抿了抿嘴，一時不知該如何稱呼了？

沈昕顏如何不知他所想？笑笑地拍拍他的肩膀，緩緩望向女兒，示意她上前。

魏盈芷磨磨蹭蹭地從她身後走了出來，以踩死螞蟻的速度挪到蘊福跟前，飛快地瞅了他一眼，低著頭蚊蚋般道：「那個，對不住啊，不該推你的。」

蘊福一時沒有聽清楚她的話，傻乎乎地問了句。「妳說什麼？」

魏盈芷誤會他是故意要報復自己，頓時便來氣了，氣呼呼地瞪他，無比響亮地道：「我說對不住，不該推你的！」

「啊？那個不要緊，一點兒也不疼的！」蘊福擺擺手道。

魏盈芷衝他輕哼一聲，別過臉去不看他。

沈昕顏探詢的視線投向屋內的夏荷，見她朝自己搖搖頭，心中才一定。

「不許噘著嘴，都能掛油瓶了！」側過頭來便看到女兒這副傲嬌的模樣，她好笑地捏捏她噘得高高的小嘴。

魏盈芷敏感地察覺到娘親心情好了，立即撲過去直撒嬌。

「跟蘊福哥哥去找秋棠，便說是我說的，今日准妳多吃兩塊點心。」

「真的?!」魏盈芷眼睛一亮。「蘊福哥哥我們快走！」像是深怕她會反悔一樣，也不等沈昕顏回答，立即主動拉著蘊福的手就「噔噔噔」地往外頭跑。

「走慢些，小心摔著！」沈昕顏在後頭叮囑。

遠遠地傳來女兒嬌脆的聲音——

「知道啦！」

沈昕顏無奈地搖搖頭，問夏荷。「大夫怎麼說？」

「雖是弱些，但身子骨還是挺好的，好生養一陣子便好了。」夏荷回答。

「那他身上可有傷？」沈昕顏不放心地追問。

「這倒沒有，想來靈雲寺裡的和尚雖不怎麼照顧他，但也不至於會虐待。不過……」

沈昕顏這才徹底鬆了口氣，只一聽夏荷最後兩個字，整顆心便又提到了嗓子眼。「不過什麼？」

「不過他肩膀處有個傷疤，瞧著像是刀傷，應該有不少年頭了，想來是更小的時候不小心給傷到的。」

虛驚一場！沈昕顏沒好氣地戳戳她的額。「說半截留半截，也不怕急死人！」

夏荷掩嘴輕笑。

哄住了女兒，又得知蘊福並沒有受到什麼傷害，沈昕顏也算是了了一樁心事。

當晚魏承霖到來時雖然意外屋裡多了一個陌生的男孩，但他到底比妹妹穩重些，只是略一詫異便順著沈昕顏的意思喚。「蘊福。」

對方一身貴氣，長得比自己高，生得又比自己俊，聽聞還是府裡最最出色的，再想到白日裡魏盈芷那番不肯喚他哥哥的話，蘊福沒來由的便有些自慚形穢，手足無措地喚：「霖霖哥、哥哥兒……」

魏承霖還沒有說什麼，親暱地偎著娘親的魏盈芷便指著他哈哈笑起來。「霖霖哥哥兒、霖霖哥哥兒……」

蘊福的臉蛋騰的一下便紅了。

魏承霖眸中不自禁地漾起了笑意，好笑地瞥了使壞的妹妹一眼，拉著蘊福坐到自己的身邊。「咱倆坐一處吧！」

見兩人相處得好，魏雋航和沈昕顏對望一眼，均從對方眼中看到了欣慰。

二房多了個陌生孩子之事並沒有在府裡激起什麼波浪，府裡雖不常進人，但也不是沒有的，所以眾人也只當是世子夫人專門尋來侍候大公子的。

再加上大長公主下了令，知情之人自然也不會多嘴，久而久之，府裡眾人便淡去了對蘊福的好奇。

見蘊福在府裡適應良好，沈昕顏漸漸也放下了心。

因再隔些日子便是瓊姝郡主生辰，沈昕顏便趁著這日難得有空，乾脆帶著蘊福和魏盈芷出門，打算到玲瓏閣尋些別緻的首飾以作賀禮。

「外頭都在說，說咱們世子爺養了外室！」

「真的假的？」

「這些話難不成我還敢胡謅來騙人？是我家男人嬸娘隔壁家的大娘的女兒的小姑子親眼見到的！」

「哎喲喲，這可真真是想不到啊！世子爺竟是這樣的人？若是世子夫人知道了可怎麼了得！」

「可不是嗎？」

「不會吧？世子夫人是那等賢慧人，世子爺便是想抬什麼姨娘，世子夫人也不會不同意，有什麼必要在外頭置外室呢？」

「妳懂什麼？俗話說，妻不如妾，妾不如偷，這外室嘛，想來便和『偷』一般了。」

「這話倒有幾分理！」

秋棠不安地望向沈昕顏，見她臉色平靜得不見半點異樣，心裡將那些碎嘴的婆子們恨了個半死。

「娘，什麼叫外室？」

魏盈芷脆生生的話驚醒了正議論得起勁的那三名婆子，三人臉色一白，一回頭，便見世子夫人面無表情地盯著自己，嚇得頓時「撲通」一聲跪了下來直求饒。

沈昕顏瞥一眼秋棠。

秋棠微微頷首，喚來幾名體壯力健的婆子將三人帶了下去，而她想了想，又對身邊一個名喚珠兒的丫頭叮囑了幾句。

那丫頭點頭應下，朝著沈昕顏福了福，跟著那幾人離開了。

不見娘親回答自己，魏盈芷不甘心地又問：「娘，什麼叫外室？」

沈昕顏難得地被她噎住了，遲疑著到底要怎麼向她解釋？

正在此時，蘊福忽地道：「外室大概便是指在外頭置的屋子吧！」

是這樣嗎？小姑娘懷疑地望望他，又仰著小臉拉拉沈昕顏的衣袖。「娘，是這樣嗎？」

沈昕顏含含糊糊幾句，怕她再問，連忙轉移話題。「時候不早了，咱們得快去快回，去得晚了，盈兒喜歡的頭花可都要被人給買走了！」

魏盈芷的注意力終於成功地被轉移了，急得拉著她的手就走。「那快走快走！」

沈昕顏鬆了口氣，招招手示意蘊福跟上。

卻說珠兒帶著那幾名婆子浩浩蕩蕩地到了抱廈處，見方氏身邊得力的張嬤嬤正在分派著差事，遂上前道：「張嬤嬤，我奉了世子夫人之命，將膽大包天非議主子的這三人交由大夫人發落。」

那三名婆子跪在地上，自是又一番求饒。

張嬤嬤心思一定，一臉抱歉地道：「大夫人近日身子抱恙，閒雜之事已不大理會，這三人既是世子夫人抓到的，不如便將她們交由世子夫人處置。」

珠兒冷笑。「嬤嬤這話可說得輕巧，自己倒推脫得乾淨，把黑鍋都推給世子夫人了。論理，大夫人掌著府內中饋，府中事不論大小，一律該由大夫人定奪，若是由世子夫人處置了，不知道的，還以為咱們世子夫人不敬長嫂、越權處事呢！

「再說，這三人膽大包天，竟敢非議世子爺，此事非同小可，我竟不知，世子爺之事在嬤嬤眼裡竟也只能算是『閒雜之事』，連知會都不必知會大夫人了！自然，嬤嬤是府裡有臉面的，您既說了大夫人不大理會，我自是不敢多言。只我身上也領著差事，總得找個掌事的主子回話。我琢磨著，大夫人身子抱恙無法理會，事關世子爺，殿下必是要嚴懲的。」

「哎喲喲，姑娘這張利嘴喲，真真是……我不過說了這麼一句，倒惹來了妳一大段一大段的理，真真不愧是秋棠姑娘調教出來的！」張嬤嬤皮笑肉不笑地道，只是也怕她真的會鬧到大長公主跟前，到時可就不好下臺了，唯有不甘不願地應下。「既如此，我這便回去稟報大夫人！」

「嬤嬤早該如此了，沒的浪費大夥兒時間！」珠兒冷哼一聲。

張嬤嬤嘴角抽了抽，決定不再理會她。也不知世子夫人是怎麼調教的丫頭，一個比一個牙尖嘴利，輕易不肯吃虧。

方氏見她進來，再一聽她回稟之事，雙眉一皺，不悅地道：「真真是白長了年紀，倒讓個丫頭片子給唬住了，白白浪費我一番佈置！」

張嬤嬤一張老臉頓時變得一陣紅、一陣白，支支吾吾半天也說不出話來。

方氏氣惱。「人家都把人帶到我跟前了，我再怎麼也不能裝不知道，既如此，便將那三人打一頓板子，攆到莊子上去！」

自打偶爾聽到這傳言後，她便打算藉此機會讓二房夫妻倆鬧上一鬧，可卻不希望將自己牽扯進去，如今沈氏既然直接將人帶到她的跟前，想來也多少猜到了是她有意為之。

她揉揉額頭，總覺得最近事事不順。二房那沈氏也不知怎麼就突然開了竅，居然一日比一日難對付；不但如此，竟還轉了個輕易不肯吃虧的性子，真真是……

第八章

那婆子三人議論之事沈昕顏聽了雖然不大舒服，但到底還是保持了冷靜。方氏治家自來便嚴厲，若非她有意放縱，下人是絕對不敢這般明目張膽議論府中主子的。故而，待初時那股氣惱過後，她立即便明白了。

再一層，她還是想要相信魏雋航，就如他上一輩子那般，無論發生什麼事都會站在她這邊。

秋棠察言觀色，見她眉宇間那點惱怒漸漸消散了，總算是暗暗鬆了口氣。

平心而論，她是不相信世子爺會置什麼外室的。但那三人言之鑿鑿，不似作假，她心裡也打了個突，更怕的是這事萬一是真的，到時影響了夫妻感情不說，只怕二房近些日子以來難得的溫馨和樂便要一去不復返了。這些，是她萬萬不願意看到的。

蘊福年紀雖小，但向來敏感，雖然對那三名婆子所說的話未必明白，但也無礙他看出沈昕顏情緒的低落，如今見她終於散去眉間鬱色，笑容不禁便揚了起來。

「夫人，您瞧這個，您戴起來一定好看！」他將早就看中的那根步搖遞到沈昕顏跟前，一臉期盼地道。

「小公子眼光可真好，這簪子與夫人您身上雍容華貴的氣質最是般配不過，顏色與您這身衣裳也甚為相襯。」女掌櫃笑著上前，賣力地開始推銷誇讚。

「娘，這個也好看、這個也好看！」魏盈芷舉著紗堆的一朵海棠花往她身上撲，興奮地道。

「嗯，好看，娘幫妳戴上瞧瞧。」沈昕顏先替女兒別上那海棠花，自己再彎下身子，讓蘊福替她插那根步搖。

蘊福眼睛閃閃亮亮，舉著步搖，小心翼翼地往她髮髻上插，小嘴抿了抿，又認認真真打量了一番，確信步搖沒有插歪，這才有些歡喜、又有些害羞地問：「夫人，我插好了，您瞧瞧好看嗎？」

「好看，比我原本戴的那支還要好看。」孩子的一番心意，沈昕顏自然不會潑冷水。

「娘，我的呢、我的呢？」小姑娘不甘落人後。

「自然也相當好看！」沈昕顏毫不吝嗇地誇道，話音剛落，便成功見女兒笑得眉眼彎彎，好不歡喜。

母女二人都得了喜歡的飾物後，沈昕顏挑了一套精緻的頭面打算作為給瓊姝郡主的賀禮，想了想，又選了一塊觀音玉墜，讓掌櫃用紅線穿著，親自替蘊福戴到了脖子上。

蘊福見自己也有，一雙眼睛頓時更加亮了。「多謝夫人！」

沈昕顏摸摸他的臉蛋，吩咐秋棠準備結帳離開。

只下一刻，便見秋棠一臉狐疑地走了過來。

「夫人，好生奇怪，那掌櫃說已經有人替咱們結過帳了。」

沈昕顏一怔，忙問：「可問清楚是何人？」

「說是位姑娘，那姑娘說是奉了她們家夫人之命，具體是哪一位夫人，這就問不出來了。」秋棠百思不得其解，想了一圈也想不出有哪位夫人會做這樣的事。

是位夫人？沈昕顏也是丈二和尚摸不著頭腦。

「世子夫人！」

正奇怪間，忽聽身後不遠有人在喚，她下意識地轉過去一看，竟意外地看到許素敏含笑而立。

「夫人想必不認得小婦人，小婦人姓許，上回在靈雲寺與夫人有過一面之緣，並且有幸得到夫人提點。」

沈昕顏當然知道她姓許，畢竟兩輩子大刺刺地撇開夫姓的女子並沒有幾個，而眼前這位「許夫人」便是其中之一。

「許夫人。」她禮貌地朝對方點點頭，心中明瞭，替她結了帳的便是這一位財大氣粗的許夫人了。至於對方為何要這般做，瞧著她如今站得穩穩的雙腿，想來是避過了上一輩子那斷腿之禍。

「方才我這丫頭前去結帳，掌櫃說有位夫人已經替我們結了帳，想來這位夫人便是許夫人您了。」

「與世子夫人的大恩相比，這區區數百兩並不值什麼，還請世子夫人允小婦人略微回報一二。」許素敏誠懇地道。

若非當日對方出言提醒，這會兒她只怕早已命赴黃泉。不管對方如何得知自己會有難，更不清楚對方出於什麼心思提醒自己，只大恩就是大恩，她許素敏雖是婦道人家，但「知恩圖報」這四個字還是懂得的。

沈昕顏搖搖頭。「許夫人一番心意我明白，只是今日所選之物乃是作為賀禮，若是受了許夫人……」

許素敏一聽她這話便明白了，慚愧地道：「若是折了夫人心意，這倒是小婦人不是了，還請夫人寬恕小婦人此番唐突。」

秋棠聽到這裡，連忙上前將銀票送上去，交給許素敏身邊的丫頭。

那丫頭望望許素敏，見她點點頭，這才雙手接過。

「城南新開了間如意閣，專售賣些來自五湖四海的稀奇玩意兒，最是受孩童們青睞。這會兒天色正好，不知小婦人可有此榮幸邀夫人一同前往？」許素敏誠心相邀。

沈昕顏自然瞧得出她有意結交自己，而恰好自己對她也頗為賞識，再瞅瞅聽聞「稀奇玩意兒」便已瞪大了眼睛的女兒和蘊福，遂微微一笑。「能與許夫人結伴而往，是我的榮幸。」

身處逆境亦能迎難而上，尋常男子都未必能有此堅韌心性，更不提對方還是一個婦道人家。

歷經一世悲慘下場，沈昕顏對此等自強不息的女子便已存了幾分欽佩之心。

兩人相視一笑，均從對方眼中看到了賞識。

如意閣是近一、兩個月才開張的，這生意雖不及玲瓏閣、霓裳軒這些有名的店鋪，但進進出出的客人卻也算不得少。

只是，沈昕顏卻知道，再過得幾年，這如意閣將會在京城商圈中崛起，與玲瓏閣、霓裳軒形成三足鼎立之勢，而如意閣的幕後東家，便是她身邊的許素敏。

玲瓏閣、霓裳軒的生意能一直長盛不衰，可不單單是靠著店鋪的經營，這四處的打點、靠山的選擇與支持等等缺一不可，能從這兩家口中奪食，這許素敏的能力與魄力可見一斑。

這會兒許素敏既然沒有明言身分，沈昕顏也只能當作不知道。

「啊！這小木人居然會轉圈圈！」那頭，魏盈芷驚奇地叫了起來。

沈昕顏一望，見女兒踮著腳尖扒著貨桌，緊緊盯著上面一只造型奇特的木盒子，便連一向愛充小大人的蘊福亦微張著小嘴，巴巴地看得目不轉睛。

「小姑娘，若是扭這裡，它還會發出好聽的聲音呢！」好脾氣的女掌櫃含笑為她示範，在那木盒子某處輕輕一扭，下一刻，一陣「叮叮咚咚」的動聽聲音便響了起來。

「呀！真的會響呢！蘊福蘊福，你快看哪！它真的會響！」魏盈芷更驚奇了，拉著蘊福的手不停地搖。

「真的呢！是怎麼做到的？」蘊福好奇地繞著它兜了一圈。

見兩個小傢伙看得興致勃勃，秋棠也不禁被勾起了好奇心，連忙邁步上前去看個究竟。

「這如意閣的東西確是新奇別緻，可見東家花了不少心思。」見裡面的商品千奇百怪，當真是做到了獨一無二，沈昕顏感慨地道。

「要想在京城闖出一番天地，自然得花些心思。」許素敏朝著店中一名中年婦人使了個眼色。

那婦人點點頭，轉身進了裡屋，不過一會兒的工夫，便捧著一個精緻的盒子走了出來。

許素敏接過那盒子打開，取出裡頭放著的一塊鏡子，遞到沈昕顏跟前。

當鏡子裡清清楚楚地顯出她的容貌時，沈昕顏忍不住驚呼出聲。

「這鏡子怎會如此清晰？」她愛不釋手地接過，輕撫著光滑平整的鏡面。

「這是從西洋那邊傳來的『玻璃鏡』，能將東西清清楚楚地映出來，我去年偶然得了兩面，若是夫人不嫌棄，此面鏡子便贈予夫人可好？」許素敏微微笑著道。身為國公府世子夫人，自然不缺什麼貴重精緻的頭面首飾，只這面「玻璃鏡」，她敢打賭，滿京城再也挑不出第三面了。

沈昕顏微怔，將那鏡子交由秋棠小心放回盒子裡，故作驚訝地道：「如此說來，這如意閣的東家便是許夫人您了？」

「正是。」許素敏倒也沒有再瞞她，大大方方地應了。

「許夫人一個弱女子能支撐起這般大的店面，還做得有聲有色，著實令人欽佩！」

許素敏搖搖頭。「夫人過譽了！」一邊說，一邊引著沈昕顏進了裡間。

沈昕顏見她似是有話想與自己說，遂吩咐秋棠好生看著那兩個小的，這才跟著許素敏進去。

「小婦人此番引著夫人到此，其實另有目的。」兩人落了坐後，許素敏屏退屋內下人，直言相告。

「夫人請說。」

「小婦人並非京城人氏，以往生意重心全在西南一帶。小婦人有意將族中生意陸續遷往京城，如今雖說是勉強打開了局面，但若想站穩腳跟卻並非易事。此番小婦人看中了京郊一座荒山，打算將它打造成溫泉莊子，一應手續都已經辦妥當了，如今還差一名合夥人。」許素敏緩緩地道。

沈昕顏心思一動。聽她這番話，難不成她想找自己當合夥人？若真是如此，那可真真是天上掉餡餅的好事啊！

上一世，許素敏這溫泉莊子的生意可謂相當好，尋常人家想要去，都得提前數日預定。雖然後來陸陸續續在京郊一帶又開了不少類似的莊子，可再沒有一間的生意能有她這家那般火熱。

她定定神，假裝詫異地問：「合夥人？夫人可是瞧中了什麼人，想要我從中牽個線？」

許素敏搖搖頭，望著她真摯地道：「小婦人斗膽，敢問世子夫人可願與小婦人合作開此莊子？其他一應事宜由小婦人負責，必不會煩勞夫人，將來莊子收益之三成歸夫人。」

三成收益……算是相當高的了。

沈昕顏坐直身子，緩緩地問：「夫人想也知道，我不過一內宅婦人，人脈關係一應有限，夫人尋我來當這個合夥人，我左思右想，除了我英國公府世子夫人這頭銜外，再沒有什麼能吸引夫人的了。只我還是有些不明白，夫人若想尋求庇護，英國公府並非上佳之選，我這一個毫無實權的世子夫人自然也一樣。」

「世子夫人是個明白人，實不相瞞，小婦人原本選定的合夥人乃理國公府六公子。不是小婦人誇口，這莊子若能成，必然大賺。小婦人知道，世子夫人出身高貴，自是不屑於這黃白之物，只小婦人認為，女子立於天地，需心懷底氣，如此，不管將來前途如何、命運如何，都能坦然面對，無畏無懼。夫人且看對面布莊那對夫妻……」許素敏指向窗外，引著沈昕顏去看。

沈昕顏望去，見路對面的布莊前一對年輕夫妻正在挑選著布疋，只一看便知道這是一對相當恩愛的夫妻，舉手投足間盡見纏綿情意。

「夫人覺得這對夫妻可恩愛？那丈夫待妻子可細心體貼？」許素敏問。

沈昕顏點點頭。「那位丈夫的手一直不著痕跡地虛扶著妻子，視線也多投在妻子身上，算得上是細心體貼。」

「那夫人認為這對夫妻可會一輩子恩愛如初？」

沈昕顏愣了愣，搖頭道：「這個我卻不敢保證。歲月漫漫，將來之事誰又能說得清楚？」

「夫人此話便對了。夫人再瞧那豆腐鋪前的藍衣老婦人。」許素敏再指了指窗外。

沈昕顏望去，便聽她在身邊繼續道——

「那老婦人年輕守寡，便一心一意培養兒子，只盼著兒子將來能出人頭地，光宗耀祖。她的兒子倒也是個爭氣的，前些年中了同進士，得了個末流小官，到外地赴任，同時也在外地娶妻生子。」

「那他為何不將老母親接去？」沈昕顏下意識地問。

「夫人這話可問在了點子上。只因那兒媳婦乃富貴人家出身，不喜這窮酸婆子。可憐這老婦人還為了維護兒子的名聲，死也不承認其子的不孝，只四處說自己習慣了家中的日子，不願到外地去。」

沈昕顏呆住了。

許素敏又道：「這世間，女子出嫁從夫，夫死從子，一生的榮辱、安寧都繫在旁人身上，不能自主，又談何底氣？若是所嫁非人，這輩子也算是完了。倘若年老時親兒不孝、兒媳不容，到那時，只怕生不如死。」

沈昕顏沈默，怔怔地望著她，聽著她這番驚世駭俗之話，心情久久不能平靜。

「我此番話並非憤世嫉俗，只是覺得，底氣二字於女子而言，著實不能缺少。」

沈昕顏心亂如麻，只覺得許素敏這番話字字句句都說在了點子上。

「雖說女主內，男主外，可女子一生困於內宅，視線又始終繫在夫與子身上，難免期望過高。倘若付出與回報相得益彰，倒也是皆大歡喜；倘若結果不盡人意，沮喪失望是小，最怕從此迷失自我。說句難聽的，女子活一世，夫不可靠，子也未必可靠，唯有自己，才永不會背叛自己！」

沈昕顏只覺得腦袋嗡嗡作響。這樣的話從來沒有人對她說過，而她也從來不覺得女子從夫、從子有何不妥，更不覺得全副身心投放在夫與子身上有什麼不對。

可眼前這位女子卻坦然地告訴她，女子活一世，夫不可靠，子也未必可靠。

而曾經的經歷也在心底一遍遍告訴她，是真的，這位許夫人說的這些都是真的，世間上最可靠的唯有自己！夫君會背叛妳，兒子也會背叛妳，只有自己，才永遠不會背叛自己！

許素敏見她這副心亂如麻的模樣，也不再說，給自己倒了碗茶，小口小口地啜飲起來。

好歹也是自己的「救命恩人」，她總不可能眼睜睜地看著她如同那等愚昧婦人一般，一輩子都圍著男人轉。

錢與權二字雖然是萬惡之源，但不得不承認，這兩字也是一個人能活得恣意的最大保障。

都已經是世子夫人了，如無意外，便會是國公夫人、國公太夫人，只要盡了世子夫人、國公夫人、太夫人的職責便可，做什麼一輩子都得圍著男人？

男人愛置外室便置唄！只要死死抓牢府中的錢袋子，什麼小妖精還不是任由她搓圓捏扁？而花錢不能那般爽利，看男人在外頭還怎麼招惹小妖精！

此時，沈昕顏終於也平靜了下來。她定定地望著一臉坦蕩的許素敏，緩緩地問：「我與夫人不過一面之緣，連泛泛之交尚且談不上，夫人為何對我說此番推心置腹之言？」

許素敏輕笑，反問：「當日我與夫人不過初次見面，夫人又為何要多管閒事，出言提醒？」

沈昕顏一愣，下一刻，同樣輕笑出聲。是了，世間事又哪能件件樁樁解釋得清楚。

「夫人的意思我明白了，這個合夥人我也當了，只是我有一言……」最後，她笑著道。

「夫人請說。」許素敏作了個「請」的姿勢。

「將來莊子收益，我只取一成，同時，也要付總投入的一成。人工、材料等等我不懂，還請夫人列個明細，轉換為所需銀兩，我一併交付。」

「這才一成收益，是不是少了些？」許素敏皺眉。

「夫人都說了，這莊子若能成，將來必會大賺，這一成可不同於尋常鋪子的一成。倘若真如夫人所料那般大賺，論起來我還算是占了大便宜。」沈昕顏笑道。

許素敏凝視著她好一會兒，而後笑了。「我果然沒有看錯，夫人是個厚道人！如此，便如夫人所說。」

「還有，我是以個人名義、自己的嫁妝錢加入，與國公府不相干，夫人可允？」

「這個……」許素敏有幾分遲疑。

「夫人不必擔心，我還有一個要求，請夫人繼續按妳最初的計劃打算行事，不必顧忌於我。換言之，夫人若認為喬六公子是個適合的合作人選，那便請夫人順意而為。」沈昕顏看出她的遲疑，繼續道。

她可不希望擾亂許素敏這輩子的決定，若是從中出了差錯，導致她這輩子的成就還不如上輩子，那她這個合夥人豈不是得虧？

許素敏頓時便明白她的意思，略思忖須臾便痛快地點頭答應了。「如此便如夫人所說！」雖說對方是以個人名義加入，可她是英國公世子夫人卻是不爭的事實，這樣一來也算是間接與英國公府有了聯繫。況且，此事還不會影響她繼續爭取其他更有力的合夥人，算來算去，都是她占了大便宜。「只不過我也有個要求，夫人這一成收益分成著實太少了，不如兩成如何？」

「成交！」沈昕顏亦痛快地應下。

兩人相視而笑，算是達成了共識。

從如意閣離開的時候，不管是沈昕顏，還是她帶著的兩個小不點都心滿意足。前者是突然豁然開朗，找到了另一條人生路；後者則是得到了喜歡的別緻玩意兒。

魏盈芷笑得大眼睛彎成了兩道新月；蘊福倒是矜持些，但明顯比平常晶亮的雙眸洩漏了他的歡喜。看著這兩個小傢伙這般欣賞的模樣，沈昕顏的心情也不禁又愉悅了幾分，忍不住捏捏女兒紅撲撲的臉蛋，又揉揉蘊福的腦袋瓜子。

突然，一聲馬匹長嘶，緊接著車架驟然停下，險些將馬車裡的沈昕顏幾人摔出去。儘管有驚無險，可魏盈芷和蘊福兩個小傢伙卻相當不好運地撞了彼此的額頭，痛得小姑娘「哇」的一聲便哭了出來，蘊福亦捂著額頭眼淚汪汪。

沈昕顏連忙摟過女兒哄，又輕柔地替她看看撞疼了的額頭。秋棠則抱過蘊福檢查他的傷口，見額頭上撞出一塊紅，又望望世子夫人懷中的四姑娘，見亦是如此，遂連忙翻出車內暗格放著的膏藥，給兩人抹上。

清清涼涼的感覺掩蓋住額上的痛楚，魏盈芷的哭聲漸止，蘊福亦擦乾了眼淚。

「夫人，是前方路口有個孩子突然衝出來，這才不得已突然停了車。」早有丫頭將急停車的原因查明，稟道。

沈昕顏點點頭表示知道了，只一會兒又叮囑道：「那孩子可傷著？若傷著了，找個人帶他到大夫那兒瞧瞧，莫要為難他。」

「是。」

「是昕顏嗎？」

安慰住了魏盈芷，又檢查了蘊福的傷處，那頭秋棠已經重新將車裡收拾妥當，沈昕顏正要吩咐回府，忽聽車外有女子喚。

「夫人，是李侍郎夫人。」秋棠掀開車簾一道縫往外探了探，回道。

是羅秀秀啊……沈昕顏有些頭疼，想當作沒聽見繼續走人。

那廂的羅秀秀不見她回答，又道：「難得見妳一回，不如讓我坐個便車？妳不會不同意吧？」

話都說到這個分上了，她再當作沒有聽到便有些說不過去了，唯有清清嗓子道：「羅姊姊請車裡說話。」

話音剛落，羅秀秀便踩著小板凳走了上來，掃了一眼車內坐著的眾人，最後擠開本坐在沈昕顏右側的蘊福，自己坐了上去。

蘊福有些不高興地努努嘴，只到底沒有說什麼，乖乖地挪到了秋棠身邊，趁著沒有人留意，還偷偷瞪了羅秀秀一眼。搶人家的位置，這位夫人真討厭！

「自從妳做了世子夫人，可越發難見妳一面了。」羅秀秀拂了拂裙面，慢悠悠地道。不等沈昕顏說話，她又望著抱著娘親的手正撒嬌的魏盈芷。「這個便是妳的女兒吧？好些日子不見，都長這般大了，這模樣和妳小的時候倒是像了七、八成。」

「盈兒，叫羅姨母。」沈昕顏笑笑，低聲囑咐女兒。

小姑娘抬眸望望羅秀秀，乖乖地喚：「羅姨母。」

「乖了。」羅秀秀敷衍地回了聲，掃一眼摟著女兒的沈昕顏，心中暗道，不過一個小丫頭片子，瞧她這寶貝的模樣！

想想自己接連生了三個女兒，兒子連個影都沒有，而且這輩子想要再有孕也不是件容易事，她眼神一黯，只覺得老天爺待她著實是不公至極。

尤其一想到家裡那些礙眼的妾室、庶子，她的心便像被人捏住了一般。

「羅姊姊今日怎的這般有興致出來走走？」沈昕顏不知她所想，隨口問。

「聽說這條街上新開了家如意閣，我便來瞧瞧。」羅秀秀心不在焉地回答，忽地想起自己上車來的目的，再望向沈昕顏時，心中頓時生出了幾分優越感。

誰說沈昕顏內宅沒有煩心事的？只怕是她自個兒糊塗，被人蒙在了鼓裡都不知道！

她清清嗓子，換上溫和的笑容道：「昕顏啊，有什麼不高興的不要憋在心裡，跟姊姊我說說。雖說咱們自成婚後相聚之時不多，但怎麼也是相交多年的姊妹，有什麼話不能說呢？妳說是吧？」

沈昕顏見她這副語重心長的模樣一時怔住了，不解地反問：「我能有什麼不高興的？」

「哎呀，咱們是什麼關係？打小的交情，妳我之間有什麼不能說的？不過就是夫君置了外室嘛！妳呀，就是眼睛裡揉不得沙子，白白抬舉了那些個上不得檯面的。咱們好歹也是明媒正娶的正室夫人，便該有正室夫人的大度賢良。況且，男子在外頭行事，怎麼著也免不了有些逢場作戲，待慢慢收了心，還不是回到妳身邊來？」羅秀秀只當她死要面子，一臉心疼地勸道。

外室？沈昕顏再度怔住了，下意識地望向秋棠。

秋棠臉色微微發白，嘴唇動了動想要說些什麼，卻醒悟此時並非適合的時候，唯有苦笑地衝她搖了搖頭。

沈昕顏抓不準她的意思，緩緩地望向羅秀秀。「羅姊姊從何得知此事？」

「難不成妳竟不知？」羅秀秀一臉詫異。「外頭可都傳遍了，說你們世子……哎呀，我這是胡說呢，妳別放在心上。」只一會兒，她又裝作不經意說漏了嘴的模樣。

「喔，原來如此。」沈昕顏點點頭，相當淡定地低下頭去，疼愛地在打著哈欠、已有些昏昏欲睡的女兒額上親了親，一副對她方才所言半點興致也沒有的模樣。

羅秀秀只當她死撐，好整以暇地捏了塊小點心送進嘴裡，並沒有注意到蘊福生氣的表情。

這位夫人真的太討厭了！這是他的點心！

隔得一刻鐘，見沈昕顏還是一副不動如山的模樣，她便先忍不住了，輕碰了碰她的胳膊。「哎，妳真的不知道妳夫君在外頭置了外室？」

沈昕顏望著她，並沒有回答。

羅秀秀一臉同情。「這話我可沒有騙妳，京裡那些夫人都傳遍了，都說英國公世子在外頭置了外室，喏，就在八方胡同那邊，連坐落何處都有了，這還能有假嗎？妳若不信，便派人到八方胡同打聽打聽。」

沈昕顏胸口一緊，臉色也微微變了。竟連地方都有，難不成是真的？

初時聽府裡那些婆子們議論，她便猜測著多半是方氏的縱容，也沒有太放在心上，只如今，她卻有些不確定了。

上一輩子魏雋航的身邊始終只有她一個，妾室和庶子、庶女這些令正室夫人添堵的一概沒有。至少，上一輩子她雖然對夫君並沒有太上心，但還是很滿意他這般潔身自好的。

萬一這輩子……

她打了個突，立即將這種念頭驅逐出去。

不會的、不會的，他連大長公主給他的通房丫頭都沒有碰過，又怎麼可能會在外頭置外室？想明白這點，她的心又漸漸平靜了下來。

這輩子的夫妻關係較之上輩子已然好轉了許多，她絕對不能讓任何人、任何事離間他們！真也好，假也罷，若不是他親口所說，她絕對不會相信！

羅秀秀見她始終沈默著，頓覺無趣，便在前一個路口下了車，轉坐上了自己府裡的馬車走了。

當日晚膳時間，魏雋航並沒有回來，沈昕顏和三個孩子用了晚膳，陪著他們說了會兒話，便讓他們各自散去了。

待她沐浴更衣過後，魏雋航的身影才終於出現。

「今日怎的這般晚才回來？怎的滿身酒氣？」沈昕顏迎上前去，一陣濃郁的酒氣撲鼻而來，她不禁皺了皺眉。

「到喬老六的宅子裡討債去了，順便在那兒訛了一頓晚膳。」魏雋航已有些許醉意，並沒有注意到她的表情，笑呵呵地回答。

「先去洗洗，換身乾淨衣裳。」沈昕顏連忙扶著他，吩咐夏荷著人準備熱水，春柳去端解酒湯。一回頭，見魏雋航雙頰被酒氣熏得微紅，只望著她直笑，不知怎的，心裡一下子就軟了。「怎的喝這般多酒？弄得渾身都是酒氣。也虧得這會兒盈兒不在，若是她在，必定嫌棄你了。」她打濕帕子替他洗了把臉，責怪道。

魏雋航打了個酒嗝。「盈兒幾個呢？怎的不見？」

「你也不瞧瞧如今是什麼時辰了？往常這時候他們幾個也是該睡下了。」沈昕顏無奈地回答。

「對喔，今日是我回來晚了。」魏雋航腦袋昏昏沈沈的，只知道望著眼前這張讓他百看不厭的臉傻樂。

這世上怎麼就有這般好看的女子呢？而且這般好看的女子還是他的妻子、他孩子的娘……

對著這麼一張只會衝自己傻笑的臉，沈昕顏發現，她滿腔的不滿竟是一點兒也發洩不出來了，唯有不甘地戳了他的額頭一記，接過春柳端過來的解酒湯，親手餵他喝下。

「日後不准再喝得醉醺醺了，我嫌棄酒鬼！」最後，她還是沒好氣地放下了話。

一聽會引得夫人嫌棄，魏雋航立即坐得筆直，又是搖頭、又是擺手地道：「不喝了、不喝了，再也不喝了！」

他如此聽話，倒讓沈昕顏生出一種她又養了一個兒子的錯覺，遂搖搖頭將這詭異的念頭拋開。

待魏雋航沐浴更衣過後，窗外天色已經越發暗了，府裡各處點起的燈將偌大的國公府照得亮堂堂。

「夫人……」喝得滿身酒氣回來，把屋子都熏出酒味來，魏雋航總是有點心虛。

沈昕顏如何沒有注意到？嗔怪地橫了他一眼後，繼續轉過去對著那面從如意閣得來的鏡子，梳著滿頭秀髮。

「我來幫妳。」魏雋航連忙討好地走過來，奪過她手上的梳子，有些笨拙地替她梳著那頭如瀑般的青絲。

細滑的髮絲從他指間滑落，遺留下絲絲縷縷的清香。他有些愛不釋手地抓著一把長髮，用梳子無比輕柔地順著，腦子裡忽地閃過四個字——結髮夫妻。

「好了，不必再梳了。你坐下，我有些話想跟你說。」察覺他梳的時間久了些，沈昕顏忙扯了扯他的衣角道。

魏雋航聞言，依依不捨地止了動作，順從地在她面前的繡墩上坐了下來。

「夫人有話請講。」

「我想跟人合作一門生意，只用我的嫁妝錢，不必動用府裡的，你意下如何？」雖然女子的嫁妝錢全由自己支配，便是夫君亦無權過問，但沈昕顏覺得，既然是夫妻，那也沒有瞞著他的必要。

「自然沒問題。若是妳的錢不夠，我這裡還有。」毫無意外地，魏雋航並沒有半分異議便同意了。

「你便不問問我與何人合作、做些什麼樣的生意嗎？」見他居然什麼也不問，倒是沈昕顏自己忍不住了。

「夫人行事，我有什麼不放心的？況且，夫人既然有此決定，想必已經經過深思熟慮。再者，說句不好聽的，便是全然虧損了也不值什麼，家中還有我呢！」魏雋航不以為然。夫人又不是那等不知輕重之人，這麼多年夫妻，這一點他還是非常相信她的。「不過，夫人如若有什麼需要我幫忙做的，儘管開口便是，妳我夫妻之間無須客氣。」

沈昕顏笑了。

「你說得極是，夫妻之間無須客氣，若真有什麼需要你這位世子爺出頭的，我自然不會與你客氣。」

這種毫無保留的信任讓她的心裡生出一股暖流。雖然許夫人說過「夫不可靠，子亦未必可靠」，不過她覺得，若是對方給予自己的是真摯的尊重、信任，她亦應該回饋同樣的尊重與信任，如此方是夫妻相處之道。

想明白了這點，她清咳了咳，望入魏雋航眼底深處，一字一頓地道：「還有一事，我想聽聽你的話。」

見她的態度嚴肅了不少，魏雋航頓時亦挺了挺腰板，正色道：「夫人但說無妨！」

「今日我聽了些傳言，說你置了外室，這外室還是安置在八方胡同，不知可有此事？」

「哪個王八羔子造──」魏雋航一聽便怒了，一拍大腿，罵聲脫口而出，只當他聽到「八方胡同」四字時，臉色一變，怒罵的話戛然而止。

見他如此，沈昕顏心裡「咯噔」一下。難不成竟是真的？

「夫人從何處聽來的這些話？又怎會知道八方胡同的？」魏雋航心中一沈，隱隱有些不妙的感覺，緊張地問。

沈昕顏只覺得一顆心直往下墜。若說方才她還有些覺得許素敏那番「唯有自己可靠」之話過於偏激，如今卻不得不承認，夫，或許真的未必可靠。

「今日我本打算到玲瓏閣裡挑選給郡主的生辰賀禮，不料在園子裡卻聽到幾名婆子在私下討論此事，我本以為……」沈昕顏眼神微黯，深吸了口氣方又道：「後來在回府的路上又遇著了羅姊姊，便是吏部李侍郎的夫人，從她口中得知此事，這八方胡同也是她告訴我的。」

魏雋航臉色凝重，竟也沒有察覺她的神色不對勁，聞言一雙濃眉緊皺，完全沈浸在自己的思緒當中。

沈昕顏見狀更感失望，苦澀地勾了勾嘴角。將心底浮起的那些難過壓下去，她勉強地扯了個比哭還要難看數倍的笑容道：「你若是當真瞧上了哪位姑娘，把她抬回府便是，我又不是那等愛拈酸吃醋之人，難不成還會攔著不讓？如今鬧出這外室，外頭都傳揚開了，只怕母親過不久也會知道此事。母親若知道，那離父親知道想必也不遠了，到時候豈不是又有一場鬧騰嗎？依我之見，倒不如趁著如今——」

「我還有些要緊事，先出去一會兒，夫人睏了先睡，不必等我！」魏雋航忽地打斷她的話，也不待她回答，便急急披了件外袍跑了出去。

沈昕顏愣愣地望著他迅速消失的背影，半晌之後，咬著唇瓣，緩緩低下頭去，掩飾不知什麼時候已經泛起了紅的眼睛。

「夫人，世子他……」見魏雋航突然急急忙忙地離開，滿臉疑惑的秋棠掀簾進來，一見她這模樣便怔住了。

「無事，世子他有要事辦，先出去了。」沈昕顏別過臉，拭去眼中淚意，平靜地道。

秋棠抿了抿雙唇，遲疑須臾，輕聲問：「夫人可是問了世子爺關於外室之事？」

沈昕顏心口又是一痛，可還是勉強抑住。「問了。」

「那世子爺怎麼說？此事必是假的吧？也不知是哪個殺千刀的傳出這樣的話來，準是見不得人家好過，此等不懷好意之人就應該千刀萬剮，不得好死，否則……」秋棠也不知自己在說些什麼，只有一個感覺，就是要阻止接下來世子夫人說的話。

「……許是真的。」

只可惜，沈昕顏無比清晰的話到底還是傳入她的耳中。

「真的?!」她不可思議地瞪大了眼睛，結結巴巴地問：「是、是、是世世、世子親、親口承認的嗎？」

沈昕顏點點頭，隨即又搖搖頭，緊接著又點點頭，讓緊張地等著她答案的秋棠滿頭霧水。

「夫人這又是點頭、又是搖頭的，到底是何意思？」

「他雖然沒有明說，只他的舉動卻告訴了我，此事應該是真的。」

本想這輩子好好和他過日子，哪想到他卻給自己鬧了這麼一個大「驚喜」，沈昕顏心裡並不好受。她一度以為，兩輩子唯有身邊這個男人是值得她信任、值得她去付出的，可最終，他還是讓自己失望了。不過慶幸的是，她投入的還不是很多，一切還來得及挽回。

見她這副心灰意冷的模樣，秋棠心都揪緊了，半蹲在她的身前，握著她的手柔聲道：「既然不曾明說，可見事情未必是真，世子爺那些舉動，許是突然想起了未辦之要事，不曾注意到夫人，這才令夫人生了此等誤會。夫人不如等世子爺回來再細問？不管怎樣，府裡還有大長公主殿下作主呢！」

魏雋航急急忙忙出了門，並沒有察覺自己的無心之舉讓夫人誤會了。

他心急如焚地來到一處僻靜的二進宅子，氣急敗壞地抬起腿就踹向大門，大叫著。「黑子！黑子，你給老子滾出來！」

「哪來的不長眼——魏世子，是您老啊！」開門的年輕小圓臉罵罵咧咧的，一看清門外之人，頓時便換了副笑臉，殷勤地將他迎進去。

「黑子呢？讓他出來見老子，老子快要被他害慘了！」

「首領他不在啊，今日是首領當值的日子。」

「對！險些氣暈了頭，此事找黑子也沒用，得找那個罪魁禍首！」魏雋航一拍腦門，頓時便醒悟過來。「你給我備馬車，立即、馬上！」

「世子爺，這會兒天都黑了，您又是這般忽刺刺的，也讓人沒個準備，便是想見主子也見不著啊！」小圓臉苦哈哈地道。

「就他那破地方爛規矩多！」魏雋航罵了一聲，突然轉念一想。「不對，你小子唬我呢！我就不信你們沒個應急之策，難不成有了要緊事，你們便也是只能乾等著到天亮大門打開？」

小圓臉本是暗暗鬆了口氣的，聽罷頓時皺成了苦瓜臉。

「你說，你們是不是早就知道我會找來，所以故意在此候著我呢！」魏雋航揪著他的衣領，陰森森地問。

「沒有沒有，絕對沒有，肯定沒有！打死我也不敢啊！」

魏雋航一聲冷笑。「你是不敢，黑子也沒這個膽，可宮裡頭那位卻不一定了！那廝連自個兒的夫人都能安成我的外室，還有什麼是他不敢做的！」

小圓臉縮縮脖子，訥訥地說不出話來。一個、兩個都是活祖宗，都不是他能惹得起的啊！

魏雋航沒心思再和他扯些有的沒的，怒聲道：「立即去準備馬車！」

小圓臉苦不堪言，頂著他的怒火，硬著頭皮勸道：「世子爺，您老人家靜下心來好好想想，這些流言會是什麼人放出來的，目的又是為了什麼？您這回急匆匆地進宮，焉知不是正中了人家的詭計？倘若夫人仍在世的消息洩漏出去，那咱們這麼多年來的心血豈不是全白費了？」

魏雋航胸口一起一伏的，努力壓抑著怒氣。良久，他才陡然飛起一腳，重重地將屋內那張太師椅踢飛出數丈，重重地砸在牆上，再掉落下來。

「他祖宗的！老子上輩子欠了那廝，注定這輩子都要替他揹鍋！」

小圓臉早在他抬腿的時候就縮到了角落處，見他氣哼哼地大步離開，心裡總算是鬆了口氣，知道已經勸下他了。

「……他的祖宗也算是你的祖宗吧？」片刻，摸摸鼻子嘀咕了一句，認命地收拾摔得不成樣子的太師椅。

宮中某處。

元佑帝突然打了個噴嚏，一直侍立在一旁的護衛黑子立即關心地道：「夜裡涼，陛下也該多保重龍體，記得添衣才是。」

「無妨無妨！朕琢磨著，約莫是魏雋航那小子在背地裡罵朕呢！」元佑帝摸著下巴沈思，下一刻又相當愉悅地道：「朕最喜歡看到他明明恨朕恨得要死，偏偏還要老老實實地給朕揹鍋的模樣！」

「……」所以魏世子就是那個打小便替皇帝揹黑鍋的倒楣蛋了？突然有些同情魏倒楣蛋，這都上輩子造了多少孽啊！搖搖頭將這些想法拋開，黑子有些憂心忡忡地道：「只如今連八方胡同都流傳出來了，如此一來，不知有多少雙眼睛盯著，這萬一讓人發現了……豈不是麻煩？或者，還是先想個法子將夫人接出來？」

元佑帝皺著眉，右手無意識地一下又一下輕敲著御案，良久，才搖頭道：「以朕對那老匹夫的瞭解，他此番應該只是在試探。說起來也是朕的疏忽，讓他的人發現了行蹤，險些壞了大事。不過也幸虧了那會兒雋航恰好也在八方胡同，這才讓他當了替死鬼——咳，讓他機靈地蒙混了過去。如今這些流言傳得到處都是，恰恰說明了當日雋航的一番偽裝是成功的。」

「只是，最終老賊仍是不放心地來了這麼一齣。」黑子皺眉道。

「老匹夫生性多疑，不看到滿意的結果是不會徹底放心的；一旦他相信了八方胡同之人只是雋航的外室，那她才是真正的安全了。至於接下來要怎樣才能使老匹夫相信，那就要看雋航的本事了！」對此，元佑帝表示一點兒也不擔心。魏雋航那廝，揹得了黑鍋，裝得了傻子，臉皮夠厚，嘴巴也夠嚴，真真是再好用不過了！

「只是如此一來，世子爺估計要吃點苦頭了。」黑子的聲音帶著掩飾不住的輕快。

「當然，八方胡同那裡自然不能再住了，只是要走也得光明正大，讓人毫無疑心地走，以免留下後患。」元佑帝摀嘴佯咳一聲。「明日一早你多拿幾盒那什麼『療傷聖藥』給他，英國公雖是年紀大了，又行動不便，可揍人的力氣還是有的。」

「是，屬下遵命！」黑子歡快地應下。

卻說魏倒楣蛋怒氣沖沖地想去尋個說法，可最終不但連罪魁禍首的人影都沒見著，還白白地氣著自己。

當帶著涼意的夜風迎面撲來時，他一個激零，猛然意識到自己好像漏了些什麼最重要之事……他皺著一雙濃眉，撫著下頷思忖片刻後，猛地一拍大腿，暗叫一聲。「糟了！把夫人給忘了！」

再細一想他衝出門前夫人對他說的那些話，他的冷汗都要冒出來了，暗暗叫苦。

他祖宗的，這回真真是被那廝害慘了！

當下再不敢耽擱，一陣風似地朝英國公府方向狂奔而去。

氣喘吁吁地回到福寧院時，卻發現正房寢間裡的燈已經滅了。心知這個時候夫人必是已經睡下了，魏雋航一時急得在原地直轉圈。

夫妻間有什麼誤會可一定要馬上說清楚，千萬不能一再拖著的！

想明白這一點，他一撩袍角便打算推門而入，手掌觸著門時卻突然想到了什麼，整個人呆了呆，最終，還是緩緩收回了手。剛轉身打算離開，恰好此時秋棠從裡頭出來。

「世子爺？」乍一見門外站著一個黑影，她先嚇了一跳，待認出是他時才鬆了口氣。

「夫人睡下了？」魏雋航壓低聲音問。

「剛睡下了，世子……」

「睡下就好、睡下就好，那今晚我到書房裡將就一晚。」說完，他也不等秋棠反應，頭也不回便離開了。

「秋棠姊姊，夫人問妳在跟什麼人說話呢？」屋內值夜的春柳推門出來問。

秋棠怔怔地望著魏雋航消失的方向，聞言不答反問：「夫人醒了？」

「妳剛出來沒一會兒便醒了。」

秋棠想了想，又走進屋裡，果然見沈昕顏披著長袍倚坐在床頭前。

見秋棠進來，沈昕顏便問：「妳方才在外頭跟誰說話呢？」

「是世子爺。世子爺回來了，大概是想進來找夫人，聽聞夫人睡下了便又走了。」秋棠並沒有瞞她。

「世子回來了？」沈昕顏一下子便坐直了。「他人呢？去哪兒了？」

「到書房去了。」

沈昕顏有些失望地攏了攏外袍。「吩咐明霜好生侍候著。」

「夫人放心，明霜會知道怎麼做的。」

秋棠想了想，緩步過去坐在床沿處，小聲道：「世子爺去而復返，可見確如我之前所說，這其中想必有些內情。夫人是個聰明人，當知夫妻情分輕易傷不得，可千萬莫因一時之氣而損了夫妻情分。」

「妳胡說些什麼呢？誰氣了？」沈昕顏下意識地反駁。

「夫人若心中不嘔著氣，怎地翻來覆去，久久無法入睡？」秋棠含笑反問。

沈昕顏有些不自在地別過臉去，好一會兒才氣哼哼地道：「他要置外室，難不成還不准人家心裡有氣？這是什麼道理？」話雖這般說，可到底是將秋棠的話聽進去了，心情瞬間便也好了不少。

不錯，他們是一輩子……不，兩輩子的夫妻，有什麼話還是要當面問個清清楚楚、明明白白才好。況且，如今靜下心細細一想，初時她問出外室一事時，魏雋航的表情便有些奇怪。一開始是憤怒，那憤怒不像是被拆穿的憤怒，倒是像被人冤枉的氣惱。可緊接著他的態度便變了，言語問及的竟是「八方胡同」。

這給她一種感覺，就是相對於「外室」，他更緊張、更在意「八方胡同」。難不成這「八方胡同」藏著些什麼比「外室」還要重要的？

想明白這一點，她才算是真真正正冷靜了下來。同時，她也突然發現，對這個同床共枕十年有餘的夫君，除了那些紈袴之名外，她居然知之甚少。

「秋棠，更衣！」心裡存了事，她便再無法入睡，遂揚聲吩咐著。

秋棠清脆地應了一聲，動作索利地侍候她更衣，又替她簡單地綰了個髮髻，想了想還不放心，再取出斗篷替她披上。「夜裡風大，夫人披著吧。」

沈昕顏一顆心早就飛到了書房，聞言也只是「嗯」了一聲，便提著裙裾，急急地往外間走了出去。

第九章

書房處，魏雋航屏退左右，用溫水洗手淨臉，一個人擰著眉頭坐在書案前，將這幾日發生之事細細回想。

三日前他貪一時方便，取道八方胡同，不料途中竟意外瞧見一身尋常百姓打扮的皇帝表兄，正當他猶豫著是否應該裝作沒瞧見，繼續趕路，卻發現皇帝表兄身後不遠處跟著一名形色可疑的男子；再加上表兄暗中給他打的手勢，他心中一突，立即便明白了。

心裡暗罵這廝又給人找麻煩，明明半個月前才來瞧過，怎的又坐不住要跑來了？少見一面、兩面有什麼打緊？待將來事成，鳳歸巢，還不是隨你們怎麼黏糊！至於後來……

魏雋航長長地嘆了口氣，隨即掩面。

他當時到底是怎麼想的，居然就真的應下了黑子想的餿主意，弄了這麼一齣「表弟偷置外室被表兄發現，從而苦苦哀求表兄千萬要替他保密」的爛戲。

好了，的確是替皇帝表兄找了一個出現在八方胡同的理由，可他祖宗的卻累慘了自己！且為了取信對方，他還真的將錯就錯！這才徹底讓對方失去對八方胡同的探究。

「世子爺，夫人來了！」正陷入深深自我厭棄間，便見原本應該睡下了的夫人，正帶著秋棠朝書房這邊走來。

「妳怎的過來了?夜裡風大,若是受了涼可怎麼才好?」他急急牽著沈昕顏進屋,聲音中帶著幾分責怪。

見他如此緊張,沈昕顏本還有些忐忑的心頓時便平靜了。

「你回來了卻不肯去找我,那便只有我過來尋你了。」她似笑非笑地道。

魏雋航一聽,頓時有些心虛地移開視線不敢看她,揚聲吩咐明霜倒杯溫熱的水來,討好地送到沈昕顏跟前。「夫人,喝杯水暖暖身子。」

沈昕顏倒也沒有為難他,就著他的手啜飲了幾口,用帕子拭拭嘴角水漬,雙唇微微抿了抿,緊緊地盯著他的臉龐,緩緩地道:「世子還未告訴我,八方胡同那位妹妹應該如何處置?世子是知道我的,我並非善妒不容人的,世子若喜歡她,不如便將人接回來,給個姨娘的名分,也總好過放在外頭惹人非議。」略頓了頓,像是沒有察覺他幾經變化的臉色,心中一定,慢悠悠地繼續道:「只是母親那裡想必有一場硬仗要打,不過母親再怎麼惱,心裡總歸是疼愛世子的,到最後想來也會讓世子如願。」

魏雋航嘴角抽了抽,心裡怒罵那將他陷入如此境地的罪魁禍首,好一會兒才努力揚出個似愧疚又似歡喜的表情,殷勤地扶著沈昕顏落坐,一臉心虛地道:「讓夫人受委屈了,此事是我的不是……」放屁,他是無辜的!

若八方胡同那位真是那廝的外室,他打死也不會替他揹這黑鍋,可偏偏人家不是!

再者,若讓人發現一個原本應已死去多年之人還活得好好的,他們努力將她隱藏起來的多年心血一朝付諸東流不說，只怕還會引起對方警覺，以致後患無窮。
所以，如今他已是騎虎難下，這黑鍋便是不想揹也得揹！
沈昕顏一直緊緊地盯著他，沒有錯過他提及「此事是我的不是」時一閃而過的惱怒，心裡更加狐疑，同時也更肯定他必有事瞞著自己，並且目前瞧來並沒有向她坦白的意思。
既如此，想來外室一說還需要細細斟酌斟酌。
心思一動，她忽地問：「她乃何方人氏？年方幾何？姓甚名誰？與你如何相識？在那處住了多久？身上有何特徵？歇息時愛側躺還是仰躺？愛熏什麼香？衣裳多為何種顏色？口味好清淡還是偏重？」
一連串的話直問得魏雋航啞口無語，半天不知反應。他要是能知道自己的表嫂身上有何特徵才有鬼了，皇帝表兄只怕頭一個便要剮了自己！
只是，當他察覺自家夫人臉上的了然之色時，立即打了個激靈。不行，若是連夫人都騙不過，又怎能騙過那些老狐狸？
想到這裡，他定定神，心思飛快轉動一圈，這才佯咳一聲，一臉坦然地道：「她姓顏，乃岐陽人氏，正值雙十年華。約莫四年前與我在一處賞花宴上結識，兩年後便住進了八方胡同我私下置的宅子裡。她……她肘間有一顆紅痣，歇息時愛側躺，平日並不愛熏香，近來衣裳並無特別偏好之顏色，吃東西偏向清淡。」自覺自己這番話回答得天衣無縫，魏雋航心中得意，眉梢微微上揚，大有一副「妳儘管放馬過來」的架勢。

哪知沈昕顏只是定定望著他，一言不發，直望得他心中發虛，頭皮發麻。

難不成他的答案有什麼錯漏之處？不會啊，真真假假還不是由自己說了算，夫人如何能判斷得出來？想到這，他心中再次一定，大大方方迎著對方的視線望去。

良久，沈昕顏才緩緩地道：「小婦人姓沈名昕顏，祖籍岐陽，今年二十有六，與夫君英國公世子魏雋航初識於郡王妃百花宴上……」

魏雋航心中一突，隱隱生出些不好的預感。不、不會吧？他、他竟、竟然……

沈昕顏望著他微微變了的臉色，抿唇不語，半晌，緩緩地挽起左邊衣袖，一顆鮮豔的紅痣赫然出現在她的手肘處！

魏雋航臉色大變，頓生一股大勢已去的感覺，可還打算死撐，呵呵地乾笑幾聲，故作詫異地道：「原來夫人肘間竟也有一顆紅痣，我平日竟沒留意。」這樣說沒錯吧？這顆痣生的位置有些隱蔽，夫人又是個怕羞的性子，平日夫妻敦倫時都不准點燈的，他說自己從來沒有注意到也說得過去吧？

還想騙自己？沈昕顏冷笑。「是啊，世間上居然有這般巧合之事，姓是我的名，祖籍與我一處，又同樣在肘間生有這麼一顆紅痣，甚至與我夫君結識也同樣在花宴上，真真是太巧合了！如此一來，我倒還真的非常期待與這位『顏姑娘』見面！」

魏雋航呵呵地笑著，心底雖然發著虛，可臉上卻努力維持著坦然的表情。

見他事到如今仍是抵死不認，沈昕顏也不禁惱了，生怕惱怒之下會說出些讓自己後悔的話。她努力深深地吸了口氣，不發一言地盯著他的臉，卻發現那張臉原本還帶著幾分心虛，如今居然越來越坦然，彷彿他說的那些話是再再真實不過。

看到最後，連她也不禁有些懷疑自己是不是想錯了？蹙眉細細回想方才的一幕幕，她又打消了這個懷疑。

這人真當她眼瞎了不成？從她進來到現在，他的注意力都放在如何「讓她相信外室」一事。只是，世間上到底是什麼樣的夫君，才會想方設法想讓妻子相信他真的在外頭置了外室？彷彿「她相信」比「外室」本身還要重要。她百思不得其解，臉色也就越來越凝重。

魏雋航表面瞧來是十分平靜，其實內心卻是懊惱至極。

枉他自以為手段了得，覺得只要他想，世上便沒有什麼人他是蒙混不過去的，沒想到今日卻在自己夫人面前摔了個跟斗，若是喬六、黑子那些人知道，不定會怎麼取笑他呢！

他心裡懊惱，卻不知皆因自己從來沒有對夫人設防，又因事出突然，這才一時不著，被沈昕顏詐了出來。

「八方胡同那位果真是你的外室？」沈昕顏再問。

「是。」魏雋航挺挺背脊，回道。

沈昕顏冷笑。「養了外室、做了虧心事還能這般坦然無懼，世子臉皮之厚著實出乎我所料。」

魏雋航心裡又是「咯噔」一下，終於意識到自己犯的第二個錯誤，那就是，他的言行態度，著實不像一名偷置外室被夫人發現後的男子應有的。

他懊惱得只想狠狠敲自己腦袋一記，覺得自己在夫人面前就像個傻子一般，接連犯下這種不入流的錯誤。虧得是在夫人面前出錯，若是在敵手跟前，只怕不但探不出半點有用的消息，一個不著還有可能將自己的小命搭進去！

見他一臉挫敗之色，卻仍沒有坦白的意思，沈昕顏氣極反笑。「好，可真好！」說完，狠狠地瞪了他一眼，一轉身，帶著秋棠走了。

「夫人，世子爺明顯在說謊，您可千萬莫讓他給騙過去了！」秋棠小小聲地勸道。

沈昕顏冷哼一聲。「妳家夫人還未蠢到那等地步。不過，他既然死也不肯明言，那我也不必與他客氣了，明日便讓他瞧瞧一位得知夫君置外室的女子到底該是怎樣的！」

秋棠怔住，好一會兒回不過神來，半晌，搖搖頭快步跟上。罷了，隨他們夫妻去吧！

書房裡的魏雋航見夫人盛怒離去，沮喪得一屁股坐在了長榻上，有那麼一瞬間，他甚至起了一股將一切事對她坦白的衝動。包括他現在暗中所做的事，包括八方胡同那死而復生的女子……可這念頭也只是一閃而過，便又被理智掩蓋住了。

皇家暗探最基本的要求便是要守口如瓶，不管對方是誰，哪怕是自己的至親，不該說的半句也不能說。

如果連這點兒被誤解的委屈都承受不起，那他這麼多年當真是白混了，也辜負了恩師多年的悉心栽培。

況且，瑞王妃還活著之事是絕對的機密，統共也只得他們幾人知道，若他告訴了夫人，他日還如何取信龍椅上的那一位？

伴君如伴虎，他可以在那人面前撒潑，甚至能與那人對罵一番，可這一切都因為他始終把握著底線，而瑞王妃恰好是那人心中的底線之一，他絕對不能觸碰。

他揉揉額角，望向皇城所在的方向冷笑一聲。

委屈他受了，只是卻不能白受，待他日事成，誓必要讓那廝給些補償！

不自禁地又想到沈昕顏離去前的那句「可真好」，他又是一陣洩氣。

好什麼啊？一點兒也不好，簡直憋屈至極！

八方胡同某處宅院。

女子長髮披肩，倚窗而立，怔怔地望著夜空高掛的明月出神。

「夫人，夜深了，您該就寢了。」侍女緩步而入，輕聲勸道。

「真真可笑，我真是想不到，有朝一日自己竟成了魏雋航的外室。」女子輕笑。

「這只不過是權宜之計，夫人放心，主子和世子爺會處理好的。」侍女安慰。「待他日夫人正位中宮——」

「正位中宮？」女子輕笑著打斷她的話。「堂堂王妃混到如今妻不妻、妾不妾，甚至連堂堂正正現於人前都不能，還談什麼正位中宮？便是將來陛下有這個心，我也無顏母儀天下……」

當次日在大長公主處看到臉色鐵青的英國公時，魏雋航才突然明白沈昕顏昨晚那句「可真好」是什麼意思。

「混帳，你給我跪下！」

英國公一聲暴喝，讓他不自禁地打了個寒顫，雙腿下意識便跪了下去。「父、父親……」

「別叫我父親，我這輩子的臉都讓你給丟盡了！堂堂世子竟學不三不四之人置外室？國公府數十年聲譽盡讓你毀個乾淨！」英國公氣得暴跳如雷，順手掄起柺杖就往他身上打。只聽重重的一聲悶響，夾雜著女子的驚呼，魏雋航只覺肩膀一陣劇痛，身子一歪便倒在了地上。

沈昕顏失聲驚叫，一顆心都提到了嗓子眼，想要衝出去扶起他，卻不知怎的便想到了昨晚之事，咬了咬唇瓣，又見魏雋航雖然痛得齜牙咧嘴，但還是索利地爬了起來，這才緩緩地坐回了位子上，只是手上的帕子卻不知不覺被她絞作了一團。

她本是打算今日好好地做一名「發現夫君置外室」的妻子，醞釀好了情緒，便跑到大長公主屋裡哭訴，悲悲戚戚的模樣讓大長公主又是憐惜、又是內疚，對那個不爭氣的兒子也惱得不行，氣急敗壞地痛罵了幾句。卻沒有想到，恰好此時英國公有事來尋大長公主，聽到婆媳二人的對話，得知兒子好的不學，竟然學那些不爭氣的東西在外頭置了外室，還鬧得滿城沸沸揚揚，當下勃然大怒，立即便讓人去拿那個「逆子」。

魏雋航只覺得肩膀處一陣火辣辣的痛，倒抽幾口冷氣，那廂英國公再度掄起楞杖朝他打來，眼看著那楞杖又要落到他的身上，卻忽然聽到沈昕顏的驚叫——

「不要！」

那聲音明明相當的尖銳，可聽入他耳中卻如天籟一般，楞杖重重地再打在他的背脊上，痛得他臉都白了。

「父親，莫要打了，世子他受不住的！」沈昕顏忍不住撲過去，牢牢將他護在身後，像是怕英國公會再度打來，猛地伸手把魏雋航抱入懷中，以背脊對著怒氣衝天的英國公。

大長公主一直吊在嗓子眼的心總算是落回了實處，而後緩緩地又再坐回了軟榻上，不等英國公開口便搶先道：「沈氏，妳快讓開，讓他父親好生教訓教訓他！國公府數十年來從不曾出過此等醜事，他挨這頓打一點兒也不冤！」

「父親息怒，世子他已經受過教訓了，還請父親饒恕他。他身子弱，可受不住父親雷霆之怒的鐵棍啊！」沈昕顏是惱他一再地隱瞞，也想借大長公主之手給他教訓，可卻不希望他被英國公打得半死。真萬一打出個什麼來，到時候心疼的還不是她自己？

若是他果真做了什麼對不住她之事，在外頭置了外室倒也罷了，算得上自作自受，活該受此教訓。可他卻沒有做出那等事，挨這麼一頓打怎麼看都是不值得的。

「沈氏，妳讓開，今日我必要好生教訓教訓他！活至這般年紀，上不為父母分憂解難，下不替妻兒保駕護航，你你你……」英國公氣得指著他怒罵。

「世子，你快跟父親解釋啊！」沈昕顏急了，生怕英國公又是一枴杖砸下來，忙催著懷裡被她摟著的男人。都這般時候了，還不說實話嗎？明明就沒有做過的事，為什麼偏要攬上身，這不是存心找打嗎？

魏雋航肩膀痛，背脊也痛，可心裡卻覺得很是美，尤其鼻端還縈繞著獨屬於夫人的馨香，他就覺得，挨這麼一頓打其實也算不得虧。

如今聽她這般一說，他也怕自己會氣壞老父，立即掙開沈昕顏的懷抱，跪在地上朝著英國公連連叩了幾個頭。「父親息怒、父親息怒，孩兒自知有錯，不敢求父親饒恕，只求父親千萬莫要氣壞身子。」

大長公主瞧了片刻，又細細觀察沈昕顏的神色，見她眉宇間盡是心疼，心中頓時一定，緩緩走過去奪下英國公手上的枴杖，溫聲勸道：「你也不瞧瞧自己多大年紀了，兒子犯了錯確是該打，只你也得顧及自己的身子。」

「逆子！」英國公還是氣不過，狠狠地瞪了他一眼。

魏雋航垂著腦袋任由他罵，半點也不敢還嘴。

大長公主一邊替夫君順氣，一邊偶爾插話訓斥兒子幾句，一直到英國公怒氣漸息，這才朝沈昕顏使了個眼色，讓她將兒子扶下去。

沈昕顏連忙扶著魏雋航起身，悄無聲息地離開。

「好了好了，兒子都不在了，你罵給誰聽？我瞧著你這些年只一心教導霖哥兒，還當你已經修身養性了呢，沒想到這麼多年了，這脾氣還是半點也沒改。兒子都這般大了，你再像小時候那般打他，教他今後如何做人？又如何在霖哥兒跟前挺直腰板？」

兒子被打了一頓，大長公主也心疼，只是因為知道兒子有錯在先，同時也是想讓沈昕顏親眼看看，以便勾得她心疼，這才由著英國公。

「他這般行事，還是莫要耽誤霖哥兒。既然敢做，便要敢當！」英國公仍是氣不過。

大長公主沒好氣地道：「此事說大不大，說小也不小，一切都要看沈氏的意思，她若不計較，此事也就算不得什麼大事。如今你兩棍子砸下去，倒把沈氏的心意砸出來了。」

「此事確是雋航不對，可不能因為兒媳婦不計較便當作什麼也沒發生，如此國公府成了什麼了？」英國公皺眉。

「你當我是什麼人了？專門刻薄兒媳婦的惡毒婆婆？」大長公主瞪他。「這些年我冷眼瞧著，沈氏雖是個安安分分、不吵不鬧的性子，教養盈丫頭也算是盡心，只待雋航卻算不上有心。今日這一瞧，這小倆口倒是親厚了不少。」

英國公不耐煩聽這些兒女情長，借著喝茶的時機別過臉去，裝聾作啞。

大長公主如何瞧不出？嗔怪地在他額上戳了戳，卻沒有再說什麼。

兒媳婦對兒子上心了是好事，只希望這一回鬧出的事不會有損他們夫妻情分才是。

福寧院正房裡，魏雋航將衣裳除到了腰間，趴在軟綿舒適的床上。

沈昕顏坐在床沿替他背上的傷處抹著藥，看著被打得腫了起來的一團瘀青，不禁有些心疼，一邊抹，一邊數落。「父親也真是的，怎的下這般重的手？你又不像他們一般，是個習武之人，怎能受得住他那樣的力度？」

「不疼不疼，一點兒也不疼的，夫人莫要擔心！」魏雋航扭過頭來衝她安慰性地笑道。雖然傷口是有些疼，不過他心裡美啊！能得夫人這般溫柔侍候，簡直美得快要冒泡了好不！

沈昕顏俏臉一沈。「誰問你疼不疼了？疼也是你該受的！我只恨父親沒多用些力，直接把你這腿打斷了才好，免得整日不著家，一門心思往外頭跑！」

魏雋航摸摸鼻子，再不敢亂搭話，乖乖地伏了回去。

喬六有句話說得相當對，那就是──女子是這世間上最最善變的物種，前一刻對你笑靨如花，下一刻便有可能翻臉不認人。

雖然夫人沒有翻臉不認自己，可上一刻還在怪著父親怎的下這般重的手，下一刻就恨父親怎沒多用些力，還真真是善變呵！他在心裡偷偷地感嘆一番。

沈昕顏替他抹著藥，不知怎的又想到了昨晚之事，再想起方才自己讓他向英國公解釋，可他寧願繼續挨打也不願意解釋半句，不禁氣得用力在他傷口上摁了一下，立即痛得魏雋航「嗷嗷」直叫。

他這一叫，她又心疼了，動作不知不覺便放輕放柔，嘴上卻說：「哼，活該痛死你！讓你在外頭置外室！」

魏雋航「嘶嘶」地抽著涼氣，好一會兒才衝她露出個討好的笑容。

卻不想沈昕顏越看越生氣，一巴掌拍在他背脊上，惱道：「笑什麼笑？置了外室還好意思笑？」

「啪」的一下清脆響聲，夾雜著男子的一聲痛呼，直聽得外間的秋棠、夏荷和春柳三人心驚膽戰。

「秋棠姊姊，妳說夫人真的是在替世子爺上藥嗎？」最終，還是春柳忍不住問。

「當然是上藥了，妳把夫人想成什麼人了？」秋棠沒好氣地瞪她。

「可我怎麼聽著倒像是夫人乘機在報復啊？」一旁的夏荷也小聲嘀咕。

秋棠抿了抿嘴，決定不再理會這兩人。

雖然，她也覺得夫人有乘機發洩怒氣之嫌，不過這沒有必要對這兩個缺根筋的丫頭說。

等沈昕顏終於上完藥時，魏雋航的背脊已經青一塊、紅一塊，青的自然是傷口，那些泛紅之處，卻瞧不出是抹藥力度過重導致的，還是被人不時拍打幾下得來的？

沈昕顏看著，不禁有幾分心虛。

魏雋航毫不在意，緩緩地坐了起來穿好衣裳，察覺她在瞧著自己，還衝她討好地笑笑，不時喚一聲「夫人」。

如此一來，沈昕顏心裡的怒氣不知不覺也消了不少。

「你在外頭到底是做什麼的？有什麼見不得人的身分？」

剛整理好衣裳，忽地聽身後的妻子問，魏雋航的動作有片刻的停頓。

重活了一世，她才猛然發現，或許她夫君並不像表面看來的那般簡單。

魏雋航轉過身來，一臉無辜地衝她道：「我在外頭也沒做什麼啊，就是偶然跟寧王鬥鬥蛐蛐，跟喬六去聽聽曲兒、看看戲，其他的倒也沒做什麼了。至於身分倒有好幾個……」

「你說。」沈昕顏精神一振，以為他終於要坦白了。

「英國公世子、妳的夫君、盈兒和霖哥兒的爹啊！」魏雋航一本正經地回答。

沈昕顏臉色一沈，實在氣不過地在他胳膊上用力一擰，立即痛得他又是一陣嗷嗷叫。

「你這個混帳，就是純心拿我尋開心是吧！」

魏雋航任由她在自己懷裡又打又掐，半晌，笑呵呵地環上她的腰，像哄孩子一般摟著她哄道：「別惱別惱，沒有拿妳尋開心。」

「還敢說沒有！」沈昕顏繼續瞪他。

魏雋航嘆了口氣，臉頰貼著她的，柔聲道：「夫人，我並不想欺瞞於妳，只是有些事……並不好說。妳便不要再追問好不好？總歸此生我必不會辜負妳，辜負咱們的家。」

沈昕顏沈默，久久沒有作聲。

魏雋航猜不透她的心思，也知空口白牙的便想讓人家相信，總是太過於虛無。

想到這兒，他長長地嘆了口氣，緩緩地鬆開了懷中人。

罷了罷了，大不了待事成之後，他便拍拍屁股不幹了，這輩子老老實實守在他們母子三人身邊。反正他是不成器的紈袴世子，日後再當個不成器的紈袴國公也沒什麼。再不濟，他還有一個出色的兒子，將來魏氏一族門庭就由兒子支撐著便好。

沈昕顏突然伸手揪著他的袖口，緊緊盯著他的雙眸，一字一頓地問：「你保證此生不會辜負咱們的家？」

「這是自然，我魏雋航再不濟，這點兒責任感還是有的！」魏雋航被她灼灼的目光盯得有些不自在，但還是用力點了點頭，給出了自己的承諾。

沈昕顏盯了他半晌，這才輕哼一聲。「現在你打也挨了，罵也挨了，接下來是不是就應該由我這位正室夫人出面，將你外頭的那位『顏姑娘』接進府裡？」

魏雋航的眼睛陡然變亮，知道她這是答應自己不再追問了，並且有意無意地開始配合自己，遂連連點頭。「如此便煩勞夫人了！」

沈昕顏又是一聲輕哼。

魏雋航被她哼得通體舒暢，趁著她沒留意，飛快在她臉頰上啄了一下，引來對方一記嗔視。

他呵呵地笑著，忽然覺得，幸虧自己娶了這麼一位通情達理的好夫人，若換了個人，說不定自己在前頭拚前程，後院卻已經起火了。

沈昕顏並不確定自己是不是真的全然信任眼前之人，可不妨礙她努力想去相信他的心意。況且，她自己不也是有事情瞞著他嗎？只要不影響夫妻間的感情、不影響他們這個家，她願意付出一定的信任。

但是，經此一事，她卻更加堅定了一個念頭，那便是——一定要緊跟著許夫人，為自己蓄些底氣。

這輩子她老老實實地當她的世子夫人、國公夫人、太夫人，若不自找麻煩，想來也不會有人刻意為難她。

好好地與許夫人合作，一來可以替女兒存一筆豐厚的嫁妝；二來即使將來與周莞寧無法共處，也可以瀟灑地帶著體己去過自在日子，無須看人臉色。

如此給自己留一條後路，她有什麼理由不去做呢？

隔得數日，一輛小轎悄無聲息地從英國公府側門而入，也落到了暗處的有心人眼中。

「恩師，魏雋航近日一直沒有外出，據聞是被英國公打傷了，正在府裡養傷。而八方胡同那名女子方才便被接進了國公府，想來那人並不是趙氏。畢竟都已經死了那麼多年，豈有死而復生之理？」

上首的青衣男子點點頭。「看來確是如此！」

「那咱們的人是不是應該撤回來了？」

「再多觀察兩日看看情況再說，若宮裡沒有反應，便撤回來吧！」

「是。」

二房多了名姨娘自然觸目，楊氏更是覺得痛快。

好了，這下各房都有妾室了，如此才叫公平嘛！她有心想去看看沈昕顏的笑話。

侍女梅英忙勸道：「這會兒那顏氏才剛進府，三夫人便急忙忙地過去，豈不是給那顏氏臉面？若讓人誤會妳與那顏氏私底下有個什麼，這才急匆匆地過去替她撐場子，大長公主那裡怕是不好交代。」

楊氏一想也是這個道理。

那些個專勾男人的狐媚子，還值得她堂堂國公府三夫人巴巴地去瞧？這也太掉自己分兒了！人都進府來了，事情成了定局，沈氏的笑話什麼時候不能看？不用急於一時。明白這個道理，她又坐了回去。

一個上不得檯面的外室，進府也不過一個姨娘，自持身分的方氏自然也不可能理會。至於大長公主，就更不可能抬舉她來打兒媳婦的臉了。

沈昕顏端坐上首，視線落在跪在地上的女子身上，因她低著頭，故而也瞧不見她的容貌，只見她頭上插著簡簡單單的一支金釵，穿著打扮相當素雅，瞧著倒像個低調之人。

「妾身顏氏見過夫人，給夫人請安。」女子態度恭謹，一言一行倒也不會讓人反感。

「起來回話。」因知道對方並非真的是魏雋航的外室，沈昕顏自然也不會為難她，溫聲道。

「多謝夫人。」女子倒也不客氣，謝過了她便落了坐。

沈昕顏這才看清她的容貌。

柳眉芙面，瞧著倒有幾分顏色，可若說讓人驚豔倒也說不上。

沈昕顏依規矩訓了幾句話，又賞了她一個荷包，接著接過她奉上的茶，意思意思地抿了抿，如此便算是正式接受了她。

「按府中規矩，姨娘會配一名大丫頭，妳可帶了人進府？若有，我就不另安排人予妳了。」

「謝夫人，妾身身邊丫頭玉薇侍候妾身已久，這大丫頭的位置，妾身還是想著給了她。」

沈昕顏點點頭，自有侍女將候在門外的玉薇帶了進來。

「玉薇給夫人請安。」

「抬起頭來我瞧瞧。」

名喚玉薇的女子緩緩抬頭，眼簾卻低垂著，一副謙卑的模樣，也讓沈昕顏看不到她的眼睛。

沈昕顏見她生得相貌平平，屬於那種極容易讓人忽視的，放在人堆裡便尋不著了。

也因為有了她在那「顏氏」身邊，倒是襯得「顏氏」平添了幾分姿色。

這「顏氏」倒是深諳映襯之理。沈昕顏有些好笑。

一個丫頭自然是沒有資格讓主子夫人訓話的，秋棠作為沈昕顏身邊第一大丫頭，自然上前去對那玉薇訓了幾句話。

「南院還空著，便讓顏姨娘住進去吧，妳再挑幾個手腳麻利的丫頭、婆子去侍候。」沈昕顏吩咐。

秋棠應下。

春柳與夏荷聽罷，對望一眼。

南院是福寧院最最偏僻的一處，夫人將這顏姨娘安排到那裡，可見心裡還憋著氣呢！只她們卻不知道，將「顏氏」安排到南院卻是魏雋航的意思，沈昕顏懶得多問，自然也由得他。

低著頭啜飲茶水，聽著那對主僕恭敬的道謝，不經意抬眸時，卻撞入一雙帶著好奇的清澈水眸。

好美的一雙眼睛！她腦子裡只閃過這麼一句話。

那眼睛的主人沒有料到她會突然抬頭看過去，有些慌亂地低下頭去，跟在「顏氏」身後退了出去。

沈昕顏自問兩輩子也見過了不少姿容出眾的美人，美如她的「兒媳婦」周莞寧，同樣長著一雙相當漂亮的眼睛，可卻從來沒有見過哪一個女子的眼睛如方才所見那雙般清靈，就像是懵懂不諳世事、尚未被世俗玷污的孩童的眸子，黑白分明，純淨得瞧不見半分雜質。

這樣一雙眼睛長在一個相貌平平的侍女身上，不得不說，的確讓人生出一股「暴殄天物」的感覺來。

她搖搖頭，將這些雜念拋開，揚聲吩咐夏荷著人準備車馬，今日她約了許夫人到京郊察看那座荒山。

夏荷應聲領命而去。

沈昕顏進了裡間更衣，出來的時候卻發現魏承霖不知何時進了來，見她出來便立即迎了上來。

「母親。」

「霖哥兒怎地來了？這會兒不是應該唸書的時辰嗎？」沈昕顏有些詫異，更意外的卻是他眉宇間帶著的、掩飾不住的擔心。

「聽說今日外頭那位要進門。」魏承霖抿了抿嘴，不答反道。

「所以，你是在擔心母親會應付不了？」沈昕顏心裡生出一股暖意，同時也有些好笑地撫了撫他的鬢角。

「不過一個上不得檯面的東西，母親肯讓她進門已經是天大的恩典了。」魏承霖眸中冷意一閃而過，板著小臉道。

「既如此，你又有什麼放不下心的？」沈昕顏失笑。難道她已經無能到連一個姨娘都收拾不了，以致讓兒子都放心不下的地步了？雖然有些無奈，但不得不說，兒子的關心讓她甚是熨貼。「左右你無事，不如陪母親出門一趟如何？」自然，她也不願放棄可以拉近母子關係的機會。

魏承霖認真地看著她好片刻，見她好像並沒有因為府裡多了個姨娘而心生鬱結，這才稍稍鬆了口氣。「好！」

宮中的元佑帝心神不寧地坐在龍椅上，御案上的摺子已經許久不曾翻動過了。

「陛下，夫人與玉薇已經成功進入了國公府。」黑子不知從什麼地方走了出來，輕聲稟報。

聽到等了好久的消息，元佑帝緊懸著的心總算是落回了原處。

「過段日子便安排她離開，國公府終究不是久留之地，雖說易了容，可姑母是個精明之人，萬一被她認出來，倒是無端多了些麻煩。」元佑帝思忖片刻，吩咐道。

「陛下放心，夫人是個謹慎之人，魏世子也會安排妥當，不會輕易讓夫人暴露身分的。」

元佑帝微微頷首。「雋航辦事確實妥貼。」

卻說沈昕顏母子二人坐上了下人們準備好的馬車，一路往許素敏位於京中的宅子而去。

「母親這是打算去哪兒？」記憶中好像從來沒有與母親一起乘車外出的經歷，魏承霖有些小小的激動，好奇地掀開簾子往外瞧，發現馬車並非駛往商業街，而是往城中住宅區而去。

「去一位新結識的友人府中。」單獨與兒子外出這樣的經歷，對活了兩輩子的沈昕顏來說也是頭一回，心情不禁有些飛揚，聽得兒子問，遂含笑回答。

魏承霖點點頭，並沒有追問是什麼友人。「對了母親，有件事想請您示下。」忽地想起一件事，他忙坐直了身子道。

「你說。」

「昨日蘊福來尋我，說是想與我一起習武，不知母親意下如何？」

沈昕顏怔了怔，訝然道：「他自己找去你那兒說的？」

「是，昨日我從祖父處回來不多久，他便來尋我說了此事。」

沈昕顏無奈地搖搖頭。「這孩子著個什麼急？身子尚未養好呢！回頭我自己找他說說。」

原本她便打算讓蘊福跟著兒子讀書習武的，不過蘊福這大半年來吃了不少苦頭，身子有些弱，如今正在大夫的建議下調養著，故而近來也只是讀書識字。

「母親，其實習武能強身健體，和他如今調養並無衝突，還會讓他的身子越來越好。但他年紀尚小，又沒有半點武藝基礎，得從頭再來。孩兒幼時初習武便是由吳師傅教導的，如果母親不反對，孩兒明日便去尋吳師傅，請他教導蘊福，您意下如何？」對此，魏承霖也有不同的意見。

沈昕顏細一想，也覺得如此甚好。

「既如此，那便按你所說。」

見她同意了，魏承霖眼睛一亮，又道：「既如此，不如日後也讓蘊福到我院裡來讀書寫字吧？如此也不必他每日來來回回地跑。」

蘊福現在和魏盈芷一起，跟著負責教導魏盈芷的先生讀書識字。

「這個得再過些時候，等你父親再請了新的先生來再說。」

吳師傅如今不再教導魏承霖武藝，由他教蘊福倒也可行，畢竟不會影響魏承霖的進度。可唸書就不行了，如今魏承霖的先生乃英國公親自請回來的，就只負責教導魏承霖一人。

沈昕顏可記得清清楚楚，當日英國公本是打算再請他替三房的魏承釗、魏承越及長房的魏承騏三人開蒙的，可那先生卻說要考校三人一番，通過了才肯收徒。

結果……想起得知兒子被嫌棄的方氏和楊氏那難看的臉色，她就不禁直搖頭。

她雖視蘊福如子，但蘊福終究不是魏氏血脈，不管最後那先生有沒有收下蘊福，方氏和楊氏那裡只怕都不大好交代。

見她如此，魏承霖有些失望，不過轉念一想又高興了，雙唇一抿，便露出一個淺淺的歡喜笑容。

沈昕顏沒有錯過他這一閃而過的笑意，含笑問：「蘊福到你那兒習武，你便這般高興？」

「自是高興，日後也有人陪孩兒一起習武了。」魏承霖用力點了點頭。

雖然很大可能是各自跟各自的先生練習，不過總歸在一個院子裡，也算是有伴了。

沈昕顏愣了須臾，深深地凝望著他那雙明顯閃亮了不少的眼眸，突然意識到，原來她的兒子也是會寂寞的。

是啊，怎麼會不寂寞呢？小小年紀便要一個人跟著先生讀書習武，別的孩子似他那個年紀時還能窩在父母懷裡撒嬌，可他卻每日天不亮便起床練武了。

旁人只瞧到了他的優秀，卻無人注意到他背後付出的汗水。

她嘆了口氣，憐惜地拍拍他的手背，語氣越發的溫柔。「我會讓你父親盡快物色先生，到時便讓蘊福搬到你院子裡去。」

「嗯，好，多謝母親！」魏承霖更高興了。

說話間，馬車停了下來，隨即便聽到許素敏的聲音在車外響了起來。

「夫人可總算是到了！」

沈昕顏忙起身打算下車，不料魏承霖的動作比她快，先一步從車上跳了下去，待她探出車外時，便見他站在馬車旁，正朝她伸出手，一副要扶她下車的姿勢。

她微微一笑，將手遞給他，踩著小凳下了車。

「讓許夫人久等了。」

「這倒不曾。這位是令公子吧？果真是一表人才！」許素敏的目光落在魏承霖身上。

「確是犬子。霖哥兒，這是許夫人。」

「許夫人。」魏承霖有禮地衝著許素敏作了個揖。

許素敏側身避過，自是又一番客氣。

半晌之後，三人坐上了許素敏那輛較為寬敞舒適的馬車，春柳及許素敏的侍女則坐在另一輛馬車上，兩輛車一前一後徑往京郊方向而去。

「前些日我與喬六公子也去現場瞧了瞧，虧得那泉眼相當隱蔽，一直沒人發現，這才讓我撿了個大便宜。對了，這設計圖紙我也帶來了，怕妳看不懂，等會兒到了現場之後我再一一指給妳看，若妳有什麼不滿意的，或是有什麼更好的想法也可以提，咱們再斟酌斟酌，必要把這莊子弄得有聲有色！」談及生意上之事，許素敏臉上都染上了興奮的海棠紅。

沈昕顏也被她挑起了興致，更何況她還是親眼目睹過那莊子門庭若市的場景的，那激動勁便更不用說了。她彷彿可以預見在不久的將來，她的私帳上將會添上一大筆進項。

一直安靜地聽著兩人說話的魏承霖終於忍不住插嘴。「母親這是打算與許夫人合作生意嗎？」

沈昕顏並沒有瞞他，只點了點頭，又與許素敏頭碰著頭，對著那張圖紙指指點點。

魏承霖嘴巴張了張，似是想說什麼，見她這般模樣終究沒有再多說。

約莫一個時辰左右，馬車便停在了京郊某座荒山前。

「別瞧它如今荒蕪，可裡頭呀，都藏著金子呢！」許素敏湊到沈昕顏的身邊，開玩笑般道。

沈昕顏輕笑，認同地點了點頭。日進斗金，可不就是藏著金子嗎？

畢竟是尚未開發的荒山，同時也是擔心會遇到山中的毒蟲、毒蛇之類的，幾人並沒有進山，而是繞著山腳四處瞧瞧。

許素敏拿著圖紙，一邊走一邊向她解釋，描繪著她理想中的溫泉莊子。

沈昕顏並不懂這些，而且有過上一世的經歷，對許素敏的眼光是絕對的信任，這一路也只是靜靜地聽著她說，偶爾還會問幾句，並沒有注意到一直不緊不慢地跟著她的魏承霖不知何時便沒了蹤跡。

「咦？大公子呢？」還是春柳率先察覺，驚叫起來。

沈昕顏回頭一看，果然不見了兒子的身影。

「莫急，咱們分頭去找，不管能否找到，兩刻鐘後都在馬車處會合。」見沈昕顏急得臉色都變了，許素敏冷靜地道，同時指揮著帶來的人分頭去找。

沈昕顏也很快冷靜了下來。霖哥兒並不是那等貪玩、不懂事的孩子，絕不會無緣無故離開的，想來是一時走岔了路。沈昕顏不禁後悔，自己不該忽略了兒子。

等了片刻，見許素敏正與丫頭將車上的方凳搬下來，她定定神，吩咐春柳前去幫忙。郊外的清風徐徐，帶著些許沁人的涼意，時間一點一點過去，仍未曾見到去尋兒子之人歸來，她的冷靜也漸漸保持不下去。

突然，一陣細微卻又顯得有幾分急促的腳步聲從身後不遠傳來，並且似有越來越遠的跡象，她心中一喜，猛的回頭望去，見林中似是有一個小小的身影往裡頭跑去，當下便急了，揚聲喚了句「霖哥兒」，便提著裙裾急急追了過去。

「霖哥兒、霖哥兒……」也不知追了多久，那小小的身影卻再也看不到，急得她四處大叫。

回應她的，只有自己的回聲。

「這孩子，到底跑哪兒去了呢！」額上不知不覺便滲出了一圈的汗，可始終沒有見到兒子的身影。她喘著氣，隨手抹了抹汗。

「這位夫人，請問您有瞧見一個小姑娘嗎？她長得這麼高，綁著兩個苞苞頭，眼睛大大的、亮亮的……穿淡黃色的衣裳。」

孩子特有的軟糯聲忽然在她身側響起，她臉上一喜。

「霖哥兒！」回頭卻發現站在她身前的並不是魏承霖，而是一個八、九歲大的男孩子。

只是，當她看清男孩的容貌時，雙目陡然噴出火來。

是他！周家二郎！

上輩子女兒死後，沈昕顏幾乎日日夜夜咒罵著周家二郎，只盼著老天爺開眼，好教殺人者償命，以慰女兒在天之靈。

故而，哪怕眼前這張小臉還很稚嫩，可她仍舊一眼便認出來了。

這張臉，這張令她痛恨萬分的臉，不論經過多少年、經過多少輩子，她都不可能會忘記！

一向天不怕、地不怕的男孩被她這副凶狠的表情嚇了一跳，「噔噔噔」地退後幾步，結結巴巴地道：「夫、夫、夫夫人……」

沈昕顏眸光陰冷，臉色狠厲，殺意迅速浮現。

曾有無數次，她多想親手殺了這畜生替她枉死的女兒報仇，可恨老天不公，教仇人得以逍遙。

「哇——」男孩到底年幼，自來又是在父母千般疼愛下成長的，府裡人對他更是溫和討好，便是他的祖母及幾位嬸娘堂兄弟們，雖然瞧著好像不大喜歡自己，可也不會似眼前這位夫人一樣，對他露出這般凶神惡煞的表情。當下他連妹妹也不記得了，哇哇叫著，拔腿就跑。

沈昕顏下意識就追，追出幾步足下突然被東西絆住，整個人頓時就失去了平衡，「撲通」一下摔倒在草堆上。

這一摔，同時也將她從仇恨的記憶裡拉了回來。

她怔怔地望著男孩消失的方向，良久，掩臉苦澀地勾了勾嘴角。

她在做什麼？她居然想殺了這麼小的一個孩子！如此一來，她與被自己罵為「畜生」之人又有何區別？

想到上輩子女兒死後她的一連串瘋狂舉動，她的身子就抑制不住地顫抖起來。

那樣瘋狂、那樣面目猙獰，哪還有半點世家貴夫人的氣度與雍容？難怪到最後會讓所有人厭棄！

「夫人！」春柳不知什麼時候尋了過來，見她趴在地上一動也不動，還以為她摔傷了，臉色一變，急急跑過來將她扶了起來。

「夫人覺著哪裡摔疼了？」上上下下、認認真真檢查了一遍，見沈昕顏除了衣裳有些許縐褶，及沾了些枯草及塵土外，並沒有別的什麼，春柳有些擔心地問。

「不曾摔著，無妨。」沈昕顏此時已經基本平靜了下來，見她擔心，忙道。

見她不似作偽，春柳總算是稍稍放下心來，細心地將她身上沾到的草及塵土拂掉，又替她理了理有幾分凌亂的髮，便聽到主子問。

「霖哥兒可找著了？」

「許夫人還在命人找，想來也快找著了。夫人放心，大公子一向懂事，又不是那等頑劣的。」春柳安慰道，頓了頓又道：「有位離京赴任的周大人府上公子和千金也在此處丟了，如今正命人四處尋著呢，許夫人便也拜託他幫忙找大公子。」

周大人？沈昕顏心裡「咯噔」一下。

她竟糊塗了，那周家二郎又不是尋常百姓家中的孩子，又怎會無緣無故出現在此處？等等，周家千金？那不就是周莞寧嗎?!

她臉色大變，想到自己同樣失了蹤跡的兒子，一顆心頓時便吊到了嗓子眼。

難不成這輩子這兩人竟是提前相遇？可她明明記得上輩子兒子是在十七歲那年，遇到隨父回京的周莞寧的！她的腦子一片混亂，臉色也越來越難看。

「夫人、夫人？」春柳見她神色有異，擔心地喚。

「我們自己去找，不必麻煩周家的人！」沈昕顏猛地揪住她的袖口，慌亂地道。

說完，她也不等春柳反應，胡亂地就往深山裡去。

春柳眼明手快地拉住她。「夫人不可，還是隨我出去等吧！許夫人和咱們的人很快便會把大公子找回來的。」

「不，妳不懂妳不懂，妳什麼也不知道！我不能讓他們提前相遇，我什麼都沒有準備好，不能這樣，不能這——」

「母親！」身後突然響起的熟悉叫聲打斷了她的慌亂之語，她驚喜地回身一望，還未來得及完全揚起的笑容，在看到被魏承霖牽著的小姑娘時立即便僵住了。

是她，果然是她……

第十章

只見離她不遠之處，一名身著淡黃色襦裙的小姑娘俏生生地站在魏承霖身邊。那姑娘不過七、八歲年紀，粉雕玉琢，頭上梳著兩個精緻的花苞髻，一雙晶亮水靈的大眼睛好奇地望著她，微微嘟著的小嘴紅潤亮澤，年紀雖小，卻已漸顯出不俗之容。

不知為何，沈昕顏的心一下子便平靜了下來。

「你去哪兒了？好好的怎突然不見了蹤跡？這一大堆人四處尋你！」她臉一沈，瞪著魏承霖，毫不客氣地訓斥道。

魏承霖慚愧地微垂著頭。「是孩兒的不是，讓母親擔心了！」

「夫人莫要罵這位哥哥，方才多虧了哥哥，阿莞才沒有摔疼。」眨巴著水靈靈大眼睛的小姑娘，仰著腦袋望望身邊的魏承霖，又看看沈昕顏，忽地出聲。

那聲音清脆悅耳，又帶著一股特有的嬌軟甜糯，讓人聽了便忍不住想要放低聲量，以免驚到了她。

只是，這人卻不包括與她相處過一輩子的沈昕顏。

沈昕顏板著臉掃了她一眼，目光再度落到兒子身上。「隨我回去！」

魏承霖遲疑一陣。「母親，阿莞妹妹和她的兄長走散了，不如將她送回去再回府如何？

不必很遠，她的父母家人便在此處，想來這會兒也來尋他們兄妹了。」

阿莞妹妹？這才短短不過片刻的工夫，這兩人之間的關係便如此融洽了？她暗地冷笑。果然是命運之子，天定姻緣嗎？

周莞寧有些畏懼沈昕顏的冷臉，怯怯地往魏承霖處縮了縮，好一會兒才鼓起勇氣道：「爹爹帶著我們一家人要到南邊去，中途在此停車歇息，二哥哥趁大家沒留意要去抓蝴蝶給我，我不放心便跟了去，這才和家人走散了。」嫣紅的小嘴抿了抿，長長的眼睫撲閃撲閃幾下，可憐兮兮地又道：「夫人可以讓承霖哥哥送我去找爹娘嗎？不用很久的，我們家的馬車就停在路邊，一會兒就到了。」

沈昕顏正想說什麼，一陣急促的腳步聲夾雜著此起彼伏的「阿莞」、「妹妹」、「三姑娘」之類的叫聲遠遠傳了過來。

周莞寧小臉一亮，立即甩開魏承霖的手，朝著聲音響起之處跑去。「爹爹、娘——」

魏承霖下意識地想要抓住她，卻被沈昕顏厲聲喝住。

「霖哥兒！」

他的腳步一頓，指尖只觸碰到小姑娘的一處衣角，眼睜睜地看著那個淡黃色的小身影越跑越遠。

「母親？」頭一回見母親對自己疾言厲色，魏承霖呆了呆，有些不明白這是怎麼了？一向溫和的母親怎會露出這般嚴厲的表情？

「人家的父母家人尋來了，你還想拉著人家做什麼？難不成竟打算把人給帶回去？」沈昕顏的臉色著實算不上有多好看。

「我、我不是這個意思……」素來沈穩的魏承霖被她訓得手足無措，訥訥地開始解釋，卻發現自己並不知道要說什麼？

他也不知道是怎麼回事，看著那個小身影跑離自己身邊時，心裡突然就生出一股不捨來，忍不住便想抓住她。至於母親說的把人給帶回去，他可以發誓自己絕對沒有這樣的念頭。

那廂的周大夫人抱著失而復得的女兒，又是哭、又是笑。「妳這孩子，怎的不聲不響地便跑開了？若是有個什麼，妳讓娘以後可怎麼活！」

周大老爺周懋心疼妻子的眼淚，又見寶貝女兒平安歸來，總算是落下了心頭大石，狠狠地瞪了次子一眼。「全是這小子的錯，自己到處亂跑還要拉著妹妹，你瞧我回頭如何教訓你！」

周二郎縮了縮脖子，哼哼唧唧的卻是半句話也不敢說。

「娘，方才阿莞險些掉進一個大坑裡頭，幸虧有位哥哥救了我。那哥哥和他的娘親還在那邊呢！」周莞寧單手環著周夫人的脖頸，白嫩的小手指指向身後。

周懋夫妻倆對望一眼，猜測著女兒口中的「哥哥」，想來就是方才那位許夫人託他們尋的魏小公子了。

兩人各自牽著周莞寧的一邊手，順著她的指點走去。救了他們的心肝寶貝，這個大恩大德必是要報的！

卻說沈昕顏板著臉訓了兒子幾句後，終究還是心軟，微不可聞地嘆了口氣，不讓自己再去想那些堵心的人，也沒心情問他好好的為什麼一個人走開？又為什麼會遇到那周莞寧的？反正這兩人之間那莫名其妙的緣分也不是她可以想得明白的。

「咱們走吧，莫讓許夫人等久了。」她想了想，又囑咐兒子。「你突然便不見了蹤影，許夫人可花了不少工夫去尋，等會兒見著她，記得向她致個歉。」

「知道了，母親。」魏承霖臉帶愧色。不管怎麼說，都是他的錯，不該讓母親擔心。心裡先存了內疚，他難得殷勤地上前幾步，扶著沈昕顏的臂，小小聲道：「山路不好走，母親，我扶您吧！」

沈昕顏瞥了他一眼，倒也沒有推開他。

春柳見狀微微一笑，默默地退後一步。

「請問是魏夫人與魏公子嗎？」

迎面瞧見那對夫妻時，沈昕顏下意識便想要避開，可對方卻已看到了她，主動迎了上來。

她的心裡沒來由地生出一股煩躁。大概今日出門沒有擇黃曆，這才接二連三地遇到這輩子她不希望再看到的人。同時，還間接促成了兒子與周莞寧這輩子的初遇。

一想到此事，她便不由得一陣懊惱。真真是千金難買早知道啊！

心裡雖是對周家人厭惡至極，可身為國公府世子夫人，該有的禮儀與氣度她卻不會忘，見狀微微行了個福禮。「不知這位大人是？」

周夫人此時也認出了眼前這位「魏夫人」，便是那日在靈雲寺有過一面之緣的，足下腳步微頓。當日在靈雲寺，雖然對方掩飾得很好，可她還是能察覺對方對自己的一絲若有似無的敵意。她百思不得其解，記憶中她並沒有見過這位夫人，自然也不會有什麼地方得罪於她吧？

縱是那日與她身邊的那位夫人相撞，也並非有意，照理不會引來她的敵意才是。

緊跟在娘親身邊的周二郎探出腦袋瓜子一望，嚇得立刻便縮了回去。是那個很凶很凶的夫人！

沈昕顏淡然地接受了周懋的道謝，又冷眼瞧著周懋一臉感激地朝魏承霖作了個揖，慌得魏承霖連忙側身避開。

「周大人無須多禮，這不過是舉手之勞，當不得大人這般大禮。」

小少年到底是英國公親自撫養大的，自有一股世家公子的不凡氣度，看得周懋暗暗點頭。

真真不愧是名門世家的公子，比之他家中那兩個臭小子確是勝出不少。

此時他也早從魏承霖腰間玉珮猜出了對方的身分。

身戴皇室公主才會擁有的金鳳白玉珮，又是姓魏，想來除了英國公府那位自小養在國公爺身邊的大公子，也無旁人了；而身邊這位「魏夫人」，想來便是如今的國公世子夫人。

正在此刻，許素敏也帶著下人尋了來，一見沈昕顏母子安然無恙便不由得鬆了口氣。自然，又是好一番的客氣。

待沈昕顏母子一行重坐上回城的馬車時，已經是一盞茶之後。

「這位魏大公子非池中之物，假以時日，前程不可限量。」遙望那漸漸隱入飛揚塵土中的馬車，周懋忽地感嘆一聲道。

「承霖哥哥很厲害的，一隻手就可以把我拉起來了！」被他牽著小手的周莞寧忽地道。

「再厲害也沒有咱們大哥厲害！」周二郎不服氣地插話。

「大哥哥厲害，承霖哥哥也很厲害！」小姑娘脆聲道。

「那我呢？」周二郎不甘心自己被妹妹拋開。

「二哥哥最好了！」

周莞寧衝他露出個甜甜的笑容，瞬間便讓他得意地咧開了嘴。

「我瞧著你整日無法無天，這冒失衝動的性子還得好生磨一磨！」周懋瞪了他一眼。

周二郎縮縮脖子，嘀咕了一句，迅速爬回了馬車，並且不忘招呼妹妹。「妹妹，快上來啊！」

兒女都上了車後，周夫人遲疑著問：「那位魏夫人可與你是舊識？」

周懋不解她為何會有此問，搖頭道：「今日我才是頭一回見她。」

「如此便怪了，我總覺得她對我有些敵意，卻是不知何時開罪過她？思前想後，莫不是你以前惹下的風流債？」周夫人不解地蹙眉。

「妳！」周懋氣極瞪她，少頃，湊到她耳邊壓低聲音道：「又欠收拾了不成？瞧今晚我如何教訓妳！」

周夫人的臉「騰」的一下就紅了，嬌嗔地橫了他一眼。

回府的路上，許素敏想著沈昕顏許是有話要對魏承霖說，故而體貼地將馬車讓給了他們母子，連春柳也被她拉到了自己車上坐。

魏承霖不安地挪了挪屁股，不時偷偷望向抿著嘴不發一言的母親。半晌，才舔了舔有幾分乾的唇瓣，結結巴巴地道：「母、母親，對、對不住，今日之事是孩兒的錯，讓母親擔心了。」

沈昕顏並沒有注意到他的話，滿腔心思早已飄到了很遠很遠。

周懋今日帶著妻兒赴任，而她更是頭一回與兒子獨自外出，如此罕見的機會，居然使得霖哥兒與那周莞寧這輩子提前了七年相遇了。

……等等，這兩人真的是提前了七年相遇，而不是沿著上輩子的蹤跡遇上的嗎？

從來就沒有人跟她說過，她的兒子是十七歲那年才遇到的周莞寧，是她自己這般認為的，只因為上輩子她的霖哥兒是在十七歲那年便開始有了異樣的舉動，會突然注意女子的飾物、衣裳，會在意只有女兒家和孩童才會喜歡的甜點，偶爾還會一個人獨自發著呆，而後露出如夢似幻的微笑。種種跡象都表明，她的霖哥兒有了心悅的姑娘。

也是在兒子十七歲的那年，他拒絕了大長公主和她分別替他擇的妻子人選，言明他心中早已有了人。這個人，便是漸得今上器重的周懋之女周菀寧。

她有些頭疼地揉了揉額角。果然是避免不了的嗎？

「母親？」見她久久不作聲，魏承霖更加心虛了，連忙體貼地坐到她的身邊，伸出手去欲替她按捏額際。

沈昕顏擋住他的手。「不必了。」

魏承霖以為她還在惱自己，眸光一黯。

「霖哥兒很喜歡方才那位周家小姑娘嗎？」沈昕顏沒有注意到，開口詢問。

「喜歡？」魏承霖茫然，片刻才搖搖頭。「兒子今日不過頭一回見她，又如何談得上喜歡不喜歡？」略頓了頓，繼續又道：「只是，阿菀妹妹十分乖巧懂事，生得又玉雪可愛，確是容易讓人心生好感。」見母親定定地望著自己不說話，魏承霖有些不安。「孩兒這番話有什麼不對嗎？」

「沒有，你說得很對。不過一面之緣，又談何喜不喜歡？」沈昕顏緩緩搖頭，輕聲道，只她心裡想的卻是——明明是那般不容易親近人之人，卻這般親熱地叫著對方「阿菀妹妹」，若說不喜歡，她又怎麼可能會相信。

只是這個喜歡，卻還未進化到男女情愛上，或許只是「天定姻緣」的雙方初次相遇的一個美好記憶，待他日重逢，這記憶便生根發芽，結出那名為「情愛」的果實，海誓山盟，不管不顧，非卿不可。

「母親不喜歡阿莞妹妹和她的家人嗎？」魏承霖的心思自來敏感，如何察覺不到母親面對周家人時的冷淡疏離。

「是啊，我不喜歡他們。」沈昕顏坦然承認。

魏承霖心口一窒，不知為何會生出一絲異樣的難過，只很快便又掩飾過去。

「母親為何不喜歡他們？孩兒曾聽祖父說過，周首輔長子乃是名能幹實事、腳踏實地的官員，孩兒今日觀周大人，舉止得體有禮、氣度不凡，確是個不可多得的好官。周夫人溫柔慈愛，照顧兒女處處盡心。阿莞妹妹嬌憨可愛——」

「你與他們相處不過這小片刻的工夫，如何得知那周大人便是不可多得的好官？難不成你祖父竟不曾教過你何為『知人知面不知心』？世間上的衣冠禽獸，哪個表面看來不是謙謙君子？」沈昕顏不耐煩聽他盡在耳邊說周家人如何如何好，直接便打斷他的話，惡意地道。

魏承霖想要解釋幾句，可對上她滿臉的不豫，到底不敢再說，只心裡總有不甘，小嘴抿成一道，分明不贊同她的話。

沈昕顏如何看不出來？只心中冷笑，一會兒又生出一股濃濃的自我唾棄之感來。

她雖為內宅婦人，可上輩子也不是沒有聽聞過那周懋的好官聲的，硬是將「表裡不一、人面獸心」諸如此類的話形容在他的身上，確是有失偏頗。

她覺得自己努力維持著的平靜再度被周家人打破了。

甚至，為了杜絕兒子日後與周家人親近，她還不惜造謠詆毀周懋的名聲。

這樣的她，與上輩子被眾人厭棄的她又有何區別？

心裡越是這般想著，她便越發沮喪，陷入深深的自我厭惡中去。

最終，還是魏承霖忍不住，輕聲問：「母親身子不適嗎？臉色怎的這般難看？」見沈昕顏只是搖了搖頭，卻沒有回答自己的話，他略顯不安地道：「周大人今日帶著家人離京赴任，想來短期內不會再回京城，母親……母親若是不喜歡他們，今後孩兒便離他們遠些便可。」

沈昕顏意外地抬眸望向他，不敢相信地問：「你此話是真的？只因為我不喜歡他們，你便要離他們遠些？」

魏承霖臉上有幾分遲疑，可最終還是緩緩地點了點頭。

沈昕顏眼神複雜難辨。這樣的話，若是上輩子的自己聽到，該有多高興啊！

也不知過了多久，她才長長地嘆了口氣，頭一回清醒地認識到，周家，是她心裡一道邁不過去的坎。

無論平常她裝得多麼平靜，多麼不在意將來會有什麼下場，可對上周家人，尤其是周二郎和周菀寧兄妹二人，她便再抵擋不住心底那些負面的情緒瘋狂襲來。

甚至於，她方寸大亂到要讓兒子退讓安慰的地步了。

可是，儘管她清楚地知道自己今日的行為有些失常，儘管她也看得見兒子在說出要離周家人遠些時臉上的遲疑與不捨，可她仍然說不出讓他收回此番話之話來。

母子二人各懷心事，瞬間便又沈默了下來。

馬車先在許素敏府門前停下，沈昕顏再次就今日之事向她道了謝，又約好了下次見面的日子，這才吩咐回府。

回府的路上，魏承霖一直低著頭，心裡那絲委屈卻是怎麼也控制不住。

他不明白為什麼母親會對周大人一家如此反感？他原以為母親應該可以和周夫人處得很好的，便如她和許夫人一般……不，甚至會比和許夫人更好，畢竟她們都是那樣溫和細心的女子。還有阿莞妹妹，那麼乖巧、那麼懂事，年紀又與妹妹相當，應該也是可以成為很好的朋友的。

只可惜母親對周家人存了偏見……

他小大人似的嘆了口氣，悶悶不樂地下了車，仍舊站穩在馬車旁，親自將沈昕顏攙扶了下來。

沈昕顏自然知道他在鬱悶什麼，卻無心開解，更不願在此事上退讓。

事實上，在她還未做好日後在面對周菀寧、面對周家人的心理準備前，她不願，也不想再與那家人接觸，自然也不會希望兒子和那家人接近。

若是上天注定這輩子還要和周家扯上姻親關係，至少她也要努力爭取足夠的心理緩衝時間。

「二嫂與霖哥兒出去了？真難得見你們母子二人一同外出。」進了二門不久，迎面便遇上了楊氏。

「三嬸。」魏承霖上前行禮招呼。

沈昕顏立即便收拾好了心情，含笑道：「難得今日有空，便到外頭走走。三弟妹怎獨自一人逛園子？」

「我那兩個混小子若有霖哥兒一半孝心，也肯陪著我出來逛逛便好，也省得我一個人逛著忒沒意思。」

楊氏的笑容比平常看來燦爛了不少，沈昕顏只當她遇上了什麼好事，正想告辭回屋，便聽楊氏掩嘴笑著問——

「顏姨娘進了府，日後霖哥兒不得空，二嫂也不怕沒人陪妳說說話呀、逛逛園子什麼的。」

沈昕顏如夢初醒。怪道呢，原來因為有她的笑話看，故而笑容才這般燦爛啊！她一時又覺得有些無奈。這楊氏倒不是什麼大奸大惡之人，就是碎嘴、愛占小便宜，再加上又是一株牆頭草，故而自己一直與她保持著距離，既不深交，也不會太過於疏遠。

不過，和她打打嘴仗、戳戳她的心窩子什麼的，自己最擅長了！

「我那福寧院到底還是空曠了些，不及你們三房，真真可算得上是熱鬧非凡呢！哎，對了，聽說陳姨娘又有了身孕？真要恭喜三弟妹，再過不了幾個月便又能當母親了！」沈昕顏笑得一臉真摯。

楊氏嘴角抽了抽，突然有一股想要撓花對方這張可惡笑臉的衝動。打人不打臉知道嗎？做人要厚道知道嗎？

魏承霖一臉詫異地望著自己的母親。印象中母親一直是個寬和溫厚之人，倒沒有想到原來她還有這般伶牙俐齒的一面。

他一直不喜歡好作口舌之爭的人，可不知為什麼，看著母親笑咪咪地懟得三嬸無言以對，他就覺得擁有這樣一面的母親平添了幾分可愛。

下一刻，他又慚愧地垂下了眼簾。用可愛來形容自己的母親是不是好像有點不大妥當？

沒能看成對方的笑話，反倒還被對方嘲諷了一番，楊氏心裡頗為鬱悶。

始終緊跟在沈昕顏身後的春柳搗嘴直樂。三夫人也真是的，都多少回了，怎的還不吸取教訓？偏偏一次次主動送上門來吃排頭。

魏承霖見她肩膀一抽一抽的，又看看笑盈盈的沈昕顏，再望望楊氏發僵了的臉，嘴角不由自主地微微上揚，下一刻又覺得自己一個小輩這般笑話長輩似是不大好，連忙低下頭去。

「母親，孩兒先回屋了。」

懟了楊氏一通，沈昕顏覺得心情也好了不少，聞言微微笑道：「去吧，晚膳我吩咐廚房做幾樣你喜歡的小菜，記得早些回來。」

「是，多謝母親！」見她還是這般關心自己，魏承霖心中一暖，抿了個淺淺的笑容，又朝著楊氏作了個揖，這才邁步離開了。

楊氏討了個沒趣，也沒心思多留，胡亂扯了理由便也離開了。走出一段距離後才回轉身來，望著遠處沈昕顏主僕的背影，半晌，輕啐道：「不過也就是嘴上占占便宜，這會兒不定心裡怎麼苦呢！待來日那顏氏也懷了身孕，我倒要瞧瞧妳可否還能笑得出來！」這樣一說倒也安慰了自己，自覺心裡舒服多了，這才又輕哼一聲，微仰著頭，施施然地走了。

這晚魏雋航比往常回來得早了些，見女兒似模似樣地拿著針線不知在繡些什麼，遂上前逗了女兒一會兒，哄著小姑娘給他做個荷包；待小姑娘拍拍胸脯應了下來，這才哈哈笑著揉揉她的腦袋瓜子，吩咐嬤嬤將她帶了下去。

沈昕顏含笑坐在一旁看著父女二人鬧，覺得只是看著這兩個人，她心裡的那些鬱結便似消散了不少。

夫妻二人坐著說了一會兒女兒的趣事，沈昕顏想起白日魏承霖提及讓蘊福習武之事，遂一一向魏雋航道來。

「前些日吳師傅還說在府裡閒得慌，想到外頭找些事做，正好，把蘊福交給他，也免得他整日直說太清閒。」魏雋航一拍大腿道。

這吳師傅原是英國公麾下一名將士，後來在戰場上受了傷，雖然於性命無礙，只他一邊腿卻不再似以前索利，走路一拐一拐的。加上他無妻無兒，乃是孤家寡人一個，英國公便將他招了來教授年幼的魏承霖武藝。

沈昕顏毫不意外他的答案，想了想，又道：「蘊福的授課先生你可找好了？也是霖哥兒的意思，想讓蘊福住到他那邊去，一起讀書習武。」

「我已經有了幾個人選，只最終還未決定哪一位，過幾日我再瞧瞧，盡快定下來。」

自當年魏承騏被英國公請回來教導魏承霖的鄭先生拒絕後，方氏便憋了一口氣，沒過多久也給兒子尋了一位名師。長房、二房都給自己的孩子單獨請先生教導，楊氏自然也不甘落後，同樣也尋了專門的先生教導她的兩個兒子。

如此一來，府裡的孩子都有自己專門的授業先生便成了慣例。

沈昕顏便也打算遵從這樣的慣例，給蘊福也找一位先生。

見魏雋航確是將蘊福之事放在心上，並且也已經物色好了人選，她便放下心來。

到晚膳的時候，蘊福得知自己過兩日便可以到魏承霖處跟吳師傅習武，當即異常清脆響亮地道：「多謝夫人！蘊福一定好好習武，將來長大了可以保護夫人！」再望望親暱地偎著娘親的魏盈芷，又加了一句。「也可以保護盈兒！」

「我才不用你保護，我有爹、有娘，還有哥哥呢！」魏盈芷傲嬌地衝他哼了一聲，甜甜地望向兄長。「哥哥你說對嗎？」

魏承霖輕輕點了點頭。「對。」

話音剛落，便見妹妹笑得更加甜蜜了。

蘊福撓撓耳根，期盼地望向沈昕顏。

沈昕顏摸摸他的腦袋瓜子，含笑柔聲道：「如此便拜託蘊福了！」

小傢伙的小臉瞧著沒什麼表情，可一雙眼睛卻閃亮閃亮的，看得沈昕顏忍不住想笑。

這孩子也不知像誰，小小年紀便特別愛裝大人，有時候看著他一本正經的小模樣，她便不禁想笑，同時又有些心酸。

上一世的蘊福，最後到底怎樣了？家仇可曾報了？還活在世上嗎？後來可曾回去找過自己？只可惜，沒有人可以告訴她答案。

當晚，魏雋航自是歇在自家夫人屋裡。

夜涼如水，月光鋪灑地面。

屋內垂落的帷帳擋住了裡面好夢正酣的夫妻。

沈昕顏被身邊的男人翻來覆去地不知折騰了多久，待對方終於饜足時，她已經累到連手指頭都不想再動了。

許是臨睡前經過一番劇烈的「運動」，這一晚她睡得異常沈。

只是，侍遠處四更的梆聲敲響後不久，迷迷糊糊間，她好像身處一個熟悉的場景當中……

「盈兒是我唯一的妹妹，她不在了，我又怎會不難過？可是母親，此事只是一個意外，二舅兄他只是失手推了她一把，這才釀成了慘禍，並非有意為之……」

「滾，你給我滾！滾！」女子的聲音相當尖銳，更是帶著令人膽寒的仇恨。

「母親……」

「滾！這輩子、下輩子、下下輩子，永生永世，我都不會原諒他們周家任何一個人！更加不會放過害了我女兒性命之人！」

畫面忽地一轉。

「母親，您怎能做出這種事來？阿莞是您的嫡親兒媳婦，您為何就是不能善待她？」

「夫君，不要說了，是我不好，一切都是我的不好，與母親無關……」柔美女子掩面悲泣。

「我的盈兒不在了，周家的女兒憑什麼還能這般恣意逍遙！」

畫面再度轉過。

「國公爺有命，請太夫人移居家廟！」

「賤人，是不是妳？是不是妳慫恿我的兒子？賤人，我不會放過妳，我一輩子都不會放過妳！」

「與阿莞無關，這都是我一個人的主意。母親，從您將阿莞拋下那一刻起，便應該想到會有這樣的結果！」

「哈，哈哈，哈哈哈……真好、真好，你可真是我的好兒子！」

沈昕顏陡然睜眼。

入目是她熟悉的帳頂，身邊響著男人均勻的呼吸聲。

她的手輕按在胸口處，感覺裡面一下比一下急促的跳動。

是作夢了嗎？可是，她很清楚那些並不是夢，而是真真切切發生過的事，發生在她的上一輩子。

良久，她發出一陣若有似無的嘆息。

到底還是被今日出現的周家人擾亂了思緒，許久沒有再夢過之事，不承想今日又清清楚楚地夢了一回。

若是連周莞寧這道坎都邁不過，她又說什麼重新來過？說什麼鑄造底氣？說什麼看著女兒風光出嫁、一世安康？

或許她應該讓自己忙一些，如此一來才沒有時間再去想那些不願回想之事、那些不願憶及之人。

「夫人……」

男人的一聲夢囈突然響在耳畔，將正想得入神的她嚇了好一跳，半撐起身子，借著投進來的月光仔細地打量身邊的男人，卻見他睡得正香。

她的心毫無預兆地軟了下來，輕輕地在對方暖哄哄的臉上戳了戳，無奈地低聲道：「你呀，怎的像個孩子一般，還會說夢話。」

「夫人……」

又是一聲夢囈，也不知是不是她的錯覺，居然從這一聲中聽出了幾分撒嬌的意味。

她有些好笑地撫撫額頭，覺得自己真是傻了。

她重新躺回了錦被裡，身子下意識地往身邊人挨了過去，臉蛋貼著那寬厚溫暖的胸膛。不知怎麼的，便覺得有一股暖流緩緩在她四肢百骸裡流淌，將她被噩夢驚醒的涼意徹底驅散。

她想，若是這個人可以陪伴自己一輩子就好了……

想到若干年後，身邊這個「暖爐」便會離自己而去，再不能給她半點依靠，她便覺得心裡堵得厲害，鼻子一陣酸意。

下一刻，她忽地又想，若是她可以阻止那場意外，他不是就能避過那場死劫了嗎？

應該可以的吧？只是一想到無論她多麼努力，都一樣改變不了這輩子兒子與周莞寧相遇，她的心裡又不確定了。

不管了，若是明知身邊這個男人在不久的將來會因為一場意外而丟掉性命，而她卻什麼也不做，這輩子她都不可能心安，更加不會原諒自己！

打定了主意，她蹭了蹭那溫暖的胸膛，緩緩地合上眼眸。原以為驚醒過一回後便再難入睡，可不過片刻的工夫，清淺均勻的呼吸聲便響了起來。

次日，魏雋航便先找那吳師傅去，早就已經被魏承霖拜託過的吳師傅自然清楚他的來意，二話不說便應了下來。

得知下午便可以去跟師傅習武了，蘊福再也保持不住那副小大人的模樣，小臉激動得紅撲撲的，大大的眼睛越發閃亮了。

沈昕顏招招手示意他過來，待小傢伙「噔噔噔」地跑到她的跟前時，親自替他整了整身上的衣裳，叮囑道：「要聽師傅的話，用心練習知道嗎？」

蘊福連連點頭，拍了拍單薄的胸膛。「夫人您放心，我一定會好好聽師傅的話，用心練習！」

見他這副一本正經的模樣，沈昕顏又忍不住想要笑，連忙忍住了。

靜靜地站在一旁的魏承霖有幾分羨慕，想不起自己小的時候第一次去跟師傅上課，母親是否也這般不放心地一再叮囑自己？片刻，見沈昕顏似是還要再叮囑些什麼，他連忙出聲。「母親放心，我會好好看著他的！」再說下去可就要耽誤時間了。

看著一高一矮，卻同樣板著一張小臉的兩個小傢伙一前一後地走出了屋子，夏荷忍不住感嘆道：「平常倒是瞧不出來，這會兒一看，若是不知道的，還以為這倆是親兄弟呢！」

「說什麼呢！這些話也是能混說的！」秋棠推了推她的肩，嗔怪道。

夏荷這才醒悟自己說了什麼，有些不好意思地衝她吐了吐舌頭，又看看一臉淡然的沈昕顏，這才尋了個理由，一溜煙地跑掉了。

「夏荷倒也沒有說錯，這兩個孩子一樣不怎麼愛說話，同樣小小年紀便總是愛充大人，說是像兄弟倒也沒錯。」沈昕顏輕笑地搖了搖頭。

「知道夫人好性子，只夫人也不能什麼都縱著夏荷，她那塊爆炭，平日裡沒人惹她都能自個兒爆上一爆。若夫人再縱著，只怕日後能上天去！」秋棠不贊同地道。

沈昕顏笑笑，轉移話題道：「去將我那嫁妝單子和冊子取來，我好生理一理。」

與許素敏合作一事已成了定局，再加上也不想再讓自己閒下來胡思亂想，她便乾脆整理自己的家底，同時也好提前準備好銀兩投入莊子裡。

秋棠應聲而去，很快便取了她的嫁妝單子和私帳過來。

沈昕顏接過後細細翻閱，發現這麼多年積累下來，她的家底其實也不算是很少了。

當年她出嫁的時候，靖安伯府已經沒落了，自然沒有辦法給她置辦多豐厚的嫁妝，只是中規中矩地送了她出門。

這些年在國公府，她雖不是當家的主母，手上也沒有太多的閒錢，但因為她自來便不是花錢如流水的，也不愛外出交際，故而並沒有動用過嫁妝。

十餘年積累下來，至如今，她的家底早已比當初出嫁時翻了一倍有餘。

「等會兒妳傳話給那幾位掌櫃，讓他們提前將這個季度的進帳送來，我湊上一湊，儘量湊夠投給莊子的錢。」合上冊子，她吩咐秋棠。

對夫人決定與許素敏合作開溫泉莊子，並且還投入大半的身家，秋棠並不是很贊同，好生勸了幾回，但見主子一意孤行也沒有別的辦法，唯有嘆息著放棄了勸說，只希望那許夫人千萬不要讓夫人失望了才好。

原以為只要加上名下嫁妝鋪子近一季度的進帳，便可以湊得夠莊子前期的投資了，卻沒想到最終收上來的數目卻大大出乎沈昕顏意料。

「怎會這般少？比去年這時候足足少了三成！」她皺著眉不解地問。

「如今生意不好做，京裡的鋪子越來越多，競爭也就越來越激烈，尤其是今年，外地有許多商家湧了進來，都當京城到處有金子撿呢！」負責送銀兩的錢掌櫃苦哈哈地道。

沈昕顏合上單子，不緊不慢地道：「競爭激烈又不是今年才有，咱們這幾家鋪子好歹也開了十幾年，生意一向稱不上好，但也絕對不算是差。」端過茶盞呷了一口，她拭了拭嘴角，乾脆道：「罷了，你且將各處鋪子今年的帳冊取來我瞧瞧。」

「夫人這是信不過我們嗎？」錢掌櫃的臉色有些不怎麼好看。

「這倒怪了，身為東家，要看看自己店裡的帳冊不是很正常的嗎，又怎麼與信不信得過扯上關係了？」沈昕顏的雙眉蹙得更緊了。

錢掌櫃雙唇動了動，最終還是無奈地道：「過幾日我便親自送來讓夫人過目。」

「不必了，帳冊這東西都是現成的，何需過幾日？秋棠，妳帶人親自跑這麼一趟。」沈昕顏根本沒有給他拒絕的餘地，直接便吩咐了秋棠。

秋棠應下，帶著人坐上備好的馬車離開了。

錢掌櫃頓時有些坐立不安，想要找個理由告辭，可沈昕顏卻又問起了他這些年鋪子生意上的事。無奈地，他不得不按下內心的焦躁，一一回答。

當秋棠帶著人將幾家店鋪的帳冊帶回來時，錢掌櫃的臉色終於變了。

沈昕顏彷彿沒有瞧見，隨便打開一本翻閱，嘩啦啦的翻頁聲每響起一次，便像是有把鋒利的刀往錢掌櫃身上逼近一寸。

偏他如今便是想走，也走不了了。

時間一點一點過去，短短一個時辰，錢掌櫃便覺得自己像是被架在烈火上烤了一個時辰，額上的汗更是一刻也沒有止住。

終於，沈昕顏合上了最後一本帳冊，定定地望著他，好一會兒才緩緩地道：「我愚鈍些，竟有些看不明白這帳冊了。錢掌櫃不如給我細細說明一番，為何這裡頭記載的數目與你歷年來上交的相差如此之大？」

錢掌櫃再也支撐不住，「撲通」一下跪了下來。

「夫人饒命！小的不該被豬油蒙了心，以致起了貪念，這才犯下大錯來！求夫人開恩，再給小的一次機會吧！」

「我自己鋪子裡的收益，我每年竟只得不到四成，你一個掌櫃胃口倒是挺大的，竟敢昧下六成來！是我平日性子太軟，以致讓你們行事沒了顧忌，這才越發不將我放在眼裡了是不？」沈昕顏冷笑，下一刻，重重地將手中的茶盞摔到錢掌櫃身前。「說！是誰指使的你？若是不說，秋棠，取了世子爺名牌，直接將他送官府去！」

「是！」秋棠那個氣啊，只恨不得生啖了錢掌櫃的肉。

「夫人饒命！夫人饒命！我說我說，是、是伯夫人！」

伯夫人？梁氏？沈昕顏似是意外，又似是意料當中。除了她的大嫂，想來也沒什麼人能在她的嫁妝鋪子裡動手腳了。

「大膽，竟敢胡亂攀誣伯夫人！伯夫人乃夫人的嫡親大嫂，又怎會做出這等事來！」秋棠虎著臉喝道。

「小的所言句句屬實，夫人明察！小的有證據，對，有證據！」

當秋棠帶著人押著錢掌櫃去取他的證據——記載著這些年梁氏何年何月何日取了多少銀兩的帳冊回來時，沈昕顏大略翻了翻便輕輕合上了。

她名下這幾間鋪子的掌櫃們都是伯府太夫人，也就是她的親生母親當年提拔上來的，既然是生母提拔的人，她自然不會有疑心。再加上她的心思向來放在兒女身上，並不在意這些生意，故而這麼多年來從來不曾想過去查帳，只是每個季度收下各鋪掌櫃送來的進項便是。能這般詳細地偷偷記錄下梁氏取走的數目，這個錢掌櫃看來也是個謹慎之人，如若她沒有猜錯，他應該還備有一套應付自己的帳冊。

想來因為她這麼多年從來不曾想要查帳，更對他沒有半點疑心，再謹慎之人也漸漸有了鬆懈之心。再加上今日她也是心血來潮要看看帳冊，直接打了錢掌櫃一個措手不及，這才將此事給抖了出來。

「夫人，您看此事應該如何處置？」吩咐人將錢掌櫃押下去之後，秋棠遲疑地問。

除非夫人想與娘家徹底決裂，否則此事只能死死地捂著。當家夫人偷竊……對，伯夫人此舉與偷竊並無不同，當家夫人偷竊小姑子的嫁妝錢，這樣的醜聞揚出去，別說是伯夫人，便是靖安伯府其他人這輩子也無顏出門見人了。

那錢掌櫃想來也清楚這一層，故而這般輕易便將伯夫人給抖了出來，還甚是主動配合地交出了有力的證據。

沈昕顏揉揉額角，並沒有回答她。

此事雖然有點棘手，但她可不是從前那個有委屈也只能往肚子裡嚥的。不錯，此事確是不能揚得人盡皆知，可卻不妨礙她將梁氏扒下一層皮來！

「命人將它抄寫一份，這一份替我好生收著。」她將手上那份「證據」遞給秋棠。「至於那錢掌櫃……原本是可以寬恕他的，只我最恨人家吃了我的東西還敢算計我！想來這些年我不大理事，養得他心大了。著人將他挖個徹底，將證據連人一起送進官府裡，請官老爺好生照顧照顧！」提及錢掌櫃，她冷笑一聲道。便是捂下這一條罪名，她可不信這錢掌櫃就真的乾淨了，待將他老底都翻了出來，一併清算，也好教他知道，有些人真不是他能輕易算計的！「再請其他各鋪的掌櫃親到堂上看看大人如何辦案，好讓他們見識見識。順便告知他們，一個月後我會全力徹查各鋪帳冊。」

秋棠眼睛一亮。夫人此舉甚好！先是殺雞儆猴，讓別的掌櫃好生看看，夫人可不是那般容易被欺瞞的。再給他們一個月時間準備，該吐出來的錢就要老老實實地吐出來，否則錢掌櫃的今日就是他們的明日！

如此一來，不至於因為一下子全部撤換了店鋪的掌櫃而影響了鋪子的生意，暫時穩住了他們，待日後物色了適合之人再慢慢撤換過來。

至於伯夫人，那便是家事了，再怎麼處置也不至於會讓外人看了笑話！

「那此事可需向世子爺稟報？」因涉及到與官府打交道，秋棠便不免多問了句。

「妳使人去辦吧，待世子回來我自會與他說。」沈昕顏回答。

要讓官府配合掩下梁氏與靖安伯府，自然得打著國公府的名頭行事，如此一來便不可能瞞著身為世子的魏雋航。

秋棠見她事事想得周全，終於放心了。

此時的魏雋航正在喬六公子的私宅裡，眼珠子骨碌碌地轉動，打量著花梨木圓桌上擺放著的各樣錦盒。

喬六公子得意地蹺著二郎腿。「怎麼樣？魏老二，我都說了，我可不是什麼家底都沒有的。這桌上任一件寶貝拿出去，不定多少人眼紅呢！也就是你，我才大發善心讓你開開眼界，旁人便是求著要瞧一眼，本公子也懶得理會！」

魏雋航捏著一塊兔子玉雕仔仔細細地翻看，頗有些愛不釋手。

喬六公子看見了更加得意。「你手上這塊玉雕是用千年雪溫玉雕成，由著名的玉石聖手陶沐親自雕刻，更經前朝那位據說已經飛升了的國師開過光，可是千金難買的寶貝啊！」

魏雋航撇撇嘴。什麼國師開過光，純屬胡扯！若不是瞧著這兔子雕得精緻，而他家的小姑娘剛好屬兔，他才懶得瞧呢！

「那便以這個抵了你餘下的債款吧！」他將玉兔子放回錦盒裡，然後很是自然地將盒子塞進懷裡。

「魏老二，你要不要這般狠啊！那點錢就想換我這塊價值連城的玉雕?!」喬六公子頓時哇哇叫了起來。

「你拿這些東西出來，不就是想用來抵債的嗎？如今我便如了你之意。若不是這東西瞧著許能討得我家小姑娘高興，我還不要哩！」魏雋航理直氣壯。

「什麼？這麼千金難求的貴重之物，你竟是打算給你家那小丫頭的？真是、真是……你若是給嫂夫人的我還說不出什麼來！」喬六公子瞪大了眼睛。這是什麼人啊？這樣的好東西不拿去討美人兒歡心，居然要拿回去哄一個乳臭未乾的小丫頭？

「是給我家小姑娘的又怎麼了？我家小姑娘什麼好東西配不得？」魏雋航氣哼哼地瞪他。

喬六公子嘴角抽搐幾下。「行行行，你說什麼都行！」想了想，還是有些捨不得玉石聖手陶沐的作品，遂取過桌上一支別緻的玉釵。「不如還是以這個換吧？這釵據聞是一代奇女子柳玉娘的心愛之物，歷經數十名絕代佳人，若是——」

「不要！」話未說完，便被魏雋航打斷了。

「為什麼不要？討好嫂夫人不比討好那小丫頭更重要？」喬六公子不解。

「被那麼多女子戴過，誰知上面會不會混了什麼亂七八糟的脂粉氣味？若是熏著了我家夫人可怎生是好！」魏雋航一臉嫌棄。他便是要送夫人首飾頭面，也是要送全新打造出來的好吧？才不要這些不知被什麼人戴過的！

喬六公子嘴唇微微翕動。也不知是不是他的錯覺，居然好像真的聞到了女子的脂粉氣味，連忙將那玉釵扔回了錦盒裡，再順手扯過一旁的帕子擦了擦手。「罷了罷了，我算是服了你了！你愛怎樣便怎樣吧！」他嘆了口氣，無奈地認命。

魏雋航有些許小得意。「早該如此！反正你有這麼多價值連城的寶物，少一件也不算什麼。」

瞧著他這副得了便宜還賣乖的模樣，喬六公子覺得手癢癢的，好想一拳頭往那張可惡的臉上招呼過去。

努力抑下這股衝動，他佯咳了咳，著下人將桌上的東西收好，忽地想起某件事，湊到魏雋航身邊一臉神秘地道：「我最近與西南來京做生意的一名女子合作開了溫泉莊子，前些日才知道，原來那女子還拉了一名合夥人，你可知那合夥人是誰？」

「你這話問得好笑，我又如何能得知？難不成我還能掐指一算便算出來？」魏雋航瞥他一眼。

「就猜到你肯定不知道！」難得見他也有承認自己不知道的時候，喬六公子心裡那個得意，搖頭晃腦地道：「那人姓沈，夫家姓魏，育有一兒一女，其夫素有紈袴之名。」

魏雋航喝茶的動作頓時便頓住了。「我家夫人？」再一想，好像確是聽夫人提過要與人合夥生意，只沒想到喬六居然也參與了一腳。

「嘻嘻，正是嫂夫人！」

「喔，原來你也有分參與。」魏雋航點了點頭。

喬六會參與，想來這門生意做得過，雖然不在乎夫人賺或賠，但她頭一回有興致做之事，萬一賠了總會多少影響她的心情，還是賺了的好。

見他扔下這麼一句便不再說了，喬六公子有些不甘心，更往他身邊湊。「魏二哥啊，你可曾聽說過『近朱者赤，近墨者黑』這句老話？」

「既是老話，自然聽過。」

「那你又可知，那位許夫人可是個狠角色？嫂夫人與她混久了，便是再純白，只怕也會被染黑。」喬六公子一臉的意味深長。

「喔？那許夫人是個什麼來頭？」魏雋航終於來了興致。

「那許夫人乃是西南豪族許氏一門的女當家，這許家嘛，聽聞祖上乃是土匪山賊出身，後來金盆洗手開始涉足各大生意。具體是哪些生意我便不多說了，反正你也不會感興趣。」

「知道我不感興趣還不麻溜地進正題！」魏雋航沒好氣地道。

喬六公子嘻嘻地笑了聲，清清嗓子才繼續道：「上任家主雖然娶了好幾任夫人，奈何命中無子，唯此一女，所幸老爺子倒看得開，自幼便將這女兒當成兒子般教養。這姑娘也沒有辜負他的期望，雖為女兒身，但行事手段較之尋常男子不知要出色多少倍，及至她十八歲，許老爺子便替她招了上門女婿，以待她將來生下許氏的繼承人。只可惜這位許夫人也是個福薄的，成婚多年只得一女，偏這女兒前些年一病又沒了，想來是這許氏祖上作孽過多帶來的報應！」

「手握這麼一份龐大家業，偏又後繼無人，這許夫人至今能穩坐家主之位，看來確是有幾分手段。」魏雋航頷首接話。

「何止是有手段！」想到接下來要說之事，喬六公子嘖了幾聲。「她那上門夫君也不是個好東西，據聞早早便在外頭養了外室，還生有兩個兒子。這許夫人約莫是擔心許家無後，到底將那兩個孩子接了回去。論理這位上門夫君也應該感恩戴德了，偏他卻不知滿足，居然夥同外人打算謀害妻子，以奪妻子的家業。許夫人哪是省油的燈？先發制人，以雷霆手段平息了家族內亂。」一想到那許夫人的手段，喬六公子又是一陣感嘆。此女若生為男子，必能建一番事業啊！甩甩腦袋將這念頭扔開，他神神秘秘地道：「魏二哥，你可知這許夫人是如何對付她那個夫君的？」

「如此小人，便是再怎麼對付也不為過。」魏雋航並不在意。

「嘻嘻，我猜你作夢也想不出來！那許夫人命人割了那人的子孫根，將他扔到了『那種窖子』裡！」

至於哪種窯子……咳，能招男人去接客的，自然是比較特別的窯子。

魏雋航一口茶水直接便噴了出來！

喬六公子動作飛快地閃開，可長袍上到底還是沾了水漬，嫌棄地道：「我說魏二，你怎的這般不愛乾淨呢？髒死了！」

「抱歉抱歉，一時沒忍住！」魏雋航用帕子拭了拭嘴角水漬，緩緩地道：「照你這般說，這許夫人確是位有魄力的奇女子。」

喬六公子有些不可思議。「你便不怕嫂夫人跟她混得久了，將來……」說到這裡，他先是望望對方的褲襠，而後豎起手做了個切割的動作。

魏雋航一腳便踹開他。「滾！我家夫人知書達禮、溫柔賢慧。再說，這許夫人做出此事也是她那個夫君有錯在先，還給他留下條命也算是仁慈了。況且……」他摸摸光滑的下巴，一臉的深思。「我家夫人性子也著實太柔軟了些，我還一直擔心她這般好性子，若是將來我比她先去，她該怎麼辦？如此便好了，跟著許夫人一道，學學許夫人果敢的手段，便是將來我不在了，也不怕有人欺負她！」說到後來，他甚至是一臉的欣慰。

喬六公子瞪大眼睛，如同見鬼一般瞪著他。「魏、魏二哥，你沒、沒說、說笑吧？」

「誰有那個閒工夫跟你說笑！」魏雋航沒好氣地道。「不跟你說了，出來這般久，我也該回去了，若再回得晚，小姑娘又要不親我了！」

與其在此盡說些有的沒的，倒不如回去逗他嬌嬌軟軟的小姑娘。上回回府晚了些，小丫頭還生氣得不讓他抱了呢！這回給她帶了小禮物，小姑娘想來不會再記恨了。

喬六公子眼睜睜地看著他揚長而去，良久，才撫額長嘆。這都是什麼人啊！

卻說沈昕顏當晚便將她鋪子裡之事向魏雋航道來了，只因涉及娘家人，到底有些難以啟齒，含含糊糊便將梁氏帶過去了。

魏雋航並非蠢人，略一思忖便想了個明明白白。這也算是靖安伯府的家醜，他一個女婿未必適宜出面，聞言便道：「一切聽夫人的便是，衙門那裡，我也會命人打點好。」

見他如此上道，沈昕顏又是感激、又是汗顏。

娘家嫂子竊取自己的嫁妝錢，這樣的話等閒女子都沒有臉面說出去。娘家算是女子一輩子的後盾，如今她的這個後盾卻突然變成了刺向她的長矛，不管怎樣說都有些沒臉。

如今魏雋航半句話也沒有多問，只是全力支援她的決定，這份體貼與信任，讓她心裡一片熨貼。

心裡存了感激，當晚她便拋開以往的矜持，主動迎合他，引得魏雋航險些沒發狂，越發將她翻來覆去地折騰夠本，直到夜深人靜，雲收雨歇，倦極的二人才沈沈睡去……

——未完，待續，請看文創風694《誰說世子紈袴啊》2

文創風 693

誰說世子紈袴啊 1

國家圖書館出版品預行編目資料

誰說世子紈袴啊 / 暮月著. --
初版. -- 臺北市 : 狗屋, 2018.11-
冊 ; 公分. --(文創風)
ISBN 978-986-328-934-0(第1冊:平裝). --

857.7　　107016162

著作者	暮月
編輯	黃淑珍
校對	黃亭蓁　簡郁珊
發行所	狗屋出版社有限公司
地址	台北市104中山區龍江路71巷15號1樓
電話	02-2776-5889～0
發行字號	局版台業字845號
法律顧問	蕭雄淋律師
總經銷	知遠文化事業有限公司
電話	02-2664-8800
初版	2018年11月
國際書碼	ISBN-13　978-986-328-934-0

本著作物由北京晉江原創網絡科技有限公司授權出版

定價250元

狗屋劃撥帳號：19001626

網址：love.doghouse.com.tw　E-mail：love@doghouse.com.tw